L'espion d'Austerlitz

DU MÊME AUTEUR

La Gauche en voie de disparition, Seuil, 1984
Un coup de jeune, Arléa, 1987
Mai 68 : histoire des événements, Seuil, 1988 ; Points, 2008
La Régression française, Seuil, 1992
Quand la gauche reviendra, Seuil, 1994
Yougoslavie, suicide d'une nation, Mille et une nuits, 1995
Kosovo, la guerre du droit, Mille et une nuits, 1999
Où est passée l'autorité ?, NiL, 2000
Les Batailles de Napoléon, Seuil, 2000
Le Gouvernement invisible, Arléa, 2001
La Princesse oubliée, Robert Laffont, 2002 ; Pocket, 2004
C'était nous, Robert Laffont, 2004
Les Grandes Batailles navales, Seuil, 2005
Histoire de la gauche caviar, Robert Laffont, 2006 ;
   Points, 2007
La Gauche bécassine, Robert Laffont, 2007
Le roi est nu, Robert Laffont, 2008
Média-paranoïa, Seuil, 2009
La Grande Histoire des codes secrets, Privé, 2009 ;
   Points, 2010
L'Énigme de la rue Saint-Nicaise, Robert Laffont, 2010 ;
   J'ai lu, 2012
Le Grand Complot, Robert Laffont, 2013 ; J'ai lu, 2014

Laurent Joffrin

L'espion d'Austerlitz

roman

Stock

Couverture Pierre Martin Vielcazat (STALLES)
Illustration de couverture : © Andrea the Elder Appiani/
The Bridgeman Art Library/Getty Images

ISBN 978-2-234-07812-3

© Éditions Stock, 2014

Prologue

La lame entrait bien dans la chair ; il la ressortit, noire de sang. Pour empêcher les cris, il avait passé son bras au-dessus de l'épaule de l'officier et refermé sa main sur sa bouche ; il la sentait, humide, mouvante sous sa paume, comme un animal.

Il donna un deuxième coup, jusqu'à la garde. L'autre se débattait, cherchant à se dégager, poussant des soupirs étouffés. Il frappa une troisième fois, plus haut dans le dos, la lame bien à plat, sans relâcher son étreinte. L'officier se raidit, son shako tomba dans l'herbe. Puis ses gestes s'amollirent, ses jambes ployèrent et il fut soudain lourd, pour tomber d'un coup, face contre terre, inanimé. Sur le sol, son corps n'était plus qu'une masse indistincte. Seul le poignard, planté droit, brillait dans la lumière de la lune.

Il regarda autour de lui, angoissé. Personne. Dans la nuit de Boulogne, on n'avait entendu qu'une plainte sourde. Le chemin était désert ; la mer luisait à gauche, agitée d'une brise légère ; à droite, le camp s'étendait dans l'ombre où perçait par endroits la clarté jaune des lanternes.

Il avait fait la guerre, il avait tué des hommes pendant les combats. Cette fois, il se changeait en assassin, silencieux, implacable. Il n'avait pas eu le choix. La menace compromettait toute la mission.

Maintenant, le travail était accompli. Il tourna les talons, marcha vite sur le chemin et se perdit dans la nuit.

1

La première chose que Donatien vit de l'Empereur fut son séant.

Napoléon était couché sur une carte d'état-major posée à même le sol, les deux pans de sa redingote ouverts sur un fessier rond couvert d'une culotte blanche. Ses lunettes sur le nez, il piquait dans le papier des épingles aux têtes de couleur dont certaines étaient reliées entre elles par des brins de laine. Autour de lui, trois officiers travaillaient, suivant les routes balisées par le maître. Le silence était entrecoupé par les grognements dont l'Empereur ponctuait ses recherches. Dominant la mer, la pièce formait une rotonde au bout de la longue baraque blanche qui abritait les bureaux de l'état-major. Les fenêtres s'ouvraient sur le port de Boulogne sillonné par une multitude d'esquifs dont les voiles brillaient dans le soleil. Levant les yeux, Donatien vit un aigle aux ailes déployées et aux serres menaçantes peint sur le plafond de toile, symbolisant l'armée impériale près de fondre sur l'Angleterre.

– Sire, dit Méneval, le commissaire Donatien Lachance est là.

– Ah, fort bien! répondit Napoléon sans se retourner. Bonjour, Lachance. Entrez dans mon bureau, je termine ma combinaison.

Méneval souleva la portière de toile qui donnait sur une pièce meublée de trois fauteuils, d'un bureau d'acajou à tiroir mécanique et d'un petit lit de fer à baldaquin. Donatien attendit là debout. Il connaissait Napoléon depuis l'Italie mais, chaque fois, ces entrevues l'intimidaient. Son cœur battait plus vite. La peur de mal faire l'étreignait, lui, le policier d'élite, l'ancien exécuteur de Robespierre, le commissaire favori de l'Empereur. Chaque enquête était un défi. Sa réputation même accroissait les enjeux. On attendait beaucoup de lui. Il était monté haut : la chute serait plus cruelle.

Il fit un effort pour rester impavide, immobile devant le bureau impérial.

Napoléon entra et s'assit en relevant vivement les basques de son vêtement.

– Prenez place, Lachance, je suis fort aise de vous voir et, d'abord, j'aime votre nom. Je ne promeus jamais les malchanceux.

L'Empereur était homme d'habitude. Chaque fois qu'il voyait l'adjoint de Fouché, il lui servait la même boutade. Donatien sourit poliment.

— Cette chance est tout entière à votre disposition, Sire.

— Elle m'a été fort utile, Lachance, fort utile. Cette affaire du duc d'Enghien était diablement embrouillée. Vous vous êtes illustré avec éclat. Et comment va votre épouse, Olympe, qui a la grâce d'une nymphe et le caractère d'un hussard ? Pour un peu, je la nommerais à la tête d'un régiment ! Vous êtes-vous réconciliés ?

Napoléon se mêlait toujours des affaires conjugales de ses fonctionnaires.

— Nous nous sommes entendus, Sire, grâce à vous. Elle est ici, à Boulogne, sous la tente que Soult nous a affectée. Et toujours républicaine, Sire.

— Bah, elle se fera à l'Empire. Sur le trône, je défends la République, elle doit le comprendre. Et notre gloire la ralliera… D'ailleurs, je serais heureux de la revoir, venez donc souper ce soir au Pont-de-Briques, cela me fera plaisir. Nous causerons des affaires de Paris.

— Sire, c'est un grand honneur.

— Mais non. C'est l'effet du mérite. Mais d'abord voici l'affaire qui nous réunit. Avant-hier, un brave aide de camp de mon état-major, Pierre Levasseur, a été assassiné, ici, au cœur du camp de Boulogne, à deux pas de ma tente. C'est une chose qui ne se conçoit pas ! Un meurtre sous mes yeux, pour ainsi dire ! Savary a enquêté avec ses gendarmes. Il me parle d'un crime d'honneur ou d'un forfait de ce genre, né d'une querelle. Je n'y crois pas. Je sens qu'il y a quelque chose d'autre, dont Savary n'a pas l'idée. Ces gendarmes manquent de jugeote. C'est une affaire pour la police et pour ses hommes spéciaux, comme vous.

— Une histoire de jeu ou de femmes ?

— Non, je ne pense pas. Levasseur n'était pas de ce genre et ne vivait que pour le service. C'était un moine de l'armée. Il était respecté par les soldats. Je ne peux pas laisser ce crime impuni, la troupe s'inquiéterait. Je veux en avoir le cœur net.

— Avait-il des ennemis ?

— Qui n'en a pas ? Savary me parle d'une altercation qui l'a opposé à plusieurs officiers la semaine dernière. Mais c'était une discussion de technique militaire. Le motif est mince. Ces officiers ont été interrogés. Ils nient toute rancune et ils ont été vus ailleurs au moment du crime.

— Où a-t-il été tué ?

— À vingt toises d'ici. Il sortait de ma tente. On lui a planté un couteau dans le dos.

— L'a-t-on détroussé ?

— Non. On a trouvé sa bourse pleine sur son cadavre.

— Lui a-t-on pris un document ?

— Je vois que vous pensez à la même chose que moi. Nous nous accordons, décidément. Il est possible

qu'il ait eu sur lui un papier dont nous ignorons tout. Quelque chose qui contienne un renseignement d'importance. Dans ce cas, l'affaire serait doublement grave : un cas d'espionnage au cœur de l'état-major.
— Est-ce vraisemblable ?
— Oui. L'Angleterre veut à toute force savoir ce qui se trame ici. Ma flottille est prête. Je peux traverser avec mon armée et aller en cinq jours à Londres terminer cette guerre. Pitt continue d'employer des espions de métier ou bien des royalistes enragés pour surprendre nos secrets. L'année dernière nous avons fait fusiller un dénommé Franqueville, notable dans cette ville, lié à Cadoudal, qui correspondait avec Londres. Il y a six mois, Savary a démantelé un réseau de quinze royalistes qui fournissait des renseignements à l'Angleterre. Ils ont été condamnés par la cour militaire de Rouen. Il y avait parmi eux une certaine Nymphe de Roussel de Préville, extrêmement jolie, qui parcourait les routes jusqu'à Dieppe et interrogeait les soldats pour évaluer notre dispositif et en transmettre la description à Londres. Vous le savez, vous qui avez combattu contre eux. Pitt et ses ministres sont prêts à tout pour prévenir la descente en Angleterre, qui signera leur fin. Pourquoi n'auraient-ils pas infiltré un espion ici ? C'est pour eux le meilleur expédient.
— Puis-je voir le lieu du crime ?
— Allons-y.
— Sire, Méneval peut m'accompagner.

– Non, je viens. Le cas me tient à cœur. Levasseur était un officier zélé, patriote et attaché à ma personne. Je l'aimais et il m'aimait. On l'a tué dans le dos. J'en fais une affaire personnelle.

Suivi par Donatien, Napoléon sortit, escorté par un grenadier, sous l'œil surpris des officiers qui vaquaient à leurs tâches d'état-major. Il vissa son chapeau à cocarde sur sa tête, croisa ses mains dans le dos et marcha vers la mer dont on voyait au loin l'étendue verte. Il s'arrêta avant la pente qui descendait à la plage. À sa droite, bordée par deux buttes de terre, on distinguait la silhouette basse d'un dépôt de poudre, construit par mesure de sécurité à l'extérieur du camp. L'Empereur souleva la corde qui, accrochée à quatre piquets, délimitait l'endroit où Levasseur avait été tué. Il fit trois pas et s'arrêta.

– C'est ici, Lachance. Je vous laisse procéder, je ne veux pas piétiner le lieu du crime.

Donatien avait retrouvé sa confiance en lui. Le ton amical de l'Empereur l'avait rassuré. Il était en terrain familier : le crime, les indices, l'enquête. Depuis ses débuts dans le métier, il appliquait à la police une méthode scientifique, fondée sur l'analyse rigoureuse des éléments matériels, quand la plupart des policiers et des gendarmes se fiaient à leur intuition et aux aveux qu'ils obtenaient. Depuis le collège, Donatien avait adopté les règles de la logique, qui avaient tant impressionné son jeune esprit et justifié son adhésion aux idées jacobines. Comme son père, le comte de Chaumont, il croyait à la raison en toute chose, au savoir méthodique et aux enseignements de la science, surtout dans les affaires de police.

— Sire, a-t-il plu depuis trois jours ?

— Non, le temps est au beau. Il a plu la semaine dernière, en abondance. Mais depuis trois jours il fait chaud.

— Ainsi, les traces que nous voyons sont celles de Levasseur et de son assassin ?

— Sans doute. Et celles de l'officier qui a trouvé le corps. J'ai ordonné que cette portion de chemin soit close sur l'heure. Levasseur quittait ma tente et rentrait dans la sienne, qui est à un quart de lieue, dans cette direction. Les gendarmes qui ont fait les constatations et ceux qui ont emporté le corps ont pris toutes précautions pour ne pas brouiller les pistes. Ils ont même posé des tapis afin d'approcher le cadavre.

Donatien avança en ayant soin de rester sur l'herbe pour ne pas mélanger ses empreintes à celles qu'on voyait dans la terre. On avait planté un drapeau là où le corps avait été retrouvé.

— Saurez-vous lire des signes que nous aurions manqués ? demanda Napoléon.

— Peut-être. Mais avant, je dois voir Savary et connaître tous les éléments de l'enquête.

— Fort bien. Dans ce cas, je retourne au travail. Mon cher, je vous attends ce soir à Pont-de-Briques. Entre-temps vous aurez vu Savary. Avancez hardiment, Lachance. Je ne peux laisser derrière moi ce mystère. Activité, activité, vitesse !

Mince et noiraud, le sourcil charbonneux, Savary attendait Donatien dans la tente d'état-major qui jouxtait celle de Napoléon. Il accueillit le commissaire avec toute la froideur qu'il convenait. Donatien et lui s'étaient combattus pendant l'affaire du duc d'Enghien. Donatien n'aimait pas Savary, qu'il tenait pour un séide au savoir-faire limité. L'inimitié transparaissait dans le ton du général comme dans son maintien dédaigneux. Commis aux basses œuvres de l'Empereur, Savary ne goûtait guère qu'on vînt marcher sur ses plates-bandes.

– Ainsi, commissaire, vous venez une nouvelle fois m'apprendre mon métier...

– Je suis ici sur ordre de l'Empereur.

– Certes. L'Empereur veut toujours doubler ses serviteurs, c'est sa méthode. Je m'y fais. Mais vous ne trouverez rien que nous n'ayons découvert. L'affaire est claire. Levasseur était querelleur. Il s'est pris le bec avec tel ou tel officier au sang chaud et celui-ci l'a estourbi.

Bien décidé à contrer Savary, Donatien se fit coupant.

– Ce genre de dispute débouche sur un duel, non sur un assassinat.

– Levasseur était un maître escrimeur. Il a tué plusieurs adversaires à la suite de querelles de ce genre.

Le meurtrier n'a pas voulu risquer un duel. Il a agi par-derrière. Nous le retrouverons en fouillant dans les derniers faits et gestes de Levasseur. C'est une question de temps. Les interrogatoires ont commencé.

– Quelle était la fonction exacte de Levasseur ?

– Il était aide de camp, comme je le suis, ainsi que six autres.

– Que fait un aide de camp, général ?

– Tout. Il est l'homme à tout faire du général en chef. Il l'assiste dans ses tâches d'état-major, il fait des reconnaissances pour lui, il inspecte les camps, les troupes, les places fortes, les arrangements de bataille. Il voyage en territoire ennemi, il espionne le cas échéant. Il sert d'agent de liaison pour porter les ordres au milieu d'un combat. Il peut aussi prendre le commandement d'un régiment si son colonel a été tué ou mener une charge de cavalerie si l'Empereur veut porter le coup décisif au cœur de l'action. Il est l'œil et le bras de Napoléon.

– D'où venait Levasseur ?

– Il est sorti du rang. Il était fils de tonnelier en Normandie. Il s'est engagé parmi les volontaires en 1800 pour la campagne de l'armée de réserve en Italie. Il s'est distingué au Grand-Saint-Bernard dans la division de Lannes, puis à Marengo, où il a tenu tête avec une compagnie à un régiment autrichien.

– Quelles sont les constatations matérielles ?

– Le corps a été trouvé le soir à onze heures trente. Il faisait nuit. Un colonel qui entrait dans sa cabane a aperçu une forme sombre allongée sur le chemin. Il s'est approché et il a vu le cadavre de Levasseur, couché sur la face, un poignard dans le dos. Il était mort. En fait, la lame a été enfoncée par trois fois. L'assassin n'a pris aucun risque. Les témoins de l'état-major et les gardes disent que Levasseur a quitté la tente de l'Empereur vers onze heures.

– A-t-on examiné les traces dans la terre du chemin ?

– Oui, mais elles sont brouillées.

– Aucun témoin, personne qui ait remarqué quelque chose de suspect ?

– Non, les seuls témoins sont les officiers de l'état-major qui ont passé la soirée à travailler avec Levasseur autour de l'Empereur, et les gardes qui l'ont vu sortir. Nous les avons questionnés. Levasseur a travaillé une partie de la soirée puis il est parti se coucher. Voilà tout.

– On a interrogé aussi les officiers qui ont eu cette querelle avec Levasseur…

– Oui, ils sont trois. Mais ils ont fourni la preuve qu'ils étaient ailleurs à l'heure du meurtre.

– Alors pourquoi dites-vous que le criminel est l'un d'eux ?

– L'un d'eux ou un autre. Les témoins peuvent couvrir un camarade, il y a peut-être des haines plus anciennes que nous ne connaissons pas. Levasseur a eu d'autres querelles ; un officier très rancunier peut recourir aux services d'un sicaire parmi ses amis. Le poignard trouvé dans le dos de Levasseur est d'un modèle courant dans l'armée. Il y en a des milliers dans le camp. N'oubliez pas que nous vivons ici au milieu de quatre-vingt mille hommes armés, habitués au sang et aux batailles, qu'on entraîne tous les jours à tuer.

– Quatre-vingt mille suspects, dit Donatien, longue enquête en perspective. Autant commencer tout de suite ! Seriez-vous assez aimable pour faire venir l'officier qui a découvert le corps ? Je souhaite retourner sur le lieu des faits.

Une demi-heure plus tard, ils étaient revenus sur le chemin qui surplombait la mer. Marchant toujours sur l'herbe pour ne pas brouiller les pistes, Donatien alla à l'endroit où le meurtre avait eu lieu et s'agenouilla pour étudier les empreintes qu'il voyait dans la boue séchée par le soleil. Puis il avança sur le chemin et se pencha de nouveau vers le sol tandis que Savary l'observait d'un air goguenard.

– Les traces sont brouillées, cria ce dernier, vous n'y verrez goutte.

Donatien ignora l'interpellation. Observant les empreintes laissées dans la terre, il sentit qu'il tenait peut-être quelque chose. Pris par la fièvre du chasseur, il revint vers la tente impériale et renouvela son manège. Au bout de dix minutes, il se tourna vers Savary, l'index pointé vers le sol.

– Général, il me semble que ces deux empreintes, ici, sont celles de Levasseur. On les retrouve en arrière, vers la tente d'où il venait, mais on ne les voit plus au-delà.

– Sans doute, dit Savary d'un ton sarcastique. Nous savons qu'il a été tué ici. Il ne pouvait guère aller plus loin...

– Il faut néanmoins vérifier, répliqua Donatien, glacial. Pourriez-vous avoir l'obligeance de nous faire porter les bottes que Levasseur portait au moment de sa mort ? Ainsi nous en aurons le cœur net. Quand on en examine bien les traces, chaque botte porte sa signature.

– Ses bottes ? Les bottes du mort ? Mais... Mais oui, nous le ferons, si cela est nécessaire.

– C'est nécessaire, dit Donatien, coupant.

Puis il s'adressa au colonel Destot, qui attendait trois pas en arrière :

– Colonel, pouvez-vous me montrer par où vous êtes venu quand vous avez aperçu le corps de Levasseur ?

Destot s'exécuta.

– Vous n'étiez pas sur le chemin, vous vous êtes approché de côté, en venant du camp et non de la tente de l'Empereur.

– Oui, c'est cela...

– On voit donc vos empreintes ici et encore là, reprit Donatien en désignant les endroits qui lui semblaient les plus vraisemblables selon les mouvements de Destot.

– Sans doute, commissaire, sans doute.

– Portez-vous les bottes que vous aviez ce soir-là ?
Destot regarda ses pieds d'un air ébahi.
– Euh… oui, je porte les mêmes bottes.
– Pourriez-vous en ôter une et me la prêter ?
Destot lui lança un regard noir.
– Si vous y tenez…
– J'y tiens.
Destot enleva sa botte et la tendit à Donatien, qui s'agenouilla pour vérifier que les traces qu'il avait repérées correspondaient bien aux bottes du colonel.
– Mais enfin, lança Savary, à quoi rime cet examen qui nous renseigne sur les allées et venues de la victime et de celui qui l'a trouvée, mais aucunement sur l'assassin ?
– Il y a trois genres d'empreintes sur ce chemin qui correspondent à trois paires de chaussures différentes. Nous en avons identifié deux. La troisième est celle de l'assassin.
Savary resta court. Donatien reprit son examen. Pendant une demi-heure, la botte de Destot à la main, il continua à fureter dans le chemin, tantôt s'agenouillant, tantôt marchant en deçà ou au-delà du point où le corps avait été retrouvé. Puis il sortit de sa poche une règle graduée et mesura les traces qu'il voyait en reportant ses observations sur un carnet doublé de cuir. Savary le regardait avec l'irritation de celui qui doit endurer un spectacle incongru. Donatien accrut encore son exaspération en revenant en arrière, près de la tente impériale que le chemin contournait. Là,

il recommença son examen des traces laissées dans la terre. Une autre demi-heure s'écoula. Savary, d'impatience, battait les buissons avec sa cravache. Content de lui, une lueur d'amusement dans le regard, Donatien revint finalement vers le général.
— Fort bien. Cela m'a été utile. Je vous remercie pour votre sollicitude.
— Avez-vous trouvé quelque chose ?
— Oui.
— Et quoi donc, je vous prie ?
— Je ne peux le dire maintenant. Seriez-vous assez aimable pour me ménager au plus vite une entrevue avec l'Empereur ?
— Avec l'Empereur ? Avec l'Empereur ? dit Savary en s'étranglant. Mais il a d'autres chats à fouetter ! Il est tout entier à son plan de campagne. Faites-moi rapport, je transmettrai.
— Général, ce que j'ai trouvé menace directement le plan de campagne dont vous parlez. Permettez-moi d'insister. Je dois voir l'Empereur au plus vite. C'est une affaire d'État. D'ailleurs l'Empereur n'aimerait pas qu'on le laissât dans l'ignorance de cette découverte, ne serait-ce qu'une heure.

Savary grogna et tourna les talons. Donatien eut un large sourire. Un peu plus tard, il entrait de nouveau dans la tente de Napoléon.

— Eh bien, Lachance. Auriez-vous déjà trouvé cet assassin ? dit l'Empereur quand le policier entra dans son bureau de toile.

Il avait une voix irritée.
– Non, Sire. Mais j'ai un renseignement qui a son importance.
– Diantre ! Parlez. Il faut qu'il soit important en effet pour que vous me détourniez de mes plans militaires.
– J'ai étudié le terrain autour de l'endroit où l'on a trouvé le corps de Levasseur. Ses pas s'arrêtent là.
– Je m'en serais douté, dit Napoléon d'un ton bref. Il était mort. Il ne pouvait guère aller plus loin.
Donatien négligea l'interruption.
– Les pas de Destot, celui qui l'a trouvé, forment un angle avec le chemin. Il venait du camp et non de votre tente. Il est arrivé de biais à proximité du corps.
– Certes, mais encore ?
– Il y a une troisième série d'empreintes. Elles appartiennent à l'assassin.
– Cela semble logique. Mais une empreinte n'est pas un passeport. Il y a quatre-vingt mille hommes dans ce camp, tous chaussés. Cela fait beaucoup de suspects.
– Sire, les traces de l'assassin s'arrêtent au même endroit que celles de la victime. On les voit en deçà, entre votre tente et le point fatidique, mais on ne les voit plus au-delà.
– Cela me paraît normal, dit Napoléon après un temps de réflexion. L'assassin a frappé par-derrière. Il est reparti d'où il venait.

– Oui, mais j'ai mesuré précisément la taille de ses bottes. On en retrouve la trace tout près de votre tente, sur le chemin qui la contourne. Il a marché sur cette portion de chemin dans les deux sens. Comme dans un aller-retour.
– L'assassin a pu passer par là pour s'enfuir.
– Non. Le sentier ne mène qu'à votre tente. Un garde se tient toujours à cet endroit. Si le meurtrier avait voulu disparaître dans le camp, il ne se serait certainement pas enfui par là. Et de toute évidence, le garde l'a laissé passer.

Napoléon évaluait la signification du fait que Donatien venait d'exposer.

– Vous voulez dire que l'assassin venait de ma tente d'état-major ?
– C'est la conclusion de mes relevés de pas. Il s'agit d'un familier de l'état-major.
– Êtes-vous sûr de votre calcul, Lachance ? dit Napoléon d'un air menaçant. Ces traces de bottes se ressemblent toutes.
– J'en suis certain, Sire. Chaque semelle laisse une empreinte bien à elle quand vous l'examinez de près. Dans le cas qui nous occupe, j'ai eu de la chance, les traces sont de pointures différentes. Si on les mesure avec une règle, on ne peut les confondre. À cela s'ajoutent les éraflures, les striures, les talons plus ou moins usés, les fers que les uns portent et les autres non. La boue était grasse, elle a séché au soleil. Elle porte des empreintes nettes. C'est comme si chaque

protagoniste avait laissé un cachet de cire à ses armes sur les lieux du crime. Je suis formel.

Napoléon se renversa dans son fauteuil et laissa son esprit travailler.

– En somme, Lachance, vous venez me dire qu'il y a un assassin dans mon état-major.

– Exactement, Sire.

– Comment est-ce possible ? Tous ces hommes sont des fidèles, dont j'ai éprouvé maintes fois la loyauté. Ils sont des modèles de dévouement et de discipline. Il y a là quelque chose d'effrayant. Il n'y aurait donc pas de limites à la noirceur des hommes ou à leur cupidité ? Où alors c'est une vengeance ourdie de longue main. Lachance, nous voilà face à un abîme. Êtes-vous certain de vos découvertes ?

– Sire, ces indices sont d'une fiabilité à toute épreuve, comme une loi de physique.

L'Empereur se tut. Un long silence s'ensuivit, que Donatien ne voulut pas rompre.

– Quel est votre conseil, commissaire ?

– Je dois interroger ceux qui se trouvaient sous votre tente ce soir-là. L'assassin est l'un d'eux. Mais il faut garder mes conclusions secrètes, sinon il se méfiera. Je tâcherai de le confondre en faisant mine d'enquêter sur la personnalité de Levasseur.

– Si l'un d'entre eux a tué Levasseur, il devait avoir un puissant mobile…

– Oui, Sire. Peut-être une querelle. Mais j'en doute. L'assassin a tué à quelques pas de votre état-major, dans un endroit où les passages sont fréquents. Il a suivi Levasseur depuis votre tente, il l'a poignardé, puis il est revenu, et toute la scène s'est déroulée à deux pas des gardes. C'était prendre un risque considérable. Il était donc poussé par l'urgence. Le crime était improvisé. S'il avait voulu solder une querelle, l'assassin aurait agi à un autre moment, à un autre endroit. Quelque chose s'est passé ce soir-là sous votre tente qui a poussé l'assassin à agir sur-le-champ. Vous souvenez-vous de ceux qui étaient là ?

– Comment le pourrais-je ? Les aides de camp vont et viennent, les soldats, les messagers, Daru et Berthier aussi. Je suis concentré sur mes cartes ou sur mes dépêches. Mais Duroc pourrait nous renseigner, lui. Il organise le service...

Napoléon se tut de nouveau. Puis il reprit.

– Cet assassin agit dans une intention secrète. J'entrevois la pire des hypothèses : il a dérobé à Levasseur un document décisif. Ou bien il a été surpris dans une action perfide et il a fait disparaître un témoin dangereux. Dans les deux cas, une conclusion s'impose : ce n'est pas un crime ordinaire ; c'est une affaire d'espionnage. Nous sommes face à un danger mortel, Lachance. Tout mon plan repose sur le secret. Qu'il soit éventé et le destin nous échappe.

2

L'ordre de l'Empereur était arrivé par télégraphe au ministère de la Police.

« Citoyen commissaire, veuillez me rejoindre au camp de Boulogne par berline spéciale. Une affaire embrouillée requiert votre présence. Demandez à cet effet un congé à Fouché, qui vous déléguera auprès de moi pour plusieurs jours. Je serai heureux de vous revoir à cette occasion, mon cher Lachance. »

Le ton était amical mais l'ordre impérieux. Lachance avait aussitôt mandé une berline du ministère pour partir le lendemain matin. Fouché, dont il était l'adjoint le plus proche, lui avait fait délivrer les sauf-conduits nécessaires.

— Il doit s'agir de ce crime à l'état-major de Boulogne dont on m'a fait rapport hier, avait dit le ministre de la Police. Une fâcheuse affaire. Un aide de camp de l'Empereur a été poignardé. La chose est en effet assez grave pour justifier vos services, Lachance.

Donatien avait quitté le ministère pour longer le quai Malaquais vers la place de Thionville, ci-devant place Dauphine, où il louait toujours son appartement sous les toits. Il était flatté de la demande de l'Empereur, satisfait de pouvoir se distinguer une nouvelle fois, content de repartir en chasse. Une fièvre s'emparait de son esprit, comme à chaque nouvelle enquête. Il aimait le métier de policier, qui le plongeait jusqu'au tréfonds de l'âme humaine. Il aimait frotter son esprit raisonneur aux réalités rebelles. Il était surtout devenu homme d'ordre, et voyait dans la police l'arme ultime qui soutenait la société, empêchant le retour des désordres et des massacres de sa jeunesse.

En chemin, il avait longé la Seine au milieu d'une foule de badauds, de marins affairés et de portefaix qui déchargeaient les bateaux amarrés au bord du fleuve. Il vit un train de bois qui avançait avec le courant, guidé par quatre hommes munis de perches qu'ils enfonçaient dans l'eau pour maintenir loin de la rive les planches assemblées par des cordes. Sur la berge, des filles fardées de blanc attendaient le client en montrant leur poitrine, les mains sur les hanches et le sourire facile.

– Commissaire, cria l'une d'elles, une sylphide rousse au ton moqueur, ne soyez pas si pressé. Faites donc une pause !

– Pas aujourd'hui, Perrine, service de l'Empereur !

– Dommage. Une autre fois, quand vous voulez, et même à l'œil, bel ange.

Donatien sourit. Il recueillait souvent la rumeur de la ville auprès de ces filles, qui renseignaient la police en échange de sa protection. De temps en temps, il s'attardait pour une entrevue où les nécessités du service se mêlaient à des occupations plus charnelles. Mais pas cette fois… Il traversa le Pont-Neuf encombré de marchands et de baladins puis gravit les marches inégales de son immeuble en pensant au message de Napoléon. Un crime à l'armée. Voilà une enquête nouvelle, se dit-il, une aventure inédite.

C'était une Olympe revêche qui avait accueilli la nouvelle de son départ. Les cheveux blonds relevés en chignon, elle se tenait droite devant la cuisinière en fonte, tournant une cuillère dans une marmite embaumant le ragoût aux herbes. Elle avait distraitement embrassé Donatien avant de se concentrer de nouveau sur sa cuisine, dont elle pensait en fille de la raison que c'était une science exacte et qu'elle pratiquait avec une minutie de savante. Même en ménagère, Donatien la trouvait belle, les épaules nues, le dos cambré, la taille bien prise dans sa jupe.

– Tu pars pour plusieurs jours. Voilà une nouvelle occasion d'aventure…, avait-elle lancé, sarcastique.

– Il n'y a point d'aventure là-dessous, avait-il répondu, point de femme. C'est un ordre de l'Empereur.

Depuis l'affaire du duc d'Enghien, Olympe ne s'était jamais départie de sa suspicion. Chaque enquête était l'occasion de remarques acides. Dans sa lutte contre Cadoudal, Donatien avait rencontré une duchesse à l'esprit aussi rapide que le sien, qui lui avait tendu un piège sensuel bientôt mué en liaison passionnée. Lui et cette Aurore de Condé, au long visage et à la voix de violoncelle, espionne monarchiste, avaient vécu une véritable histoire d'amour. Les deux amants ennemis s'étaient séparés après l'exécution de Cadoudal, mais Olympe avait percé à jour leur liaison. Depuis, quoique rabibochés par Napoléon, Donatien et sa femme ne vivaient plus en harmonie. Le soupçon minait leur couple. Olympe ne pardonnait pas, Donatien ne comprenait pas. Il voyait chaque jour sa femme s'éloigner de lui, plus froide, plus lointaine, plus mélancolique, remplissant sans joie ses devoirs d'épouse. Quelque chose s'était brisé dans leur amour qu'il n'arrivait pas à réparer. Il voulait reconquérir Olympe mais Olympe restait hors d'atteinte. Il eut une inspiration.

– Il y a d'autant moins d'aventure à craindre que tu viens avec moi.

– Avec toi ? À Boulogne ? Mais qu'y ferais-je ?

– Nous voyagerons ensemble, tu verras le camp, qui est un phénomène inouï depuis le temps des légions romaines. Avec un peu de chance, tu verras aussi l'Empereur, qui te tient en amitié.

– Sa politique me révulse. Cet empire est le tombeau de la liberté.
– Tu pourras le lui dire, tu sais qu'il t'écoute.
Olympe se tut. Le regard fixe, elle réfléchissait. Elle était restée républicaine mais elle ne parvenait pas à détester tout à fait Napoléon, cet ancien général jacobin qui portait si haut la gloire française. Il avait sacrifié les libertés publiques mais maintenu l'égalité civile, la principale conquête de la Révolution.

Olympe avait connu Donatien au siège de Granville, en novembre 1793, au plus fort de la Terreur, pendant les guerres de Vendée. C'était une combattante. Fille de la mer et jacobine, elle avait manié le mousquet contre les Blancs et le sabre d'abordage contre l'Anglais. Donatien avait été détaché pour s'opposer à la « virée de Galerne », cette épopée qui resterait dans la mémoire, quand les Vendéens avaient marché vers le nord pour saisir un port qu'ils voulaient ouvrir aux Anglais. Là, il avait trouvé parmi les défenseurs de Granville une jeune femme exaltée, ancienne déesse de la Liberté lors des fêtes révolutionnaires, qui animait avec le représentant en mission la résistance des Granvillais à l'attaque vendéenne. Le siège avait tourné à l'avantage des républicains. La ville avait résisté. La jeune femme avait cédé. Une passion était née sur les rives de la Manche.

En amour, Olympe était aussi intrépide qu'à la guerre, elle se donnait tout entière. Sa passion avait duré de la Terreur à l'Empire. Mais la trahison de

Donatien l'avait accablée. Depuis, elle hésitait à rompre ce mariage qui était sa vie, partagée entre un amour qui persistait et un besoin d'absolu. Un voyage ? Pourquoi pas... Un vent nouveau pourrait peut-être ranimer sa flamme. Olympe connaissait la séduction que son mari exerçait sur les femmes. Elle avait succombé elle-même à sa figure angélique et à son intelligence charmeuse. Mais elle avait un esprit tout d'une pièce et n'admettait pas qu'il eût pu la trahir, surtout pour une aristocrate liée aux ennemis de la Révolution. Depuis, elle le regardait autrement, taraudée par le soupçon, refroidie par la défiance, éloignée par sa blessure. Sans doute l'aimait-elle encore mais par la force acquise, comme une habitude qui s'étiole, comme un bonheur perdu, comme un ami qui vous a déçue. Les élans du siège de Granville, quand ils combattaient ensemble les Blancs, la passion qui les avait réunis dans la ville libérée, sur les grèves battues par les vents ou dans la maison de granit de l'île avoisinante, tout cela s'estompait tel un souvenir qui meurt.

Dans la perspective de voir l'armée rassemblée dans ce camp sans exemple, de rencontrer l'Empereur, et surtout de surveiller son mari, Olympe était décidée. Ainsi, le lendemain, les deux époux en froid mais réunis étaient montés à l'aube dans la berline qui les attendait sur le Pont-Neuf aux pierres jaunes illuminées par le soleil levant. Un cocher du ministère était assis sur le banc au-dessus d'eux, enveloppé dans son manteau, son fouet à la main. Ils étaient passés devant le Châtelet aux murailles sévères. Ils avaient tourné vers le nord dans la rue Saint-Martin et franchi la barrière de Clignancourt pour prendre la route d'Amiens. Olympe encore ensommeillée parlait peu, le regard perdu dans la campagne qui s'éveillait. Même avec ce visage renfrogné, Donatien l'admira encore. Son long nez fin, ses yeux bleus qui tombaient sur le côté, sa bouche mince, son maintien droit lui donnaient une beauté irrégulière, loin des canons ordinaires, attirante par son énergie et sa grâce longiligne. Puis il s'endormit.

Aussitôt, les démons du passé s'emparèrent de son esprit assoupi. Le souvenir des violences vendéennes le poursuivait sans relâche, troublant son sommeil. Le cauchemar revint, comme un spectre sorti des souterrains de sa mémoire.

Dans un halo déformé, le jeune homme avance, poussé par deux soldats, les mains liées derrière le dos. Il est en sabots, sa blouse de paysan est froissée par la nuit passée en cellule et salie par la boue des chemins. Donatien suit le prisonnier, entouré de la compagnie qui servira de peloton d'exécution. Ils arrivent dans un champ fermé par un mur blanc. Au-delà, on voit le bocage qui s'éveille dans les premières lueurs du matin. Soudain, venant d'un sentier de traverse, une femme et deux enfants se jettent au-devant de la petite troupe.

– Pitié, citoyen officier ! crie la femme. Pitié ! Mon garçon n'a rien fait, il a seulement caché une arme, il était obligé.
– Place, dit un sergent. Nous devons procéder.
– Pitié ! crie-t-elle encore.
Sa voix résonne, comme dans une salle vide. Elle se jette à genoux, ses deux enfants autour d'elle, une petite fille et un bambin aux cheveux en bataille, mal réveillé, qui regarde la scène de ses yeux écarquillés.
– Place, dit encore le sergent.
– Citoyenne, déclare Donatien d'un ton froid, votre fils a aidé les royalistes. Hier encore, ils ont monté une embuscade contre nos soldats, c'est-à-dire contre la République. Il a été jugé, condamné. Nous devons procéder.
– Pitié ! Ils l'ont forcé, il n'est pas de la Vendée, ce n'est qu'un gamin qui travaille aux champs. Il ne s'occupe pas de la guerre. Il veut seulement vivre en paix !
– Comment pourrait-il vivre en paix quand les brigands ravagent le pays ? Nous devons faire des exemples. La République ne peut pas se laisser poignarder dans le dos.
– L'arme était chez nous, d'accord. Mais il n'est pas responsable. Vous pourriez aussi bien m'arrêter.
Donatien la regarde. Le silence se fait. Il jette un coup d'œil à son sergent, qui hoche la tête. Les ordres de Carrier sont formels. Il faut terroriser la campagne, priver les insurgés du soutien de la population, faire des exemples terribles qui intimideront

la Vendée. Partout autour de Nantes les paysans rendus fous par la conscription se sont soulevés contre le Comité de salut public. À la guerre étrangère sur les frontières de l'est s'ajoute la guerre civile à l'ouest. La Révolution est menacée de mort. La Convention a voté des décrets terribles qui absolvent par avance la répression la plus aveugle et la plus féroce.

Donatien se tourne vers ses hommes :
– Prenez-les. Ce sont des Blancs.

Le cri de la femme s'élève dans la campagne, étrangement déformé. Malgré les pleurs, les hommes s'emparent d'elle et de ses deux enfants. Le jeune homme se met à hurler.

– Non, pas eux. J'avoue, j'avoue ! Je suis de la Vendée. Mais pas eux. Ils n'ont rien fait ! J'ai caché l'arme sans le leur dire. Pitié ! Au nom du Christ, pitié !

– Ton Christ t'a abandonné, dit un soldat en ricanant.

– Donc tu as caché l'arme, reprend Donatien. Et ta mère vient de dire qu'elle le savait. Vous êtes une famille de brigands. Voilà la vérité.

– Non ! C'est moi ! Ne la tuez pas, ne tuez pas mon frère et ma sœur !

– Il fallait y songer avant, dit Donatien.

Dans l'image suivante, le peloton tire sur le jeune homme, sur la mère puis sur les enfants, qui tombent, criblés de balles, leur petit visage percé de trous rouges.

À cet instant Donatien s'éveilla. Le claquement du fouet du cocher l'avait tiré de son cauchemar. Il comprit que ce simple bruit avait déclenché toute la scène qu'il venait de revivre. Il se rencogna sur la banquette de la berline, secoué par les cahots de la route. Ces cauchemars le ramenaient douze ans en arrière, quand il était l'exécuteur de la République. Il travaillait sous les ordres de Carrier, le sanguinaire représentant en mission que la Convention avait dépêché à Nantes pour juguler l'insurrection vendéenne. Républicain terrible, réglant un compte tout personnel avec l'ancien monde, Donatien avait accompli cette tâche avec une exaltation froide qui lui avait valu une légende noire chez les révoltés. Les premiers morts l'avaient ému. Mais l'exécution était une routine dans cette guerre où les scrupules d'humanité étaient noyés dans la haine et dans le sang. À cause de sa cruauté sereine et de son visage de vitrail, les Vendéens l'avaient surnommé « l'Ange du diable ».

Reprenant ses esprits, il revint à sa condition de policier, qu'il avait embrassée justement pour expier son passé, pour servir un régime d'autorité et l'égalité qui promettait la concorde et la fin des massacres. Il allait maintenant à Boulogne aider une nouvelle fois son maître, Napoléon, l'homme de la paix civile et de la Révolution rentrée dans son lit.

En deux jours de route Olympe avait peu parlé, lisant un recueil d'Ossian qu'elle avait emporté ou contemplant le paysage. Lui se languissait, vite fatigué de relancer en vain la conversation, pendant que les quatre chevaux houspillés par le cocher galopaient en soulevant des nuages de poussière.

Au bout du voyage, quand elle atteignit le sommet de la colline d'Outreau, la berline fut illuminée par le soleil encore haut dans le ciel. Penchés par la portière, Olympe et Donatien découvrirent un spectacle inédit depuis César. Devant eux, les cabanes s'alignaient à perte de vue jusqu'à la mer, surmontées par la fumée des feux de camp et les hampes des drapeaux qui claquaient au vent. À leur gauche, le port s'ouvrait sur le large, protégé par une digue et par deux forts entourés d'écume. À droite, la vallée était couverte de toits réguliers comme les cases d'un damier, sorte de métropole de planches et de toile. Le temps était sec, le ciel sans nuages ; le soleil tombant vers l'ouest découpait en ombres chinoises le ruban des falaises du Kent qui se dressaient aux confins de la Manche. Sur les rives de la Liane, l'armée des Côtes de l'Océan avait construit un bivouac géant où les soldats s'entraînaient depuis bientôt deux ans. Réunie dans cette base de départ au milieu d'une flottille innombrable, elle attendait l'ordre de foncer sur l'Angleterre dont on voyait la côte à l'horizon, par-delà une eau verte qui scintillait dans la lumière d'août.

Pour la première fois, Olympe sortit de sa torpeur. Elle admirait le spectacle, comme une enfant.

– Toute une armée dans une ville sortie de rien. Ton Napoléon a décidément le sens du grandiose...

La paix régnait sur ce rassemblement de guerre. Dans les bassins agrandis par des milliers de terrassiers, une flottille de bateaux était agglutinée entre les quais de pierre. Les bateaux tiraient sur leurs amarres comme s'ils attendaient l'ordre d'appareiller pour l'Angleterre. Depuis bientôt deux ans, ils avaient été acheminés de toute la France par les fleuves, les canaux et le long des côtes. On en construisait jusqu'à Paris sur les bords de la Seine, et même à Colmar et à Strasbourg. C'étaient des navires de vingt mètres gréés en brick ou en lougre, portant quatre canons et capables de transporter une centaine d'hommes. D'autres étaient mus à la rame et avaient un fond plat pour s'échouer sur les plages.

On entendait le bruit des marteaux qui résonnait entre les collines, les cris des contremaîtres et le hennissement des chevaux parqués de loin en loin dans des enclos. Le vent d'est portait une odeur de foin et de crottin, mêlée à celle du bois scié des ateliers navals.

La berline descendit par la route qui serpentait au flanc de la colline. À l'entrée du camp, ils montrèrent leurs passeports au poste de garde. Un colonel les aborda pour les conduire à leur cabane près de l'état-major. Quelques minutes plus tard, Donatien entrait dans la tente de l'Empereur.

3

Le château de Pont-de-Briques était un manoir rose et blanc surmonté d'un toit en ardoise, à une lieue du port, où Napoléon dormait quand il venait à Boulogne. Un valet en livrée conduisit Olympe et Donatien jusqu'à la salle à manger où plusieurs officiers bavardaient debout, un verre de champagne à la main. Donatien reconnut Duroc, Caulaincourt, Lemarrois, Nevers, les aides de camp, Berthier le chef d'état-major, Soult le commandant du camp. Savary méditait devant une fenêtre qui donnait sur le parc. Donatien se mit en devoir de saluer l'assistance. Mais une porte s'ouvrit et le valet en livrée réapparut.
— Sa Majesté l'Empereur ! dit-il d'une voix forte.
Napoléon entra, sanglé dans son uniforme de chasseur de la Garde vert foncé, faisant résonner ses bottes sur le plancher. Il tenait à son bras une jeune

femme boulotte qui sourit d'un air espiègle aux officiers.

— Messieurs, dit Napoléon, laissez-moi vous présenter Mme Duchâtel. C'est la cousine de Laure Permon, la femme de Junot, que j'ai connue à Paris dans mes années de pauvreté. Mme Duchâtel habite Boulogne; elle nous fait l'honneur de partager notre ordinaire.

— L'honneur est pour moi, Sire, dit la jeune femme en gloussant. Je n'imaginais pas souper en si glorieuse compagnie.

— Ce sont de rudes militaires, dit Napoléon, mais ils sauront se montrer aimables.

Les officiers rirent et chacun prit place autour de la table. Napoléon se versa du chambertin qu'il coupa d'eau et reprit :

— Nous avons aussi le plaisir de recevoir le commissaire Lachance et sa femme, Olympe, qui m'ont secondé dans ma lutte contre Georges et son infâme complot. Ils apportent des nouvelles de Paris, je suis sûr que vous aurez plaisir à les entendre. Mme Lachance est une femme de valeur et une ardente républicaine. J'ose espérer qu'elle est maintenant ralliée à l'Empire.

— Sire, dit Olympe, je le suis pour autant que vous n'oubliiez pas la Révolution qui vous a fait, comme elle m'a faite.

— Vous voyez, messieurs, voilà une femme de tête et de caractère, qui vient jusque chez moi me chapitrer sur ma politique. Je l'aime bien malgré tout. Elle soutient son mari qui est un pilier de l'ordre impérial. Elle a combattu pour la République. Elle a même pris à l'abordage un vaisseau anglais, au début de mon consulat. Elle a été citée pour cela dans le Moniteur.

– S'il s'agit de combattre les ennemis de la patrie, répondit Olympe, vous me trouverez à vos côtés, Sire.

Quand elle parlait politique, elle s'exprimait dans le langage ronflant de l'époque révolutionnaire, ce qui déclenchait des sourires chez ses interlocuteurs, surpris de voir une si jolie femme défendre ses convictions avec autant de sérieux.

– À la bonne heure, dit Napoléon, c'est un renfort qui m'est précieux.

– La citoyenne Lachance, dit Donatien, vous admire et vous parle sans détour. La police sait que c'est une qualité utile aux gouvernements.

– Certes, dit Napoléon, mais dans certaines limites. Je me rassure en pensant que la citoyenne Lachance est mariée à un commissaire. Elle est sous surveillance.

Chacun sourit poliment au trait d'esprit de l'Empereur. Trois valets entrèrent, portant les premiers plats du souper. Ils posèrent sur la nappe blanche des plats d'argent chargés de pâtés, de relevés, de soupes et de volailles découpées. Donatien, sur ses gardes, observait les autres convives pour régler sur eux son maintien. Il était peu familier des pompes de la cour impériale. Il fut vite rassuré quant à la rigidité de l'étiquette. Sans attendre les autres, Napoléon prit à la main une cuisse de poulet qu'il mordit à belles dents. Chacun se servit de la même manière dans le plat qui était devant lui.

— Commissaire Lachance, dit Napoléon, je lis dans les dépêches que la rente va mal. Qu'en savez-vous ?

— La guerre ne fait rien de bon pour les affaires, dit Donatien. Il y a aussi les combinaisons funestes de M. Ouvrard, qui a spéculé avec l'Espagne. Le crédit public est entamé, chacun se porte vendeur, les cours baissent.

— Que fait ma police ? demanda l'Empereur.

— Sire, votre police serait bien en peine de rassurer les financiers. Seule la confiance peut rétablir les affaires.

— Elle reviendra, dit Napoléon, avec la victoire dans cette guerre.

— Sire, dit Nevers, l'un des aides de camp, si vous me permettez une suggestion, vous devriez nommer un gouverneur pour la Banque de France.

Napoléon eut un regard étonné.

— Et d'où vous vient cette idée, Nevers ?

— De ma réflexion, Sire, et de quelques livres que j'ai lus.

— Je croyais qu'il fallait laisser les banquiers entre eux, que la somme de leurs intérêts servirait mieux l'intérêt public qu'une intervention du souverain. Nous ne sommes plus au temps de Louis XIV et de

Colbert. La Banque est dirigée par les hommes les plus respectés de la place. Ils font leurs affaires entre eux, selon leur profit, qui est le profit de tous les opérateurs et, finalement, le nôtre.

– Sire, il arrive que l'intérêt particulier contredise celui de la France. Ceux qui dirigent la Banque sont juges et parties. Ils tendent à couvrir les spéculateurs, qui sont leurs frères.

Nevers parlait avec un profond respect et une grande assurance. C'était un jeune homme doué d'un air d'ouverture et d'un regard bleu qui attirait la sympathie. Ses cheveux bruns tombaient en boucles sur son front et il les avait réunis à l'arrière par un catogan, selon la mode qu'on voyait parmi les soldats français. Son col d'officier qui remontait jusqu'au menton rehaussait un visage blanc et droit qui rayonnait d'énergie.

– Gaudin, mon ministre, m'assure que le meilleur gouvernement pour la finance consiste à ne pas gouverner, mais à garantir la vérité des transactions et l'équilibre du budget.

– C'est ce que disent les économistes, reprit Nevers. Mais ce sont des doctrinaires de l'inaction. Ils pensent que la marche des affaires arrive toute seule au meilleur résultat possible. Or, il y a des cas où le commerce de l'argent échappe à la raison, notamment quand les spéculateurs s'en mêlent.

– Je ne puis ramener la France à l'époque de Robespierre et des assignats, quand on guillotinait les accapareurs pour faire revenir le blé dans les greniers. Cela ne menait à rien, sinon à répandre l'effroi chez les propriétaires et à arrêter tout de bon la production et l'échange.

– Ces accapareurs affamaient le peuple, dit Olympe, qui se lança effrontément dans la conversation. Ils méritaient leur sort.

– Ah çà ! jeta Napoléon en riant. Voici que notre républicaine a aussi des vues sur l'économie politique ! Madame, vous êtes une charmante raisonneuse mais ces affaires doivent être laissées aux hommes de l'art.

– Et pourquoi, Sire, les femmes seraient-elles exclues de l'action publique si elles ont des idées justes ? Elles ont pris une grande part dans notre Révolution. À cette époque, on ne pensait pas à les confiner.

– Cette contribution ne fut pas la plus heureuse, dit Napoléon. Les femmes de Paris furent parmi les plus sanguinaires. Elles défiaient l'autorité de la Convention et favorisaient les exagérés.

– Qui ont sauvé la République, Sire, et dont vous étiez.

Napoléon se renfrogna. Il n'aimait guère qu'on lui rappelât les souvenirs de la Terreur, quand il était un général jacobin, ami d'Augustin Robespierre, bourreau des monarchistes et des fédéralistes à Toulon.

– La tranquillité publique, dit-il, exige que les femmes restent chez elles occupées aux travaux du foyer et à l'éducation des enfants. C'est tout l'esprit de mon Code civil. C'est le bon sens et l'esprit des mœurs d'aujourd'hui. Si les femmes participent aux affaires publiques, elles manqueront à leurs devoirs.

– Manquais-je à mon devoir, Sire, dit Olympe, lorsque j'ai pris ce vaisseau anglais à l'abordage avec mes marins de Granville ?

– Ce fut l'exception glorieuse qui confirmait la règle, ma chère Olympe. Vous avez un corps de femme et un cœur d'homme. C'est votre charme. Lachance en sera d'accord.

– Les femmes ont souvent autant de courage que les hommes, répliqua Olympe qui ne cédait jamais dans une dispute, fût-ce avec l'homme le plus puissant de France.

– Voudriez-vous que les femmes aillent aussi à l'armée, ma chère ? dit Napoléon, railleur.

– Et pourquoi pas, Sire, vos armées en seraient plus fortes. Le sort de la patrie concerne les deux sexes.

– Nous avons parfois débusqué des femmes déguisées en soldats qui avaient rejoint l'armée pour suivre leur mari ou leur amant, dit Soult. Nous les avons aussitôt renvoyées chez elles !

– Plût au ciel que je ne voie pas le jour où les femmes seront conscrites, dit Napoléon. La guerre est assez barbare ainsi.

Puis il coupa court, impatienté.

– Nevers, vos vues sur la Banque m'intéressent, nous en reparlerons.

– Il ne faut pas couper le cou des spéculateurs, dit Nevers qui reprit l'argument d'Olympe, mais rabattre leur caquet. En fait, madame a raison. Ces gens-là peuvent conduire le pays à la ruine. Un gouverneur nommé les surveillerait mieux que l'un des leurs.

Olympe jeta un regard de gratitude à Nevers. Donatien, qui la contemplait, vit que ce regard s'attardait sur le jeune aide de camp, doublé d'un sourire. Nevers écouta la réplique de l'Empereur en fixant Olympe.

– Mon cher, dit Napoléon, c'est moi qui ai rédigé les statuts de la Banque de France. Je l'ai fait au terme d'une longue méditation. Voudriez-vous m'apprendre les règles que j'ai moi-même établies ?

Napoléon prisait ces controverses sur les affaires de gouvernement et laissait ses subordonnés le contredire, de manière à éprouver ses décisions au feu d'un débat qui lui semblait gage de pertinence. Au Conseil d'État, il pouvait soutenir la discussion pendant des heures, changeant d'avis si nécessaire, affinant ses vues au contact de celles des autres. Cassant et bref en public, il était le plus démocratique des souverains en petit comité.

– Sire, reprit Nevers, un gouverneur nommé par vous n'entraverait pas la marche des affaires. Il serait le commis des actionnaires de la Banque, en tout état de cause. Mais son attachement au gouvernement

préviendrait les excès dommageables à l'intérêt national. Sa présence établirait un équilibre.
— Je réfléchirai à votre idée. Après tout, quelques coups de plat de sabre ne peuvent pas faire de mal à ces gros banquiers. Mais d'où vous vient cette science, monsieur de Nevers ? Vous ne l'avez point acquise à l'école militaire ou dans un ou deux livres !
— Sire, mon père était fermier général du roi Louis XVI. Il collectait les impôts et organisait le crédit au gouvernement. J'ai vu ces choses de l'intérieur.
— J'ai donc des aides de camp fort savants, dit Napoléon. Est-ce bon pour la guerre ?
— Sire, dit Lemarrois, qui était connu pour sa bienveillance, cette science n'a pas empêché Nevers de charger d'une fort belle manière à Marengo avec un bataillon de Desaix. Il n'avait pourtant que dix-sept ans...
— C'est vrai, dit Napoléon, l'intervention de Desaix a prononcé le sort de la bataille. Vous étiez donc à ses côtés ? C'est un titre de gloire. Desaix était mon ami...
— Le mien aussi, Sire, dit Nevers, je l'ai vu tomber à dix pas, au tout début de la charge.
— Triste prix pour une grande victoire, dit Napoléon. Mais nous voici bien sérieux. Nous ennuyons notre invitée. Madame Duchâtel, y a-t-il des distractions dans la ville de Boulogne ? Comment passez-vous votre temps ?

Dirigée vers des sujets plus légers, la conversation s'éparpilla autour de la table. Les militaires parlèrent des auberges qu'ils connaissaient alentour, Mme Duchâtel instruisit l'Empereur des ressources de sa ville en lui jetant des regards. Napoléon semblait conquis. Donatien observait Olympe, dont les yeux se tournaient trop souvent vers Nevers.

Les valets apportèrent les rôtis, les gigots et les poissons en sauce. Le niveau du chambertin baissait dans les bouteilles. Napoléon, qui avait déjà fini son repas comme à son habitude, serrait de près Mme Duchâtel qui trouvait la chose à son goût. Soudain l'Empereur renversa une carafe d'eau qui se répandit sur la robe de l'invitée.

– Madame, dit-il d'un air contrit, je suis désolé de ma maladresse.

Mme Duchâtel s'était levée, embarrassée. Un valet s'empressa avec une serviette. Napoléon la lui prit des mains.

– Non, non, laissez-moi faire, c'est moi le coupable. Venez, madame, il y a là-haut des robes laissées par les dames de ma suite. Vous pourrez vous changer à votre aise. Laissez-moi vous montrer le chemin.

Il la prit par le bras et ils disparurent dans un escalier. La conversation reprit. On parla du camp de Boulogne et des préparatifs de la descente en Angleterre. Quelque quatre-vingt mille hommes étaient rassemblés à Boulogne, avec des corps de renfort à Ambleteuse et à Wimereux. La plupart des bateaux, construits dans les chantiers de la côte, de Bordeaux jusqu'à la Hollande, étaient maintenant concentrés dans les ports qui faisaient face aux falaises du Kent. L'armée des Côtes de l'Océan était prête pour l'assaut. Il n'y manquait que trois jours de sécurité à travers la Manche pour transporter les troupes. Trois jours, c'est-à-dire l'essentiel. Sans protection, les bateaux à fond plat seraient détruits par la flotte anglaise qui croisait dans le bras de mer.

La discussion fut interrompue par un bruit venu de l'étage. C'était un cri étouffé, où l'on sentait une surprise amusée. On entendit un « Non, Sire, pas ici », dit à haute voix, puis des piétinements sur le plancher. Les aides de camp se lancèrent des regards narquois pendant que Soult et Savary faisaient mine de ne rien entendre, poursuivant un propos technique sur le tirant d'eau des bateaux amarrés dans le port.

Un peu plus tard, Napoléon revint s'asseoir, suivi de Mme Duchâtel qui descendit l'escalier la tête baissée avec l'air d'une première communiante.

– Messieurs, dit l'Empereur, les soldats ne passent pas des heures à table. J'ai fini mon souper. Voulez-vous rester ou bien prenons-nous le café ensemble ? Mais il est vrai que nous n'avons pas eu de dessert...

L'assistance hésita. Soudain la voix de Nevers rompit le silence.

– Pour ce qui est du dessert, nous n'en avons pas tous été privés, Sire.

Un silence se fit. Napoléon jeta un regard noir à Nevers. Les militaires restèrent cois. Puis le visage de l'Empereur s'éclaira pendant que Mme Duchâtel plongeait dans son assiette. Tous éclatèrent de rire.

— Vous en serez privé pour votre impertinence, Nevers, dit l'Empereur, hilare, pendant qu'Olympe regardait avec admiration le jeune aide de camp si hardi.

Ils passèrent au salon où les valets avaient déjà servi le café. Napoléon mit trois sucres dans sa tasse et continua la conversation. Ségur demanda si l'on avait des nouvelles de la flotte française et de l'amiral Villeneuve, qui était censé rejoindre la Manche et protéger le passage de l'armée vers l'Angleterre.

— Villeneuve est à Cadix au lieu d'être dans la Manche, dit l'Empereur, il s'est empêtré. La croisière anglaise l'a bloqué, je ne sais quand il pourra paraître sur ces côtes. Nous devons revoir nos plans.

Aussitôt, les aides de camp se lancèrent dans des conjectures stratégiques, supputant les chances qu'il restait à l'armée française d'envahir l'île qui défiait la puissance de Napoléon. La discussion dura une heure, sans conclusion. Donatien écoutait, fasciné par le plan de conquête qu'on agitait devant lui. De temps en temps, il levait la tête et constatait avec humeur que Nevers et Olympe parlaient à voix basse devant une fenêtre en échangeant des sourires. On allait se lever pour partir quand des pas de bottes retentirent dans l'entrée du château. Un colonel fit irruption dans le salon, serrant un papier roulé dans sa main.

– Eh bien, Lejeune, dit l'Empereur, inquiet, pour arriver si tard, vous avez des nouvelles importantes.

– Oui, Sire, dit le colonel. Elles sont arrivées par le télégraphe. J'ai aussitôt pris mon cheval. L'armée autrichienne a rompu la paix. Elle est entrée en force en Bavière. Elle marche sur Munich et Ulm sous les ordres de Mack et du prince Schwarzenberg.

Napoléon se leva d'un bond. Il prit le papier roulé des mains de Lejeune, le lut et le jeta de rage sur le sol. Puis il se mit à arpenter la pièce, une main dans son gilet, l'autre derrière le dos.

– Ainsi la maison d'Autriche veut nous poignarder dans le dos ! Je savais que la cour de Vienne remuait des projets insensés. Le voile se déchire. Cette monarchie débile veut défier l'Empire français. Elle attaque nos alliés, elle menace Strasbourg. Elle s'en repentira. C'est l'or de l'Angleterre qui a payé tout cela ! L'empereur François a été acheté comme un mercenaire. Il lui en cuira ! Il y a ici cent mille soldats qui ne rêvent que de lui percer le flanc.

Il s'arrêta, pensif, puis reprit son manège.

– Mais j'avais paré le coup. Depuis trois jours je travaille à mon plan de campagne avec Daru. Messieurs, faute d'aller à Londres, nous irons à Vienne ! Les ordres de marche sont prêts. Nous prendrons de vitesse les souverains de la vieille Europe. Ils nous croient englués sur les côtes de la

Manche, nous les surprendrons sur les bords du Danube. L'armée des Côtes de l'Océan s'appelle désormais la Grande Armée. Et cette armée aux couleurs nationales marchera comme l'éclair pour confondre la morgue de nos ennemis. Le peuple français espère de nous les plus grandes choses. Messieurs, nous retournons à l'état-major. Au travail !

4

Le vent soufflait de l'ouest, faisant claquer les drapeaux et vibrer la toile des tentes, comme s'il voulait pousser la Grande Armée vers l'intérieur des terres. Une fièvre parcourait le camp de Boulogne où les soldats devaient maintenant tourner le dos à l'Angleterre pour foncer sur l'armée autrichienne. Un va-et-vient d'estafettes s'était établi entre l'Empereur et les chefs des corps d'armée qui allaient marcher vers la Bavière. Napoléon avait travaillé une bonne partie de la nuit avec Daru et Berthier, avait dormi trois heures pour reprendre sa tâche à sept heures. Les premiers courriers étaient partis vers la Hollande, d'où Bernadotte devait se porter sur la frontière autrichienne, et vers Brest, le point de départ du corps d'Augereau, le plus lointain, qui s'ébranlerait le premier pour rejoindre Strasbourg. Partout on voyait des officiers affairés, des chevaux qui piaffaient, des messagers pressés, des sergents qui morigénaient leurs hommes, des caissons qu'on tirait vers l'intérieur, des canons qu'on roulait vers leur régiment.

Olympe était sortie de sa tente pour visiter le camp, vêtue d'une tenue cavalière qui épousait sa silhouette. Ses cheveux flottaient au vent et les soldats ne manquaient pas de se retourner sur cette amazone. Hasard ou volonté ? Elle se retrouva au bout d'un quart d'heure devant les deux tentes d'état-major où l'on ourdissait les plans de la future campagne. Hasard ou volonté ? Quelques minutes plus tard, Nevers sortit par la portière en toile.

— Madame, je suis heureux de vous voir. Puis-je vous aider ?

— Je voulais seulement visiter le camp.

— Alors puis-je vous servir de guide ? Mon service ne reprend que dans deux heures. Je suis libre.

— C'est un heureux hasard.

— Pas tout à fait, dit Nevers, je vous ai vue arriver.

Olympe sourit. Ils partirent tous les deux vers la mer qui moutonnait au loin.

— Ici à gauche vous voyez le port, dit Nevers, avec les nouveaux bassins que l'Empereur a fait creuser. Il a aussi fait bâtir les deux forts qui protègent l'entrée, là-bas, sur les hauts-fonds qui bordent la côte.

Cet ensemble imposant, la digue qui pointait dans la Manche, les darses encombrées de bateaux, les deux forts postés en avant-garde, la vaste ville de toile qui occupait les deux pentes de la vallée, tout cela dégageait une impression de force ramassée, près d'attaquer.

— Croyez-vous que cette invasion soit possible ? demanda Olympe en désignant quatre voiles qui couraient au loin, entre Boulogne et les falaises d'Angleterre dont on apercevait le ruban lumineux à l'horizon, éclairées par le soleil de septembre. C'est bien la croisière anglaise que nous voyons là-bas…

— Elle était possible. Les Anglais surveillent Boulogne nuit et jour. Mais il aurait suffi de trois jours pour faire passer la flottille de l'autre côté. Trois jours d'un brouillard qui aurait aveuglé les vaisseaux ennemis, trois jours de calme qui auraient donné l'avantage à nos bateaux à rames, trois jours, surtout, qu'auraient pu gagner les navires de Villeneuve s'ils avaient enfin paru pour attaquer les Anglais et les tenir à l'écart. Oui, trois jours et nous serions passés. Ensuite, il nous aurait fallu quelques marches pour arriver à Londres. Les Anglais ont une flotte mais point d'armée. Franchir la Manche, c'était gagner la guerre.

— Vous parlez à l'imparfait…

— Cette question est désormais oiseuse. Les Autrichiens nous attaquent en Bavière. Il faut se porter à leur rencontre.

— Alors tous ces efforts auront été inutiles ?

— Non. Pendant plus d'un an, l'armée s'est entraînée. Elle est plus forte que jamais.

Nevers conduisait Olympe le long du chemin de crête qui dominait la plage. Ils arrivèrent devant un cirque de collines qui formaient un amphithéâtre naturel.

– C'est là que l'Empereur a distribué à l'armée les premières Légions d'honneur. Ce fut une cérémonie bien propre à exciter le patriotisme.

– Vous aimez l'Empereur, monsieur Nevers, dit Olympe.

– Il est le seul à même de réconcilier les deux France, celle de la Révolution et celle de l'Ancien Régime. Je m'y suis rallié par raison. Ensuite, j'ai appris à le connaître en travaillant auprès de lui. C'est un homme surnaturel.

– Surnaturel ?

– Oui. Il peut concevoir et organiser cent projets dans une journée, sans jamais manquer un détail ou négliger un aspect.

– Il n'est guère respectueux de la souveraineté du peuple.

– Il faut de l'autorité pour terminer la Révolution.

– Et pourquoi faudrait-il la terminer ? dit Olympe. L'égalité n'est pas assurée, pas plus que la liberté.

– Il faut arrêter les violences qui ont fait tant de mal à la France.

– Ces violences étaient nécessaires. Sans violence, point de révolution.

– Vous en parlez à votre aise, madame. Ma famille en a souffert, je ne veux pas voir ce temps revenir.

– Votre famille ?
– Mon père était fermier général. Il a été guillotiné sous la Terreur.
– Je vous demande pardon, je l'ignorais. Votre condamnation des spéculateurs est d'autant plus méritoire.
– Il ne spéculait pas. Il dénonçait les spéculateurs et tentait de ramener un peu d'ordre dans les finances. Les patriotes dont il critiquait les opérations douteuses l'avaient pris en grippe. Ce fut une cruelle injustice, de celles qu'on n'oublie jamais. Ma mère en est morte et mes frères et sœurs sont en exil. Ma famille a été anéantie. Mais c'est de l'histoire ancienne. Nous avons ouvert un nouveau chapitre. Et vous, avez-vous souffert de la Terreur ?
– Je crains d'avoir à vous dire que j'en étais une partisane. Et même une figure : j'étais déesse de la Liberté. Je trônais au sommet du char lors des fêtes révolutionnaires. Ne riez pas.
– Je ne ris pas, je tremble. Vous étiez l'égérie d'hommes qui ont fait le malheur de ma famille. Mais ce choix ne m'étonne pas. On prenait toujours les plus belles femmes pour jouer ce rôle.
– Vous êtes bien aimable, citoyen.

Le ton de Nevers se fit soudain plus intime. Il la regarda dans les yeux.

– Non, ce n'est pas de l'amabilité. Olympe, depuis hier soir, je ne pense qu'à vous ! Vous m'avez ôté le sommeil. Ce matin j'ai eu une grande joie en vous apercevant quand vous passiez devant notre tente. Je suis venu pour vous parler, pour vous voir.

Elle soutint son regard, soudain grave.

– Nous nous écartons de la politique, mon ami. Nous voici en terrain dangereux...

– L'amour et la politique sont également dangereux.

– Alors restons-en à la politique. Au demeurant, vous ne me connaissez pas. Sachez que je n'étais pas seulement déesse. J'ai combattu avec les Bleus, au siège de Granville, ma ville natale. J'ai même pris un vaisseau anglais à l'abordage avec une brave troupe de marins normands. Je suis peut-être moins douce que vous ne le pensez.

– Telle que vous êtes, vous m'avez conquis... Mais je m'égare. Excusez-moi.

Nevers s'était rapproché d'Olympe pour dire son compliment. Il fit un pas de côté et se tourna vers la mer. Elle se rendit compte qu'elle en ressentait de la déception. Elle regarda en coin Nevers qui faisait face au large, pensif et muet. Sa chevelure brune remuée par le vent et son profil régulier lui semblèrent infiniment désirables. Un moment s'écoula. Ce fut lui qui rompit le charme.

– Et votre mari, que pense-t-il ? C'est un fidèle de l'Empereur.

– Mon mari avait les mêmes idées que moi au temps de la Terreur. En plus arrêtées. Il a été l'adjoint de Carrier à Nantes pendant les guerres de Vendée.

Il a occis un nombre considérable de brigands. Ils en avaient peur. Ils l'appelaient « l'Ange du diable ».
– Quel surnom !
– Mon mari est en effet bien tourné, comme vous avez pu le remarquer.
– Ce n'est pas l'ange qui me gêne, c'est le diable.
– C'était une époque terrible. Les Blancs voulaient notre mort. Nous avons frappé les premiers.
– Et de quelle manière…
– Mon mari a vu trop de sang. Il en a conçu une haine du désordre et de la guerre civile. C'est pourquoi il est désormais policier. Il maintient la paix dans la société. Du moins il le pense. Il vit dans une sorte de remords. Et Bonaparte qui prétend réconcilier la France lui semble un rédempteur.
– Finalement, en partant de points opposés, nous nous rejoignons.
– Pour la plus grande gloire de Napoléon Ier, dit-elle, sarcastique.
– Cette conversation devient séditieuse, répliqua-t-il d'un ton léger. Avançons, voulez-vous ?

Il lui tendit le bras. Après un temps d'hésitation, elle l'accepta. Plusieurs fois, pendant qu'ils faisaient le tour du camp, elle s'appuya sur son épaule, pour se reprendre aussitôt. Il fit comme si de rien n'était.

La promenade s'acheva une heure plus tard, dans cette sensuelle ambiguïté.

5

Les ordres de Napoléon partaient de Boulogne comme autant d'impulsions qui électrisaient la Grande Armée. Les premiers bataillons s'apprêtaient à quitter le camp, les autres se préparaient en comptant les munitions, en garnissant les sacs, en vérifiant les uniformes. Partout on passait des revues de détail, les soldats alignés au garde-à-vous, immobiles et sévères, pendant que les officiers longeaient les rangs, cherchant un bouton qui manquait, des souliers usés, des gibernes incomplètes. L'ancienne armée des Côtes de l'Océan, désormais la Grande Armée, était étalée le long du rivage de la Manche, avec Boulogne pour point principal. Il fallait la diriger vers l'est, prévoir les étapes, organiser le ravitaillement, calculer la marche de chaque régiment par des routes différentes pour éviter l'engorgement.

Donatien avait naguère combattu sous les ordres de Bonaparte en Italie. Il connaissait sa manière : disperser l'armée quand elle manœuvrait pour lui permettre de vivre sur le pays. Mais organiser cette dispersion de telle manière que les divisions puissent se soutenir entre elles et se concentrer soudain quand l'une d'elles rencontrait l'ennemi. Rejoignant le champ de bataille par des chemins différents, elles disposaient alors, à cet endroit et à ce moment, d'une supériorité numérique. Cela supposait des mouvements incessants. « Le Petit Caporal gagne les batailles avec nos jambes », disait la troupe. Cette façon de jeter son armée sur un pays comme on jette un filet, pour le resserrer ensuite d'un seul coup, avait produit Montenotte, Lodi, Castiglione ou Rivoli. Donatien savait, en observant l'activité de l'état-major, qu'une nouvelle fois cette mécanique était à l'œuvre.

Elle se déployait maintenant à l'échelle d'un continent. Donatien avait parlé de la situation stratégique avec Fouché à Paris, quand ils supputaient les chances de la guerre dans le bureau ministériel du quai Malaquais. L'armée autrichienne avancée en Bavière n'était en fait qu'une avant-garde. La coalition nouée par l'Angleterre avait aussi ameuté contre la France les armées russes, qui accouraient vers l'Autriche, celles de Suède, qui pouvaient fournir une réserve, et celles du royaume de Naples qui faisaient face à la division française occupant l'Italie. Cette dernière menace maintenait les Français en Lombardie et en Toscane : libérée par l'alliance des Napolitains, une seconde armée autrichienne remontait d'Italie du Nord vers la Bavière. La Prusse, enfin, quoique officiellement neutre, pouvait se joindre aux Alliés. Si ces troupes réparties au nord, à l'est et au sud se concentraient autour de Munich, elles dépasseraient en nombre la Grande Armée. Il fallait les prendre de vitesse et paraître sur le Rhin avant cette réunion. Bernadotte en Hollande et Augereau à Brest, les plus éloignés du théâtre des opérations, partiraient les premiers. Les autres corps suivraient l'un après l'autre. Il n'y avait pas une heure à perdre. Une fois encore, le sort de la France reposait sur les jambes de ses soldats.

Savary, d'humeur toujours plus rogue, attendait Donatien devant la tente de l'Empereur.

– L'état-major est en pleine fièvre. Vous devrez aller vite pour ces interrogatoires. Les aides de camp ont bien d'autres choses à faire que de collaborer à une enquête de police.

– J'ai un ordre de l'Empereur, dit Donatien. Il attache une importance particulière à cette affaire.

Ils entrèrent dans la tente où Daru et Berthier travaillaient sur une carte de l'est de la France. Deux aides de camp notaient leurs paroles pendant que trois autres attendaient debout dans un coin pour le cas où Napoléon aurait besoin d'eux.

Soudain on entendit la voix de l'Empereur derrière la portière de toile qui fermait son bureau.

— Écrivez ! Ces deux cent mille paires de souliers seront acheminées des ateliers où on les fabrique jusqu'à Strasbourg avant le 12 septembre. On prévoira autant de paires de lacets de rechange, ainsi que les clous qui sont nécessaires. Mon intention est de marcher comme l'éclair. De Boulogne à Strasbourg, les soldats auront usé leur première paire. La présence de ces souliers à leur arrivée à Strasbourg est d'une importance stratégique. Les officiers concernés déploieront la plus grande activité pour assurer la présence de ces souliers à Strasbourg...

Donatien s'installa à un guéridon que lui montra Savary. Duroc fut son premier témoin. Il était gouverneur du Palais, fonction qu'il remplissait à Boulogne comme à Paris : le Palais était où était Napoléon. Lisant ses états, il retrouva le nom des officiers présents à l'état-major le soir du crime : outre Levasseur, la victime, il y avait là Ségur, Lemarrois, Nevers, Mary, Bertrand, Caulaincourt, Rapp et Duroc lui-même. À cette liste il fallait ajouter Daru, l'intendant de l'armée, et Berthier, le chef d'état-major. Les grenadiers de garde étaient hors de cause : ils restaient en faction et se voyaient l'un l'autre. Aucun n'avait quitté son poste au cours de la soirée.

— Vous souvenez-vous de ce qui s'est passé ce soir-là ? demanda Donatien.

— Rien que d'habituel, répondit Duroc. L'Empereur dicte ses courriers, étudie ses cartes, reçoit des rapports et accorde des audiences. Chacun travaille, entre et sort selon les besoins du service. C'est la même chose chaque jour et chaque soir. Je ne saurais retracer ce qui s'est passé il y a trois jours, qui ressemble à ce qui se passe tous les jours.

— Tous les aides de camp étaient présents ?

— Je ne sais. Les aides de camp collaborent au travail d'état-major, qui est essentiellement une tâche d'administration. Ils portent aussi des ordres ou rapportent des informations. Nous ne conservons pas de trace de leur activité. Daru et Berthier n'ont pas quitté la tente, pas plus que moi, de cela je puis être sûr. Pour le reste, je ne peux le savoir.

Donatien calcula qu'il avait donc sept suspects possibles mais que leur culpabilité était invraisemblable. Ils avaient été repérés pour leur fidélité et leur bravoure au combat.

— Et Levasseur, que faisait-il ?

— Comme les autres. C'était un officier raide, exact, actif. Je ne me souviens pas de lui ce soir-là. Il vaquait sans doute à sa tâche, comme tout aide de camp.

— Vous souvenez-vous d'un incident, d'un éclat de voix, d'une querelle ?

— Non. Rien n'a différé de ce qui arrive chaque jour, autant que je me souvienne. Ces journées sont uniformes. Comment pourrais-je en isoler une ?

— Levasseur était susceptible et querelleur. Avez-vous souvenir d'un conflit qui l'aurait opposé à l'un ou à l'autre ?

— Non, mais Ségur était proche de lui. Voyez-le.
Ségur remplaça Duroc devant le guéridon. C'était un officier au maintien aristocratique, fils d'une grande famille de la noblesse ralliée à Napoléon. Il s'exprimait d'un ton précieux et courtois comme savaient le faire les hommes de l'Ancien Régime. Derrière la paroi de toile, on entendait toujours la voix de l'Empereur qui dictait ses dépêches. C'était cette fois une lettre à Talleyrand. Le ministre des Relations extérieures devait sonder le gouvernement de la Prusse sur ses intentions. Il était question du Hanovre, qu'on se disposait à céder au souverain de Berlin en échange de sa neutralité.
— Je me souviens de cette soirée, dit Ségur, elle était semblable à toutes les autres. Rien de notable.
Donatien commençait à désespérer de ces interrogatoires. La routine brouillait les souvenirs. Aucun détail auquel s'accrocher.
— Levasseur était donc querelleur ? demanda-t-il à Ségur.
— Certes. Il a tué trois hommes en duel. C'était un escrimeur redoutable.
— Vous souvenez-vous de sa dernière altercation ?
— Oui, il me l'avait contée. Il s'était pris le bec avec trois officiers. Levasseur défendait l'idée des attaques en colonne, qui peuvent briser la ligne adverse par l'effet de masse. Ses trois contradicteurs en tenaient pour les attaques en ligne, qui permettent de faire feu tous ensemble. C'est une discussion éternelle dans

l'armée. Rien qui méritât réparation ou duel. Mais Levasseur avait le sang chaud. Il en parlait avec une sorte de fureur contenue. Je l'ai encouragé à l'indulgence mais il ne m'écoutait guère.

– Fort bien. Je devrais interroger ces trois hommes.

Ségur ne savait rien d'autre. Lemarrois fit ensuite l'éloge de Levasseur sans rien ajouter de concret aux autres témoignages. Mary n'avait aucun souvenir précis. Rapp et Caulaincourt se rappelaient de l'heure à laquelle Levasseur était parti et de rien d'autre. Nevers fut plus loquace.

– Vous souvenez-vous d'un incident, de quelque chose d'inhabituel, demandait Donatien d'un ton froid, encore irrité des apartés de Nevers avec Olympe au Pont-de-Briques.

– Je ne vois pas, répondait Nevers du ton le plus aimable qui fût. Son visage franc agaçait de plus en plus le commissaire qui se découvrait en mari jaloux.

– Cherchez dans votre mémoire, dit Donatien. C'est une affaire d'État.

– Non, je ne vois rien. Levasseur a pris des notes pendant que Napoléon étudiait ses cartes, couché sur le sol. Il a ensuite attendu un ordre qui n'est pas venu. Puis il est sorti. Mais attendez...

– Oui ?

– Un détail me revient.

– Lequel ?

– Vers onze heures, un homme roux que je ne connaissais pas a été introduit dans la tente. Il a attendu une ou deux minutes puis Berthier l'a conduit dans le bureau de l'Empereur. Je suis ensuite sorti pour porter un ordre à Soult, qui travaillait dans sa tente à dix minutes d'ici. Quand je suis revenu, l'Empereur s'était de nouveau couché sur sa carte d'Allemagne. L'homme roux avait disparu.
– Un homme roux ? Un officier ?
– Je ne crois pas. Il était en civil, habillé comme un bourgeois.
– Le reconnaîtriez-vous ?
– Non. Il portait un chapeau large, son visage était en partie masqué, il baissait la tête. Maintenant que j'y pense, il s'est placé au fond de la tente, loin des candélabres, dans l'ombre. Peut-être était-ce à dessein.
– S'il portait un chapeau, comment savez-vous qu'il était roux ?
– C'est bien une question de policier, dit Nevers en riant. Ses cheveux tombaient sur sa nuque. Voilà pourquoi.
– Et pourquoi les autres aides de camp ne m'ont-ils pas signalé cette présence ?
– Je ne sais. Défaut de mémoire. Ou bien étais-je seul dans la tente à ce moment-là. Ou encore le seul attentif. Il y a souvent des visiteurs pour l'Empereur, ou pour Berthier. Sa présence était banale. Et s'il est entré, c'est qu'il avait montré patte blanche

au capitaine de grenadiers qui contrôle les visiteurs, au-dehors. On n'arrive pas comme cela auprès de l'Empereur. Il faut être connu des gardes comme membre de l'état-major ou bien passer par trois contrôles.

— L'Empereur ou Berthier me diront qui était cet homme roux, dit Donatien, qui ajouta mentalement un personnage à sa liste de suspects.

— À coup sûr. Je ne me souviens pas d'autre chose.

Les derniers aides de camp n'avaient pas de souvenir plus précis. Aucun ne mentionna l'homme roux. Sur ce point, il fallait interroger Berthier ou Napoléon. Cela semblait indiquer qu'à ce moment-là Nevers était seul dans la rotonde avec Levasseur.

Donatien allait partir pour voir les trois officiers avec qui Levasseur s'était querellé, convoqués par Savary dans une autre tente, quand Napoléon entra dans la pièce. Il avait ses lunettes sur le nez qui lui donnaient l'air d'un instituteur. Il les retira prestement quand il vit Donatien. Il n'aimait pas qu'on le surprenne affligé d'une infirmité, fût-elle la plus banale. Il réservait ce privilège à ses familiers, auxquels il ne pouvait cacher grand-chose.

— Lachance, vous êtes au travail.
— Oui, Sire.
— Rendez-moi compte, j'ai cinq minutes.

Ils passèrent dans le bureau.

— Sire, je suis sûr de mes déductions mais je n'arrive pas à croire à la culpabilité d'un de vos

collaborateurs les plus proches. Je viens de les questionner, sans résultat. Voilà mon état d'esprit.
— Peut-être vos déductions sont-elles fragiles...
— Je ne crois pas, Sire. Ces traces sont des preuves éphémères mais certaines.
— Alors ?
— Il manque un élément à mes raisonnements. On me parle d'un homme roux coiffé d'un large chapeau qui est venu ici le soir du meurtre. Vous en souvenez-vous ?

Napoléon fixa Donatien. Il réfléchit, contrarié. Puis il dit lentement, comme s'il avait mûri sa réponse :
— Non. Cela ne me dit rien. Je n'ai reçu d'homme roux ce soir-là ni un autre. Qui vous a dit cela ?
— Nevers.
— Nevers a rêvé ou il a eu la berlue.

Donatien fut déconcerté par cette réponse mais le ton était sans réplique. Il y avait une gêne dans le regard de Napoléon. Donatien fut embarrassé.
— Êtes-vous bien certain de ce que vous dites, Sire ?
— Ah çà, me passez-vous à mon tour sur le gril, commissaire ?
— Non, certes. Mais la mémoire fait parfois défaut.
— Pas la mienne, Lachance, vous devriez le savoir.

Sur ce point, l'Empereur était inattaquable. Son entourage était émerveillé de la précision des souvenirs de Napoléon, qui pouvait donner le nom, l'effectif et les officiers de ses régiments, ou encore réciter n'importe quel article des lois qu'il faisait promulguer comme s'il en avait le texte sous les yeux.

– Excusez-moi, Sire, c'est la déformation de ma profession...

– Les hommes spéciaux ont tous leurs défauts de métier. Je ne vous en fais pas grief. Mais ce que vous me dites m'inquiète. Vous êtes sûr que l'assassin venait de cette tente mais vous n'avez pas idée de son identité...

– C'est cela, dit piteusement Donatien.

Napoléon réfléchit un moment. Puis il reprit :

– Soyons logiques, Lachance. Je ne peux écarter l'idée que vous ayez raison. Dans ce cas, l'affaire est grave. Nous devons nous régler sur cette hypothèse, nous parerons ainsi toutes les autres. Si l'assassin est ici et s'il s'agit d'espionnage, comme je le redoute, cet homme peut encore nuire. Il peut même menacer la sûreté de mon entreprise.

– C'est un fait qu'on ne peut ignorer, Sire.

– Et si je montre mes soupçons, il en sera aussitôt averti et se dissimulera d'autant plus.

– Certes.

Un silence se fit de nouveau.

– Il n'est qu'une solution à notre rébus, Lachance. Vous partez avec nous. Vous serez mon huitième aide de camp. Vous aurez pour mission de surveiller l'état-major et de débusquer ce misérable. J'égarerai ses soupçons en disant que nous avons résolu le crime. Trouvez-moi une histoire vraisemblable. Mais j'ajouterai aussitôt que cette affaire montre une faille dans la sécurité de l'état-major, qu'il y faut un homme de l'art. Votre nomination comme aide de camp sera justifiée par le meurtre, personne n'y trouvera à redire. Et après tout, vous avez déjà combattu. Vous savez ce qu'est une guerre. J'aurai près de moi mon meilleur policier.

– Mais, Sire, des tâches de service importantes me retiennent au ministère auprès de Fouché.

– Il n'y a pas de tâche plus importante que d'assurer la bonne conduite de cette campagne. Je ne veux pas commander avec un traître dans mon dos. Vous pouvez le comprendre.

– Je le comprends, Sire, dit Donatien, tout éberlué de se voir soudain enrôlé dans la Grande Armée.

– Votre épouse le comprendra-t-elle aussi ?

Donatien fut surpris une nouvelle fois par la sollicitude privée de Napoléon.

– C'est moins sûr.

– C'est une femme de caractère. Je vais lui écrire un mot, cela l'adoucira.

– Sire, Votre Majesté…

– Laissez, Lachance, dit Napoléon qui prit un papier et commença à écrire, je tiens à la tranquillité d'esprit de mes officiers, vous le savez. Ainsi nous sommes de nouveau en campagne, vous et moi, cette fois contre l'Autrichien. J'en suis content. C'est le bon côté de cette mauvaise affaire. Faites-vous donner un

uniforme, un cheval, un pistolet et une épée. Vous savez vous en servir...
— Je n'ai pas oublié, Sire.
— J'en étais sûr, dit Napoléon en se levant pour signifier que l'entretien était terminé. Il fit le tour de son bureau, et s'approcha de Donatien qui s'était également levé. Il lui tendit la lettre. Donatien la prit.
— Allons, marchons hardiment, dit Napoléon. Sus aux Autrichiens !
Et il lui tira l'oreille.

6

— Ainsi ton Napoléon t'a enrôlé de force. Te voilà conscrit !

Donatien craignait les colères de sa femme. Il prit un ton penaud pour prévenir un éclat dont il sentait les prémices.

— Pour ainsi dire, mon amie. J'y suis obligé.
— Et tu te laisses faire ?
— Je n'ai pas le choix. Je suis fonctionnaire. C'est un ordre direct, je dois obéir sans discuter.
— Mais enfin, tu as un métier, une carrière, pourquoi partirais-tu pendant des mois à l'autre bout de l'Europe faire une guerre d'ambition ?
— Ce n'est pas une guerre d'ambition. Les Autrichiens nous ont attaqués. Nous devons nous défendre. De plus, je serai à l'état-major impérial, c'est-à-dire au cœur de la campagne. C'est le meilleur poste qui soit.

Je dois assurer la sécurité de l'Empereur qui est battue en brèche par ce meurtre, même si nous avons éclairci l'affaire. Savary n'y suffit pas. Je dois suppléer.

— Vous avez mis la main sur le criminel ?

— Oui, presque. Nous sommes convaincus que c'est un des officiers avec qui ce Levasseur s'était querellé. Il est parti de Boulogne mais la police le rattrapera.

Donatien servait à sa femme la fable dont il était convenu avec Napoléon. C'était la version officielle, il ne pouvait dire autre chose, même dans l'intimité.

— Comment avez-vous fait pour aller si vite ?

— Il a laissé des traces dans le chemin. Il suffisait de comparer la semelle et son empreinte pour le confondre. Il a disparu juste après qu'on lui a demandé ses bottes. Il était suspect, il s'est désigné comme coupable. Mais tout cela montre que la garde de Napoléon est insuffisante. Il faut surveiller davantage l'état-major. Levasseur était l'un des officiers préférés de l'Empereur et il a été tué sous son nez. Il faut reprendre tout cela en main.

— Ainsi tu passes du poste de commissaire à celui d'aide de camp. Mais ce travail est dangereux. Vous êtes envoyés chez l'ennemi ou sur le champ de bataille...

— C'est la guerre qui est dangereuse, mon amie. On la fait ou on ne la fait pas. Il n'y a pas de milieu.

Olympe avait été fort belliqueuse sous la Convention. Elle ne trouva rien à redire à cette parole de bon sens. Elle reprit néanmoins :

— Et ta femme ? As-tu pensé à ta femme ? Tu pars pour des mois. Que vais-je devenir ?

— C'est le vrai malheur dans cette affaire. Les femmes ne sont pas admises à l'armée, sauf comme cantinières. C'est un emploi qui ne t'irait guère...

Olympe n'était pas d'humeur légère. Elle refusa de sourire.

— Ton Empereur s'est mis en quatre pour nous réunir, sans que ce soit forcément une bonne idée, d'ailleurs. Et voilà qu'il nous sépare. Que veut-il, à la fin ?

Fin calculateur, Donatien avait prévu de laisser la colère d'Olympe se libérer avant de lui confier la lettre de Napoléon, une fois le gros de l'orage passé. Il la tendit à sa femme.

— Tiens. L'Empereur t'a écrit, justement.

— Il m'a écrit ? À moi ?

Elle était surprise et flattée.

— Oui. Je ne sais ce qu'il te dit, mais il l'a fait. Devant moi.

— N'a-t-il pas d'autres urgences ces jours-ci ?

— C'est qu'il juge l'affaire importante. Lis donc.

Elle lut. Et comme Donatien l'avait espéré, son visage se radoucit. Arrivant à la fin de la missive, elle esquissa même un sourire.

— Si je n'étais pas une femme, dit-elle d'un ton joyeux, ton Empereur m'aurait nommé à la tête d'une division... La dernière fois, il me voulait à la tête d'un régiment. J'étais colonel, me voici général. Belle promotion ! Il sait être aimable quand il le veut.

— C'est un homme à mille facettes...

Elle redevint grave.

— C'est un homme diabolique dont le charme et les talents sont employés à l'établissement d'une nouvelle tyrannie. Voilà la vérité.

Donatien ne tenait pas à entamer une discussion politique. Il resta silencieux, dans l'espoir que, définitivement, la lettre de Napoléon ferait passer la pilule de son départ pour l'Autriche. Il était trop optimiste.

— La lettre est belle mais la décision néfaste. Mon ami, je ne suis pas comme toi. Je te parlerai franchement. Depuis cette affaire d'Aurore de Condé, quelque chose s'est glissé entre nous. Est-ce la jalousie, la défiance, la blessure de la trahison ? Je ne sais. Mais nous allons mal.

— J'ai donné cent fois mon explication. J'ai cru devoir agir ainsi pour les besoins de l'enquête sur Cadoudal. J'ai eu tort. Cette Aurore était une traîtresse et une tentatrice. Je ferai tout pour me faire pardonner...

— C'est là une histoire que l'on conte aux enfants. Il s'agissait de bien autre chose. J'avais pardonné. Tu as recommencé. C'est le pire des péchés. Tu es relaps. Les relaps vont en enfer.

Donatien ne cherchait plus à se défendre, tant il avait déjà essuyé des assauts de ce genre depuis un an.

— Tournons-nous vers l'avenir, mon amie.

– Justement, je dois y réfléchir. Quelque chose a changé. Tu ne peux pas le nier. D'ailleurs tu ne dis plus « mon amour », mais « mon amie ».
 – C'est la même chose...
 – Non, j'y vois une nuance essentielle.
 Il se dit qu'avec une raisonneuse de cette trempe il était vain d'argumenter. En même temps, un pressentiment l'envahissait. Il avait peur, plus que tout, de perdre Olympe. Il tenta une sortie.
 – Mon amour, dit-il, allons dîner, veux-tu ?
 – Pas tout de suite. Il est cinq heures. Je dois réfléchir. Je dois être seule un moment. Je vais marcher le long de la mer. Je serai là à six heures.
 Elle mit un chapeau et elle sortit sans un mot. Le cœur serré, Donatien la vit partir, leste et sensuelle. Sa joie d'être inclus à l'état-major de l'Empereur pour une campagne décisive était contrariée. Il voyait sa femme lui échapper. Il se sentait coupable mais n'arrivait pas à l'admettre vraiment. Son idylle avec Aurore de Condé avait été aussi une nécessité du service, du moins se plaisait-il à le penser avec une complaisance douteuse. Son infidélité, au vrai, était chronique, mais il n'arrivait pas à accepter qu'elle pût être payée d'un prix aussi élevé : la perte d'Olympe, la vraie passion de sa vie. Il cherchait depuis des mois à résoudre ce dilemme, sans jamais y parvenir, maudissant sa femme pour sa rigidité mais l'admirant pour sa droiture.

Olympe marchait vers la mer, perdue dans ses pensées. Elle aussi était mécontente de son couple, d'elle-même, de sa vie. Elle avait du mal à comprendre pourquoi cette ancienne blessure demeurait ouverte, pourquoi elle-même restait si furieuse au bout de un an. Donatien l'avait trompée pour une autre. La trahison était avérée, éclatante, d'autant qu'il avait récidivé après avoir été surpris. Mais les couples survivent à ces accidents. Comme l'avait dit Napoléon, le mariage est une longue route, ce qui compte est d'arriver au bout, en dépit des obstacles...

Peut-être était-ce la personnalité de cette Aurore de Condé, membre d'une des grandes familles de France ? Bafouée par une femme de la noblesse, la roturière ressentait davantage l'humiliation.

Mais il y avait autre chose, un alanguissement du cœur, un envahissement des tâches de routine et, même si elle n'osait se l'avouer, l'apparition insidieuse de l'ennui. Quoique toujours aimante après cinq années de mariage, Olympe ne ressentait plus d'émotion quand elle entendait les pas de son mari dans l'escalier de la place de Thionville. Elle goûtait moins ses joutes verbales avec lui, qui l'amusaient tant au début de leur amour. Peut-être parce qu'elle était moins attentionnée, elle se lançait moins souvent dans ces exercices gastronomiques où elle excellait, s'efforçant d'appliquer à la cuisine les lois de la science. Et puis il y avait ces enfants qu'elle ne pouvait concevoir, selon les médecins, et dont la présence aurait créé un lien solide et pérenne. Son mari était le seul objet de son mariage. Sans famille, sans cette descendance pleine de vie, de soucis et de surprises, les plus belles passions s'émoussaient. Il manquait un chapitre au roman de la vie conjugale.

Elle pensait moins à Donatien, distraite par d'autres gens ou d'autres idées, avide de rencontres, avide d'activités, dans la franc-maçonnerie où elle fréquentait une loge féminine et dans la politique, sa vraie passion depuis les débuts de la Révolution. Elle fréquentait des républicains qui déploraient l'évolution du régime et rongeaient leur frein en contemplant les succès de Bonaparte. Elle voulait les aider. Mais elle était entravée par la position de son mari, dignitaire du régime, adjoint de Fouché, policier d'élite et enquêteur supérieur, favori de l'Empereur dans ces domaines et souvent chargé de missions sensibles. Cet empêchement la frustrait. La carrière de Donatien étouffait la sienne. Sa fidélité à Napoléon lui pesait. Elle était femme de passion. La régularité de son existence usait son amour.

Elle était plus sensible, enfin, aux avances que plusieurs jeunes gens n'avaient pas manqué de lui faire, comme ce jeune Nevers à la figure si charmante. Elle avait trente ans passés et se sentirait bientôt vieille. Elle plaisait encore, mais ce temps béni touchait à sa fin. Avait-elle saisi toutes les occasions de la vie ? Avait-elle cueilli tous les fruits à sa portée ? Ou bien manquait-elle, enfermée dans son mariage, quelque chose d'essentiel à son bonheur ? Elle était fille de la Révolution, elle n'avait pas les pudeurs des femmes de son temps. En jetant bas la tradition, les hommes de 1789 avaient ouvert quantité de possibles dont les femmes, à ses yeux, devaient aussi s'emparer. Toujours solennelle, elle se souvenait de cette Déclaration des droits pour laquelle elle était prête à mourir. L'un d'entre eux lui semblait particulièrement précieux : la recherche du bonheur, cette idée neuve en Europe, avait dit Saint-Just, l'une de ses idoles. Cette quête était-elle achevée pour elle ? Le bonheur se trouvait-il au sein du foyer ? Ou ailleurs ?

Elle marchait sur le sentier longeant la côte, fouettée par le vent d'ouest qui avait fraîchi. Le soleil baissait sur l'horizon du côté de l'Angleterre, rougissant le ciel d'été parcouru de petits nuages violets et dorés qui couraient dans les rafales. Elle s'arrêta et regarda le large, comme elle le faisait à Granville dans son enfance, quand elle rêvait d'aventure. Elle resta un moment devant le crépuscule qui flamboyait au ponant, perdue dans sa nostalgie et dans ses rêves d'avenir. Soudain elle entendit des pas. Comme dans un tour de magie, elle vit un jeune homme qui marchait dans sa direction, celui-là même dont la pensée venait de la troubler, Nevers.

– Monsieur, est-ce un sortilège ? Je ne peux faire un pas dans ce camp sans vous rencontrer. Je ne m'en plains pas, d'ailleurs...

– Madame, la sorcellerie n'y est pour rien. Je vous guettais.
– Vous me guettiez ? Mais où cela, je vous prie ?
– Depuis ma tente d'état-major.
– Qui est à cent toises d'ici…
– J'ai une longue-vue.
– Ainsi vous m'observez à la longue-vue ! Quelle étrange méthode, monsieur ! Où sont l'intimité, la vie privée ?
– Je devais vous parler avant mon départ.
Olympe sursauta et son visage s'assombrit malgré elle.
– Votre départ ? Vous partez ? Mais… quand, monsieur ?
– Demain à la première heure. L'Empereur m'envoie à Strasbourg vérifier que les deux cent mille souliers qu'il a ordonné d'y rassembler y seront bien quand l'armée arrivera.
– Vous partez…, dit-elle d'un ton mélancolique, puis elle se reprit. L'Empereur, continua-t-elle, aurait pu vous confier une mission plus héroïque.
– C'est ce que je me suis permis de lui dire.
– Qu'a-t-il répondu ?
– Que cette affaire de souliers était la plus importante de l'heure, que les marches des soldats étaient à la base de sa stratégie, que sans souliers la campagne était perdue, que cette mission honorerait plus qu'une autre celui qui la remplissait.
– Certes. Ainsi vous partez…

– Je n'y pense pas encore puisque je suis avec vous. Soudain, il prit un air solennel et mit un genou en terre. Olympe fut effrayée. Elle regarda autour d'elle avec angoisse, prenant la main de Nevers pour le relever. Heureusement, ils étaient seuls sur le chemin.

– Madame, dit Nevers, vous êtes la femme dont j'ai toujours rêvé. Pas une minute ne s'est passée depuis avant-hier sans que je pense à vous. Votre visage, votre voix, votre personne sont pour moi de merveilleuses obsessions. Je pars demain. La campagne durera des semaines, peut-être des mois. Après cette histoire triviale de souliers, j'aurai d'autres missions, sans doute plus dangereuses, comme en ont les aides de camp. Peut-être ne vous reverrai-je point. Aussi je devais vous avouer mon amour. Pardonnez ma brusquerie. Je ne pouvais partir sans vous avoir confié mon secret.

Olympe ne savait que dire, inquiète, heureuse et gênée, surveillant en coin le chemin où elle s'attendait à voir arriver un promeneur.

– Monsieur, relevez-vous, je vous en prie. Cette déclaration est si inattendue ! Je ne vous connais guère, même si vous me semblez aimable…

– Madame, dit Nevers en se relevant, dois-je comprendre que vous ne me repoussez point ?

– Eh bien, c'est-à-dire… Monsieur ! Tout cela me paraît improvisé, précipité…

– Le temps nous presse, madame.

Elle restait muette en le regardant. Le visage franc de Nevers l'attirait.

— Monsieur, c'est si soudain !
— Madame, dit-il d'un ton triomphant, vous ne m'avez toujours pas dit non. Je suis le plus heureux des hommes !

Il la prit avec violence dans ses bras. Elle ne résista pas. Leurs bouches se trouvèrent ; ils restèrent un long moment unis. Puis elle le repoussa.

— Monsieur de Nevers, nous sommes fous. Je ne connais même pas votre prénom !

— Je suis fou de vous, madame, aussi vrai que je me nomme Alexandre.

— Alexandre, c'est un prénom royal.

— Impérial, madame. Dans ce camp, tout est impérial.

Elle rit.

— Vous avez de l'esprit, Alexandre. C'est ce qui me plaît en vous. Mais nous sommes embarqués dans une étrange histoire. Mon mari m'attend. Je ne saurais lui manquer.

Prononçant ces mots, elle se dit que Donatien, lui, n'avait pas eu ce scrupule avec Aurore.

— Je comprends, madame. Mais les élans du cœur sont parfois plus forts que les règles de la vie en société…

— Voilà qui est bien dit et qui absout tous les égarements !

— Madame, je ne sais si je vous reverrai. Marchons un peu, voulez-vous ?

– Si vous tenez vos distances. Il y a ici quatre-vingt mille témoins.

– Ainsi je ne vous fais pas horreur…

– Monsieur, un baiser volé ne fait pas une liaison, dit-elle plus sévèrement.

– Il m'a semblé que ce baiser était donné autant que volé.

Elle lui prit le bras en signe d'acquiescement. Ils marchèrent une demi-heure autour du camp, empruntant un chemin de campagne qui allait vers le sud entre deux collines. Ils parlèrent peu, savourant l'instant, contemplant le paysage éclairé par une lumière déclinante, s'arrêtant dans les méandres du chemin pour de furtives étreintes. Tous deux se demandaient comment cette passion naissante pouvait grandir, elle avec angoisse, lui avec espoir. La guerre qui débutait était une barrière. Il irait à Strasbourg, elle rentrerait à Paris ; le premier acte serait aussi le dernier.

– Alexandre, dit-elle à l'approche du camp, je goûte ce moment avec vous. Mais cette aventure tourne court. Vous devez être raisonnable. Je suis mariée et je rentre à Paris. Vous êtes jeune, plein d'avenir et vous partez pour l'Allemagne faire la guerre. Nos vies sont trop éloignées. Je dois rejoindre mon mari. Telle est ma condition. Je garderai un doux souvenir de cette promenade. Mais elle s'arrête là.

– Madame, permettez-moi au moins d'espérer. J'ai cru sentir que je ne vous étais pas indifférent. Je

m'endormirai avec cette idée, je l'emporterai demain avec moi jusqu'en Allemagne.
– À quelle heure partez-vous ?
– À huit heures, madame.
– Je tâcherai de venir vous dire adieu, dit-elle dans un élan, sans savoir comment elle pourrait s'absenter de la tente conjugale à cette heure matinale.
– Ce serait le plus merveilleux des cadeaux. Si c'est un au revoir et non un adieu.
– Un adieu, Alexandre, restons-en là. Mais il me plaît de vous voir à votre départ. Où dormez-vous ?
– À trois tentes de l'état-major, sur la gauche en sortant de chez l'Empereur.
– J'essaierai d'être là. Mais je n'en suis pas sûre. Je vous laisse, Alexandre.
Ils reculèrent derrière un bosquet pour s'embrasser longuement. La fougue de leur baiser contredisait la prudence d'Olympe. Elle s'arracha enfin à ses bras. Elle le regarda s'éloigner, le cœur battant la chamade.

Le dîner avec Donatien fut morne. L'auberge boulonnaise était décevante. Donatien pensait à son enquête et Olympe, à Alexandre de Nevers. Donatien essayait de ranimer la conversation, d'associer Olympe à la campagne qui commençait, de la faire sourire par quelque boutade. Elle avait l'esprit ailleurs. Ils rentrèrent dans une calèche en silence et ils se couchèrent après un baiser de routine. Donatien s'endormit. À onze heures, Olympe, qui avait remué ce projet toute la soirée, se leva sans bruit, s'habilla et sortit dans la nuit. Dix minutes plus tard, elle grattait à la porte de la tente d'Alexandre.

– Olympe, quel bonheur, dit-il dans un soupir.

Les tentes étaient rapprochées, il fallait rester silencieux. Alexandre souffla la bougie. Ils se serrèrent dans l'obscurité, bouche contre bouche. Bientôt leurs habits tombèrent sur le sol, leurs mains couraient sur leur peau nue. Ils glissèrent sur le lit de camp. Au bout de quelques minutes, Olympe dut se mordre les lèvres pour ne pas crier. Elle était emportée, atteignant un but qu'elle convoitait sans se l'avouer. Au-dessus d'elle, appuyé sur les coudes, Alexandre suivait un mouvement précipité. Trop vite, il arriva à son plaisir. Ils s'arrêtèrent, hors d'haleine, et restèrent immobiles sur le petit lit. Reprenant son souffle, elle crut que tout serait calme pour un moment. Mais il y avait un second acte, inattendu.

Attentif, silencieux, Alexandre promenait sa main sur le corps d'Olympe. Elle le laissa faire, intriguée, puis allant bientôt au-devant des caresses. Les doigts du jeune homme exploraient un territoire qu'elle ignorait elle-même et que son mari avait laissé en jachère. Elle croyait connaître tout de l'amour, elle le découvrait. Une onde montait en elle, différente. Les yeux fermés, perdue en elle-même, réfrénant ses soupirs, elle atteignit à force de douceur un sommet jusque-là ignoré. Elle reprit ses esprits lentement, dans le bonheur de la découverte. Ils parlèrent à voix basse mais le désir l'emporta vite. Plusieurs fois ils allèrent au bout de leurs nerfs.

Plus tard dans la nuit, Olympe se sentit comme initiée. Alors que Nevers s'endormait, elle réfléchit à l'éducation des jeunes filles, à tout ce que les femmes manquaient par la faute de leurs conjoints. La Révolution si aimée n'avait guère changé l'amour. La recherche du bonheur butait sur les convenances. Il fallait que ce fût un jeune homme de l'Ancien Régime qui lui ouvrît cet horizon. Elle se souvint de ses lectures et du libertinage qui faisait la trame des romans du XVIIIe siècle. Elle n'avait pas tout à fait compris ce mot, qui lui semblait une perversité née de la décadence nobiliaire. Elle en saisissait maintenant le sens et comprenait qu'il était aussi une modalité de la liberté. La vie prenait un relief nouveau, l'amour, une dimension rebelle.

Après avoir serré Alexandre une dernière fois dans ses bras, elle revint à sa tente aux premières lueurs de l'aube, la tête dans les étoiles. Donatien dormait. Elle se coucha sur le lit et resta les yeux ouverts.

7

Sept torrents déferlaient sur l'Allemagne, sept corps d'armée venus de Boulogne, de Lille, de Brest et d'Utrecht, qui fonçaient sur les troupes autrichiennes avancées en Bavière, inconscientes du désastre qui les menaçait. Général de cour, Mack comptait s'établir dans Ulm, face aux défilés de la Forêt-Noire qui étaient le point le plus logique pour une invasion et par où les Français viendraient. C'était un vétéran de la guerre de Sept Ans habitué au lent ballet des armées d'Ancien Régime. Il ne pensait pas voir les soldats de Napoléon avant la fin du mois d'octobre. On était fin septembre et sept maréchaux de trente ans, Bernadotte, Marmont, Davout, Lannes, Ney, Soult et Augereau, arrivaient sur les bords du Rhin et du Neckar, conduisant leurs divisions à un train d'enfer vers cette cible immobile quand on les croyait encore sur le rivage de la Manche.

Donatien n'avait pas quitté l'Empereur un seul jour. Il le regardait diriger son empire sans jamais s'accorder une minute, attentif aux aléas militaires comme à ceux de la politique, aux cours de la rente et aux lacets des chaussures, aux rumeurs de Saint-Pétersbourg et aux potins parisiens, aux palinodies de la Prusse et aux premières du Théâtre-Français. Une cohorte de voitures transportait l'état-major et ses quelque deux cents personnes. Napoléon travaillait le jour dans sa berline, entouré de sa Garde qui chevauchait sous ses yeux, secondé par Berthier son chef d'état-major, précédé par le convoi qui portait ses livres, ses cartes, ses papiers, ses meubles et ses couverts. Il dormait le soir dans une préfecture où son mobilier l'attendait, disposé comme aux Tuileries.

Sa situation, au vrai, était chancelante. À Paris, la bourgeoisie prenait peur et l'effondrement des cours de la rente reflétait le mince crédit accordé à l'État, c'est-à-dire aux chances d'un général d'aventure. On murmurait contre le régime, on énonçait les plus noires prédictions, on songeait déjà à la suite. Fouché allait de droite et de gauche pour prévenir la démoralisation. La flotte de Villeneuve était enfermée dans Cadix, impuissante à défier la Royal Navy de Nelson et Jervis. Ameutée par l'or anglais, une coalition européenne s'était formée contre la France. L'Angleterre en était l'âme et la trésorière.

François, empereur d'Autriche, maître du centre de l'Europe, hautain, taciturne, confit dans ses préjugés, avait formé trois armées, l'une en Bavière, les deux autres au sud, remontant pour se joindre à Mack. À Naples un roi démagogue au grand nez, qu'on appelait « Nasone », et sa femme dépravée vivaient dans la haine de la République, cherchant leur revanche sur les Français qui les avaient chassés de leur trône pendant la Révolution. À l'est enfin, un tsar juvénile entouré d'une coterie arrogante se voyait en arbitre de l'Europe et, surtout, en bourreau de l'hydre jacobine incarnée par ce général corse qui prétendait succéder à Charlemagne. Les Alliés réunis pouvaient aligner quatre cent mille hommes. Il fallait les battre grappe par grappe sans leur laisser le temps de s'unir. Sinon le destin de la France basculerait.

Les aides de camp s'étaient dispersés. Nevers s'occupait de souliers et de clous ; Savary était en Allemagne pour reconnaître les routes qui menaient à Munich ; Caulaincourt participait à la délégation chargée d'assurer la neutralité de la Prusse ; Bertrand était en mission derrière les lignes autrichiennes ; seuls restaient auprès de l'Empereur Lemarrois, Rapp, Mary et Lachance, occupés sans relâche à seconder leur maître. La surveillance de l'état-major en était facilitée. En trois semaines, Donatien ne remarqua rien, tant l'activité des trois aides de camp semblait conforme à leur rôle. Ils travaillaient tout le jour, dormaient quelques heures sous leur tente et se levaient à l'aube pour écrire ou galoper. Donatien finissait par se demander si le crime de Boulogne était bien celui qu'il avait compris, ou bien si Levasseur n'avait pas été tué, somme toute, en raison d'une querelle subalterne, comme l'avait dit Savary. L'inquiétude le rongeait. Il finissait par avoir bonne mine, lui, le policier hors pair, englué dans une enquête sans solution, sans même une péripétie nouvelle, et ses déductions semblaient être tombées à plat, purement hypothétiques, à mille lieues de la réalité. L'Empereur lui donnait sa confiance, mais cette confiance était dispensée en vain. Le chasseur était bredouille. Comment trouver de nouvelles pistes ?

En revanche, sa position ici donnait une vue unique sur la stratégie française. Deux ans auparavant, sur le même théâtre d'opérations, Moreau avait lancé son offensive de Strasbourg à travers la Forêt-Noire, où il avait mystifié les Autrichiens et remporté l'éclatante victoire de Hohenlinden. Mack, trop confiant ou trop prévenu, attendait les Français par la même route, barrée par la place forte d'Ulm où le gros de l'armée autrichienne allait cantonner.

La cavalerie de Murat et quelques régiments d'infanterie devaient marcher droit sur Ulm pour enferrer Mack dans sa certitude. Mais les autres corps visaient un dessein différent. Une fois entrées en Allemagne, les troupes de Strasbourg obliqueraient brutalement sur leur gauche et contourneraient l'ennemi, pendant que Bernadotte et Marmont venus du nord-est piqueraient au cœur de la Bavière, pour se retrouver à l'arrière des Autrichiens. Ainsi les divisions françaises, au lieu de rencontrer leurs ennemis dans un choc frontal incertain, s'interposeraient entre eux et les renforts venus de Russie, coupant les communications du général trop tranquille qui serait encerclé dans Ulm. Tel était le plan conçu à Boulogne, que les soldats lancés sur les routes devaient appliquer en marchant plus vite qu'aucune armée ne l'avait fait jusque-là. « Si Mack reste une semaine de trop dans Ulm, avait dit Napoléon, il est perdu. » Le plan reposait sur la crédulité autrichienne. Si la ruse était éventée, Mack reculerait pour se lier avec les renforts russes et la campagne deviendrait hasardeuse. Le secret était la condition de la victoire. Aussi Donatien redoublait-il de vigilance.

Olympe, pendant ce temps, avait changé de destin. Le coup de foudre de Boulogne lui avait fait oublier toute prudence. Le souvenir de Nevers la hantait jour et nuit. Même au début de son amour avec Donatien, elle n'avait pas vécu un tel éblouissement. À trente ans, un nouvel univers s'ouvrait devant elle. Détachée de son mari, elle comprit qu'elle n'avait plus d'autre but dans l'existence que de revoir Alexandre.

À peine revenue à Paris, résolue dans son égarement, elle prit la malle-poste pour Strasbourg. C'est un Nevers fou de bonheur qui la prit dans ses bras le soir de son arrivée.

– Mon amour, toi ici ?
– Je ne pouvais attendre.

Ils cessèrent toute conversation avant d'avoir apaisé, dans une débauche de cris et de caresses, la passion qui les réunissait. Ils parlèrent toute la nuit, nus sur le lit, s'arrêtant seulement pour répéter, avec à peine moins de fougue, les étreintes du début. Olympe pensait qu'elle perdait la tête, Alexandre se sentait le plus heureux des hommes.

Depuis cette soirée, Olympe ne quittait plus son jeune amant. Le jour, il surveillait l'acheminement du cuir, des lacets et des clous auxquels l'Empereur attachait tant d'importance ; le soir, ils allaient dîner dans une auberge de Strasbourg, parlaient, riaient et rentraient vite dans la chambre de Nevers assouvir une passion qui leur donnait le vertige. De temps en temps ils allaient chevaucher dans la campagne d'Alsace aux collines boisées ou bien ramer sur l'eau des canaux qui traversaient la ville, émerveillés de leur sort comme deux enfants découvrant l'amour. La ville était calme, l'armée n'y était pas encore. Ils se promenaient le soir dans les rues pavées, entre les maisons à charpente de bois et les fenêtres illuminées des cabarets où l'on vendait la bière dans de grandes chopes d'étain. Ils admiraient l'immense cathédrale de pierre rouge, ses horloges aux savants mécanismes, ses vitraux de couleurs crues, ses piliers sans fin qui se perdaient dans l'ombre de la nef.

– Regarde, dit un jour Nevers en montrant les niches vides de la façade, ces idiots de jacobins ont détruit plus de cent statues de saints.
– Je me battais pour ces idiots, rétorqua Olympe.
– C'est vrai, pardonne-moi. Mais enfin, ils voulaient abattre la flèche parce qu'elle heurtait le principe d'égalité. Heureusement un nommé Lutzner les avait détournés de ce projet criminel en proposant de coiffer la flèche d'un bonnet phrygien.
– La superstition ne cessait d'appeler aux armes contre la République...
– Ils ont fait confectionner un bonnet rouge en tôle qu'ils ont placé sur le sommet de la flèche. Peut-on imaginer quelque chose de plus ridicule ?
– Arrête de médire de nous, tu vas me fâcher.

Sur la plate-forme de la cathédrale, rebaptisée « temple de la Raison » par la Convention, les républicains avaient placé un télégraphe de Chappe aux bras articulés.

– Au moins cet édifice sert-il à quelque chose, dit Olympe avec humeur.

Ils grimpèrent dans la tour. Alexandre montra à Olympe la Forêt-Noire qui faisait un tapis vert sombre au-delà du Rhin, dans la direction d'Ulm où les Autrichiens les attendaient. Le fleuve serpentait vers la mer du Nord, délimitant ce territoire, la Belgique, la Hollande et une partie de l'Allemagne, pour lequel les armées de la Révolution avaient tant versé de sang.

– L'Angleterre n'admettra jamais notre influence sur ces terres, dit Alexandre en montrant du bras la campagne qui s'étendait à gauche du fleuve. Pour Anvers, Bruxelles et Flessingue, elle fera une guerre sans fin. Une de leurs reines a dit qu'Anvers était un pistolet braqué sur le cœur de l'Angleterre. Mais l'Empereur en a hérité de la Révolution, il ne peut les céder. Le sort de l'Europe tient à ce nœud gordien.

– Alexandre, tu es bien savant pour un aide de camp… Pourquoi t'es-tu fait militaire ? Ton père était financier.

– Son exécution a décidé de ma carrière. La Terreur nous avait proscrits, nous étions ruinés. Aucun emploi ne s'ouvrait à moi. Le nom même de Nevers était un obstacle aux yeux des hommes de Robespierre. Je me suis engagé dans l'armée. J'étais tambour. J'ai participé à la campagne d'Allemagne, au temps de Fleurus. Je connais ce théâtre d'opérations. Puis Robespierre est tombé, on m'a versé dans l'armée d'Italie, qui végétait autour de Nice. Jusqu'à l'arrivée de Bonaparte.

– Tu as fait cette campagne, aussi ?

– De Montenotte à Rivoli. J'étais soldat, cette fois, le plus jeune du régiment.

– Tu aurais pu croiser mon mari, qui a fait la même campagne auprès de Bonaparte. Lui était pourchassé par le Directoire, à cause de son rôle dans la guerre de Vendée. Mais il a su se rendre utile.

— Je connaissais son histoire, sa mission à Turin, puis ses incursions chez les Autrichiens. C'est un homme habile, plein de ressources.
— C'est un homme de valeur, dit Olympe, sans rien ajouter.

Ils rentrèrent à leur hostellerie, fuyant l'ombre de Donatien et la menace qui pesait sur leur amour. La nuit chassa les mauvais présages. Mais ils revinrent quelques jours plus tard, quand les soldats de Ney firent leur entrée dans Strasbourg, accueillis par une population en liesse et le maire en grand uniforme.

— Ton mari arrive avec l'Empereur, dit ce soir-là Alexandre comme ils dînaient dans un weinstube à l'ombre de la cathédrale.

— Il ne sait rien, dit Olympe, il me croit à Paris. J'ai laissé à une amie cinq lettres qu'elle lui a envoyées de loin en loin. Je suis sûre qu'il les a à peine regardées.

— Je pensais à notre avenir, dit Nevers. Une fois l'Empereur à Strasbourg, nous ne tarderons pas à passer en Allemagne.

— Je te suivrai, dit Olympe.

— Tu ne le pourras pas. Nous serons en Bavière, près de l'ennemi, les combats commenceront. Toutes les routes seront gardées. Tu ne trouveras nulle part où coucher. Une Française voyageant seule éveillera les soupçons. Tu seras bientôt mise aux arrêts.

— Je me cacherai.

— Mais je ne pourrai te voir. Une fois la campagne engagée, je serai tout entier à l'Empereur.

— Je ne te quitterai pas.
— La guerre t'y oblige, mon cœur. Il faudra m'attendre.
— Et si tu es tué ?
— Nous vaincrons. Les pertes seront pour l'ennemi.
— Et si tu es tué quand même ? J'ai participé à des combats. Je sais de quoi nous parlons.
— Tu chériras ma mémoire, dit-il d'un ton léger.
— J'en mourrai, répliqua-t-elle brusquement, grave et figée.
— Ne dis pas cela !
— J'implorerai l'Empereur pour te suivre. Il me tient en considération. Il m'écoutera.
— Il te dira ce qu'il dit toujours en pareille occasion à ses maréchaux. L'impératrice est restée à Malmaison, pas de femmes à l'armée. De toute manière, il ne voudra en aucun cas aller contre ton mari.
— Je divorcerai.
— L'Empereur t'en voudra d'autant.
— Il n'y a donc aucune femme dans l'armée ?
— Si, des cantinières. Mais les postes sont pourvus. Au demeurant, ils ne voudront pas de la femme d'un aide de camp. J'ai connu une ou deux femmes qui avaient suivi leur mari à la guerre, en Italie. Elles s'étaient déguisées en hommes et s'étaient engagées comme fantassins. Il te faudrait devenir troupier.
— Voilà une idée, dit Olympe.

Il la regarda dans les yeux.
- Je plaisantais, dit-il.
- De toute manière, je suis trop vieille. J'ai huit ans de plus que toi. Tu voudras trouver une épouse digne de toi.
- Mais non, mon amour, je suis à toi !
Il lui prit les mains et les embrassa. Le repas s'acheva dans la mélancolie. L'ombre de la séparation s'étendait sur eux. Ils marchèrent en silence dans les rues de Strasbourg encombrées de soldats et d'officiers en permission. Puis ils rejoignirent la chambre d'Alexandre et leurs étreintes furent encore plus intenses que les autres fois.

Napoléon arriva cinq jours plus tard à Strasbourg. Il emménagea au château, apprêté de longue main, et se plongea dans ses cartes. Puis il fit appeler ses aides de camp. Nevers était le troisième. Le jeune homme était accouru dès la nouvelle de l'arrivée de l'Empereur. On l'introduisit dans une salle où trônait le même bureau à tiroir mécanique qu'il avait vu dans la tente de Boulogne, réplique de celui de Malmaison.
- Je vois que vous avez fait diligence, Nevers, dit Napoléon, les souliers sont là.
- Les lacets et les clous aussi, ils occupent plusieurs entrepôts.
- C'est mon arme secrète, Nevers. Vous en avez pris soin. Je suis content de vous.
- Cette mission était précieuse, certes, mais peu glorieuse.

– Plaignez-vous, Nevers... Vous aurez bien assez tôt l'occasion de vous faire tuer ! Aujourd'hui j'ai mieux pour vous. Dans quatre jours les divisions de Ney arriveront près de Stuttgart. Je veux que vous reconnaissiez le terrain autour de cette ville. Les Autrichiens n'y sont pas, la ville est aux mains de l'électeur de Bavière, notre allié. Mais ils ne sont pas loin. Il peut y avoir une rencontre, un combat. Je veux des renseignements précis sur les routes, les chemins, les bivouacs possibles, le relief et les cours d'eau, largeur, profondeur, débit. Vous irez jusqu'aux lignes autrichiennes, qui sont autour d'Ulm, sans vous faire voir, évidemment. J'ai mes cartes mais rien ne vaut un témoignage direct. Vous étudiez le pays aujourd'hui dans les livres, vous partez demain matin. Voyez Bacler d'Albe, il vous donnera copie de mes cartes et les ouvrages qui décrivent la région. Vous partirez avec un hussard. Vous me ferez rapport par écrit, il m'apportera le pli. Vous m'attendrez à Stuttgart.

Napoléon vit encore Lemarrois, qui avait inspecté les troupes de Strasbourg, et Bertrand, qui revenait d'une mission en territoire autrichien. Napoléon avait lancé une dizaine d'agents dans toutes les directions, chargés de lui faire des rapports de fraîche date les plus précis possible sur le territoire qu'il se préparait à envahir pour aller au-devant de Mack. Cette connaissance du terrain de la guerre était la base de ses succès.

Donatien succéda aux autres aides de camp dans le bureau de Napoléon.

— Lachance, vous n'avez rien remarqué de suspect, moi non plus. Peut-être nous sommes-nous trompés.

— Peut-être, Sire. Mais je suis sûr de mes déductions.

— S'il y a un espion à l'état-major, il se cache bien. Mais cela m'oblige à ruser. Berthier et moi sommes les seuls à connaître mon plan de campagne. Les autres peuvent le deviner, mais c'est pour eux pure spéculation.

— Vous allez contourner l'armée autrichienne par le nord et la prendre à revers, Sire, c'est ce que j'ai cru comprendre. Nous avons fait la même chose en Italie, mais en passant par le sud, entre Plaisance et Lodi.

— Vous êtes avisé, Lachance, dit l'Empereur d'un ton rogue, fâché d'avoir été deviné. Mais j'ai aussi lancé des divisions à travers la Forêt-Noire, directement sur Ulm. L'ennemi ne peut savoir quel parti je prendrai finalement, l'encerclement ou l'attaque de front. Cela dépend de Mack. S'il reste dans Ulm, il y sera tourné. Mais s'il recule, je dois foncer droit sur lui. Aucun espion ne peut savoir ce que je ferai : je ne le sais pas moi-même.

— Si Mack a vent de votre manœuvre de débordement, il pliera bagage pour se lier aux Russes.

Napoléon se renfrogna et réfléchit. Puis il se décida.

– Lachance, je vous fais confiance. Je dois donc me régler sur l'idée qu'il y a un espion auprès de moi. Plus les opérations avancent, plus cette menace est dangereuse. Mon plan apparaîtra en pleine lumière aux membres de mon état-major dans trois jours, quand le gros de l'armée obliquera vers le nord. Nous allons tenter une opération. Je vais donner trois renseignements différents aux trois aides de camp qui sont là. Il s'agit d'une division que je détache vers le sud pour couvrir mon flanc droit. Je lui donnerai trois destinations plausibles. Selon que l'état-major de Mack enverra un détachement vers l'une ou l'autre ville, je saurai qui les aura renseignés. Avez-vous compris ?

– Certes, Sire. Le stratagème est ingénieux. Mais comment saurez-vous ce que fait Mack ? Comment verrez-vous qu'il a réagi en envoyant son détachement ?

– Vous ferez surveiller les trois routes. La présence de troupes autrichiennes sur l'une des trois nous révélera le nom du traître. Préparez trois ordres que je signerai de ma main. Prévenez Lannes, qui recevra trois ordres différents pour en exécuter un quatrième. Expliquez-lui l'affaire. Il comprendra. Les trois aides de camp doivent le voir l'un après l'autre, pour ne pas se rencontrer. Organisez tout cela avec doigté, comme vous savez le faire.

– Et si aucun de ces officiers n'est l'espion ?

– Nous le saurons. Les soupçons se resserreront sur les autres, que nous surveillerons.

Les deux hommes partirent en même temps, Alexandre vers le nord, Donatien vers le sud. Nevers dut faire ses adieux à Olympe, qui éclata en sanglots. Il passa le pont de Strasbourg et chevaucha vers Stuttgart dans une plaine ondulée et verdoyante, coupée de bois et de rivières, notant ses observations dans un carnet. À Stuttgart, il présenta son laissez-passer au général bavarois qui gardait la ville. Il l'interrogea sur le pays environnant puis partit à cheval vers le sud. Arrivé près d'Elchingen, dont le clocher baroque se détachait sur la crête qui dominait le Danube, il aperçut les premiers postes autrichiens, gardés par des soldats en uniforme blanc. Il s'arrêta là, nota tout ce qu'il voyait et repartit vers Stuttgart. Il fit son rapport, le confia au hussard qui l'accompagnait et rentra à l'auberge où il avait prévu de passer la nuit.

Il allait se coucher quand on frappa à la porte. Il alla ouvrir. Devant lui se tenait un mince jeune homme à la moustache blonde vêtu d'une tenue cavalière. Il faisait noir dans le couloir. L'inconnu resta dans l'ombre.

– Que voulez-vous, monsieur ? dit Alexandre.
– Un brevet de conscrit. Je m'engage dans l'armée française.

Alexandre resta muet. Il ne comprenait pas pourquoi le jeune homme était venu dans sa chambre à pareille heure, ni pourquoi il n'était pas allé à Strasbourg où bivouaquait l'armée. C'était le seul endroit où il pouvait rencontrer un officier recruteur. Il allait l'éconduire quand l'inconnu entra dans la chambre, éclairé par le candélabre posé sur une commode. C'était Olympe. Elle avait coupé ses cheveux, collé sous son nez une moustache blonde et comprimé sa poitrine dans une veste boutonnée haut.

— Que fais-tu là ? Dans cet accoutrement ?
— Tu pars à la guerre, dit-elle, moi aussi. Je m'engage. Je veux une lettre de recommandation.
— Quelle est cette folie ? Je ne permettrai pas que tu te fasses tuer dans un régiment au lieu de m'attendre tranquillement à Paris !
— Tu seras à Paris dans plusieurs mois, peut-être jamais. Je viens. Nous ferons cette guerre ensemble.
— Comment es-tu arrivée jusqu'ici ?
— Je t'ai suivi. J'ai acheté un cheval. Je t'ai vu partir du château, j'ai chevauché derrière toi. Tu n'es guère méfiant pour un agent de l'Empereur... Quand tu as pris une chambre, je me suis arrêtée et je t'ai attendu.

Il était déconcerté, partagé entre la joie de la voir et la crainte des risques qu'elle voulait prendre.

— C'est une folie, répéta-t-il machinalement.
— J'ai bien réfléchi, mon amour. Si tu ne veux pas m'aider, j'irai m'engager seule dès que l'armée sera ici. Ils ne refuseront pas un nouveau conscrit. Je sais tirer, me servir d'un sabre, je monte à cheval, j'ai combattu naguère contre les Blancs. Je serai une bonne recrue.

– Tu seras démasquée en cinq minutes.
– Non. Pourquoi le sergent recruteur se méfierait-il ? Je sais me grimer. Avant de voir mon visage en pleine lumière, tu ne t'es rendu compte de rien. Je serai un soldat un peu efféminé. Mais un soldat.

Il argumenta une bonne partie de la soirée. Rien n'y fit : Olympe avait pris sa décision. Elle agrémenta sa supplique de caresses qui lui firent oublier l'incongruité de la situation. Au petit matin, il se rendit.

Pendant ce temps, Donatien, parti vers le sud, mit en œuvre le stratagème imaginé par Napoléon. Les trois aides de camp partirent vers Lannes chacun avec un ordre différent signé de l'Empereur. Le maréchal joua le jeu, accueillit successivement les trois aides de camp comme si de rien n'était. Le lendemain, Donatien envoya trois hussards sur trois routes, dont l'une serait empruntée par les Autrichiens s'ils avaient vent de la manœuvre. Le piège était tendu. Donatien n'avait plus qu'à attendre que l'espion y tombe.

8

Le lendemain, l'armée passait le pont du Rhin au son des fifres et des tambours, sous les yeux d'une foule exaltée. Partout on entendait les cris de « Vive l'Empereur ! », « Rendez-vous à Vienne ! », « Sus à l'Autrichien ! ». Ils couvraient même par moments la musique et le piétinement régulier des régiments en marche.

Magnifique sur sa selle en peau de tigre, Murat dans son uniforme rouge et or emmenait la cavalerie dont les panaches de plumes, les crinières luisantes, les uniformes bleus, verts et grenat évoquaient un fleuve multicolore qui croisait le vrai fleuve impassible. Les soldats se succédaient comme pour une revue, fusil à l'épaule en rangs par quatre, martelant le pont en cadence, arborant leur air farouche et leurs moustaches tombantes, houspillés par les officiers qui flanquaient la troupe et criaient de loin en loin « En avant, nom de Dieu ! » Dans les intervalles de cette procession guerrière, on voyait des généraux tout d'or et de plumes qui cheminaient en retenant leur cheval aux muscles frémissants ou bien des trains d'artillerie aux pièces braquées vers l'arrière qui faisaient trembler le tablier du pont avec leurs grandes roues cerclées de fer. Précédé par les grenadiers de la Garde suant sous leur bonnet à poil, Napoléon franchit le Rhin à son tour dans sa berline parmi les vivats de la division qui attendait son tour sur les berges et criait « Vive l'Empereur ! » à se rompre la voix. Il tenait son chapeau à la main et saluait les soldats en le baissant et en l'élevant tour à tour, dans un mouvement qui excitait les acclamations. Le convoi de l'état-major suivait lentement dans de lourdes voitures entourées de chasseurs à cheval en habit vert, parements rouges et culotte blanche, leurs bottes brillant sous le soleil. Se penchant à la portière de sa voiture où il voyageait avec Lemarrois et Rapp, Donatien voyait devant et derrière lui le long serpent des troupes et des canons tirés par des chevaux.

La cavalerie marcha vers la Forêt-Noire pour jouer à Mack la comédie prévue par Napoléon. Mais derrière elle, masqués à la vue des guetteurs, Ney, Marmont et Davout obliquèrent vers le nord, marchant en trois colonnes sur Stuttgart et Augsbourg. Trois jours plus tard, Ney bivouaquait à Stuttgart, bientôt suivi par Napoléon et la Garde qui logèrent à Ludwigsbourg, la résidence du grand-duc de Bade. Les appartements avaient été dûment préparés pour recevoir l'état-major français, qui prit possession des lieux sous les directives de Duroc. Aussitôt l'Empereur se précipita sur les cartes étalées à même le sol de son bureau, éclairées par de hautes fenêtres donnant sur la campagne allemande. Ses rapports lui avaient dit que Mack s'était établi dans Ulm, que les Russes étaient encore dans l'est de l'Autriche, que Masséna en Italie du Nord retenait la deuxième armée autrichienne. Son plan fonctionnait. Il avait porté deux cent mille hommes de la Manche à la frontière allemande en un mois quand l'Europe pensait qu'il lui en faudrait au moins deux. La Grande Armée était prête à frapper.

Il fallait maintenant resserrer le front en faisant converger sur le Danube les corps venus de Hollande et du Hanovre, qui formeraient la gauche, avec ceux de Ney, de Marmont et de Davout venus de Strasbourg, qui composeraient le centre de la Grande Armée, pendant que Murat, avancé en Forêt-Noire, serait la droite. Napoléon dicta ses ordres pendant deux heures puis se retira dans sa chambre. Installé dans ses appartements, il convoqua Donatien.

– Lachance, notre stratagème a-t-il porté ses fruits ?

– Non, Sire, les Autrichiens n'ont pas bougé.

– Diable. Ils n'ont donc pas eu connaissance de mes ordres...
– Ou bien ils ont préféré ne pas attaquer...
– Certes. Donc nous ne savons rien sur cet espion, même pas s'il existe.
– Même pas, dit Donatien piteusement.
De manière inhabituelle, Méneval entra soudain dans la pièce. Il annonça un M. Charles, que Napoléon lui demanda d'introduire aussitôt. C'était un bourgeois replet au visage tout rond et aux yeux globuleux, avec une longue frange de cheveux noirs qui lui tombaient sur les sourcils, engoncé dans une redingote bleue, portant à la main un sac de cuir brun fermé par une monture en cuivre.
– Lachance, dit l'Empereur, nous poursuivrons cette conversation plus tard.
Donatien se retira. Au passage, il observa le visiteur qui pénétrait avec précaution dans la chambre de Napoléon. Un détail l'alerta. Voyant Donatien, le nouveau venu tourna la tête, sans doute pour cacher son visage. Mais sur sa nuque soudain exposée, Donatien vit une petite mèche de cheveux roux qui dépassaient sur son col blanc. Il se souvint de Boulogne et du témoignage de Nevers, qui avait vu un homme roux entrer de la même manière chez l'Empereur.
Revenu dans l'antichambre, il réfléchit quelques minutes puis il prit son parti.

Saisissant son chapeau et son manteau, il sortit de l'état-major, descendit dans la cour et demanda un cheval. Un chasseur de la Garde revint quelques minutes plus tard avec une monture sellée. Donatien saisit les rênes et se plaça dans un coin sombre de la cour. Une heure plus tard, l'inconnu à la perruque apparut à son tour. On fit avancer une calèche et le visiteur fouetta son cheval. Il passa le porche, salué par le garde, et tourna sur sa gauche pour longer les murs du château. Donatien monta en selle et avança avec prudence, penché sur l'encolure de sa monture. Comme il passait le porche, il vit sur sa gauche la calèche qui s'éloignait au petit trot. Il attendit une minute et s'engagea à sa suite.

Ledit Charles parcourut les rues tortueuses de Ludwigsbourg d'un train tranquille. Donatien suivait à distance, disparaissant de temps à autre dans une rue adjacente pour donner le change et reparaissant un peu plus loin sans son bicorne, qu'il remettait plus tard. Il y avait des voitures et d'autres cavaliers dans les rues. Donatien pouvait espérer se perdre dans le lot. Charles sortit de la ville par la porte sud et prit une route qui traversait en méandres les champs de la Bavière semés de fermes trapues et de maisons à colombages. En rase campagne, la filature devenait plus ardue. Donatien profita des courbes de la route. Il s'arrêtait avant les virages, s'avançait à pied en tenant les rênes de son cheval, se penchait pour regarder, prêt à rétrograder si la calèche était trop proche. Il attendait ensuite que Charles arrive à un autre tournant et disparaisse. Puis il galopait sur la chaussée déserte jusqu'à la courbe, où il réitérait son manège.

Depuis un mois qu'il travaillait à l'état-major, il avait en tête la carte du pays. Il connaissait cette route qui allait vers le sud : elle conduisait aux lignes autrichiennes. Ainsi l'hypothèse qu'il avait agitée avec Napoléon prenait corps. Si Charles continuait dans cette direction, c'est qu'il allait voir les Autrichiens. Sortant d'une entrevue avec l'Empereur, la chose était des plus étrange. Elle ne pouvait s'expliquer que par la trahison. Ainsi Donatien saurait-il dans quelques heures s'il y avait bien un espion à l'état-major, et, présent le jour du crime, il deviendrait du même coup le premier suspect de l'assassinat de Levasseur. L'enquête avançait.

La campagne laissa place à une forêt de hêtres et de chênes où le soleil déclinant projetait des ombres étirées. Souvent Donatien perdait la calèche de vue mais un galop jusqu'au tournant suivant lui permettait de reprendre sa filature. De toute évidence, Charles n'avait pas vu qu'il était suivi. À aucun moment il ne chercha à s'échapper, ni même à forcer l'allure. Soudain, au bout d'une ligne droite, la calèche bifurqua et quitta la route. Donatien se porta à la hauteur du croisement et vit un sentier qui s'enfonçait dans le sous-bois. Un nuage de poussière ocre retombait doucement sur le sol. Il s'engagea sur le chemin de terre juste assez large pour laisser passer une petite voiture. Pendant une demi-heure, il suivit la piste laissée par la poussière en suspension qui accrochait la lumière du couchant.

Au détour d'un virage, il s'arrêta net. Devant lui, à une vingtaine de pas, la calèche était là, immobile et vide. La bride du cheval était attachée à un tronc et l'animal broutait les touffes d'herbe alentour. Replié dans le sous-bois, Donatien observa la clairière. Elle était déserte. Il entendait seulement le vent dans la cime des arbres et le chant des oiseaux. Il attendit, scrutant la forêt pour essayer d'apercevoir Charles. Puis il distingua un sentier plus étroit partait sur la gauche à flanc de colline. Il le suivit des yeux au milieu des arbres, cherchant à voir où il menait, quand il aperçut à quelque distance, au sommet d'un tertre, la silhouette d'un manoir que la forêt ne masquait pas tout à fait. Il attendit encore. Tout était tranquille. Il se dit que Charles avait fini sa route à pied pour arriver discrètement jusqu'au manoir. Persuadé d'être seul, il s'avança vers la calèche. Il y était presque quand une voix retentit.

– Ne bougez plus, monsieur, ou je vous étends d'un coup de pistolet.

Donatien s'arrêta, furieux contre lui-même. Charles arriva derrière lui et le prit par un poignet.

– Laissez-vous faire, monsieur, ou il vous en cuira.

Charles lui lia les mains derrière le dos d'un nœud qui lui fit mal. Puis il passa devant lui et commença à l'observer d'un air narquois. Donatien se maudissait pour sa naïveté. Il comprenait qu'il avait été joué depuis le début. Le meilleur policier de l'Empereur était pris au piège comme un gamin. Comment pourrait-il racheter cette bévue de débutant ? Et comment pourrait-il poursuivre son enquête quand le suspect l'avait à sa merci. Toutes ses combinaisons s'effondraient. Il serait prisonnier, réduit au silence, impuissant, ayant échoué dans une mission de haute police, ayant perdu par là même la confiance de Napoléon. Sa carrière était brisée et la campagne de la Grande Armée, mise en échec.

– Ainsi, monsieur l'officier, vous me suivez depuis Ludwigsbourg. Je vous ai vu quand je franchissais la porte sud. Dès lors, j'ai bien pris soin de ne pas vous semer.

Puis il prit un air étonné.

– Mais je vous reconnais ! Vous étiez à l'état-major quand j'ai fait ma visite. Ainsi vous me suivez depuis le bureau de l'Empereur. Et pourquoi donc, je vous prie ?

– Je suis chargé de la sécurité de l'Empereur, monsieur, et je dois débusquer les espions. Je vois que j'ai au moins atteint ce but.

– Vous pensez que je suis un espion ?

– Un espion et un assassin. Vous étiez à Boulogne le 26 août, quand ce pauvre Levasseur a été assassiné. Il avait sans doute surpris votre perfide entreprise et vous l'avez tué à coups de poignard avant de revenir à la tente de l'Empereur.

Charles le regardait d'un air ahuri.

– Quelle chanson me chantez-vous là, monsieur ? Tout cela est une tragique faribole. Montez donc dans la calèche, nous allons causer.

Charles lui indiqua le marchepied. Donatien prit place dans la voiture et regarda Charles dans les yeux.

– Nierez-vous que vous étiez là ce jour-là ? Et qu'aujourd'hui vous portez une perruque qui dissimule vos cheveux roux, ce qui n'est guère l'usage des honnêtes citoyens ?

Assis devant lui, son pistolet à la ceinture, Charles sourit et porta sa main à son cou, cherchant à faire repasser sa mèche rousse sous l'enveloppe de la perruque.

– C'est la première chose vraie que vous me dites, s'exclama-t-il en riant.

– Tout cela ne porte guère à rire, monsieur. Vous trahissez l'Empereur, l'armée, la France, et cela vous met en joie.

Charles se rembrunit.

– Soyez mesuré dans vos propos, monsieur. Vous n'êtes guère en position de jouer les procureurs.

– Je suis en position de dire la vérité, même si elle est maintenant inutile.

Donatien savait qu'il n'avait plus rien à perdre. Pris en faute, il déversait son amertume.

– Vous n'avez pas compris la pièce que vous avez vue, dit Charles en s'adoucissant. Vous l'interprétez à l'envers. J'espionne, c'est un fait. Mais j'espionne pour l'Empereur.

– Pour l'Empereur ? En empruntant la route qui mène tout droit aux lignes autrichiennes ? Vous allez voir vos maîtres pour leur rendre compte.

– Ceci, monsieur, c'est l'apparence. Je vais voir ceux qui pensent être mes maîtres pour les duper. C'est la vérité. L'Empereur m'a parlé de ce crime de Boulogne qui le soucie. Il m'a dit qu'il en avait confié l'enquête à son meilleur policier, un certain Lachance. J'en déduis que c'est vous. Vous êtes peut-être doué pour les investigations mais pas pour les filatures...

Donatien accusa le coup. Il était ébranlé par l'évidente intimité de Charles avec Napoléon. Il se tut et réfléchit. Se pouvait-il que Charles dise la vérité, qu'il se soit trompé de bout en bout ? Dans ce cas, il passait pour un nigaud mais en même temps l'espoir renaissait : il était prisonnier d'un autre espion, non de l'ennemi.

– Comment pourrais-je vous croire, monsieur ? Tout cela, ce sont des paroles que vous pouvez débiter pour vous dissimuler une nouvelle fois.

– Si j'étais un espion ennemi, pourquoi prendrais-je cette peine ? Vous êtes pris au piège, monsieur. Nous sommes maintenant sur le territoire qu'occupe l'Autriche. Le sentier que nous avons emprunté est fermé par un détachement de kaiserlicks, qui avait été éloigné pour me laisser passer. Il me suffit d'un coup de sifflet et vous êtes prisonnier de l'empereur d'Autriche.

Il sortit de sa poche un sifflet de bois taillé qu'il exhiba sous le nez de Donatien.

— Eh bien, faites, dit ce dernier, au moins je serai fixé.

— Telle n'est pas mon intention. Je ne laisserai pas un membre de l'état-major aux mains de l'ennemi. Trop dangereux. Pour l'Empereur et pour moi.

— Mais finalement, qui êtes-vous, monsieur ? Vous connaissez mon nom, je ne connais pas le vôtre.

— Mon nom est Schulmeister, monsieur Lachance.

Donatien fut un peu plus ébranlé. Il connaissait par Fouché le nom de cet espion que personne au ministère n'avait vu mais dont les chefs de la police parlaient comme d'une légende. Il balançait, oscillant entre la honte de s'être fait berner et le rayon d'espoir que la véritable identité de l'homme roux laissait entrevoir.

— Mais qu'est-ce qui me prouve que vous dites la vérité ? Je vois que vous êtes agent double. Ce sont des personnages dont on ne sait jamais où va leur fidélité.

— C'est tout à fait juste. J'ai la confiance de l'état-major autrichien comme celle de l'Empereur. Mais je suis français. Alsacien donc français. Je connais de longue main Savary, avec qui vous travaillez. J'étais contrebandier, et ce métier est comme une école d'espionnage. J'ai aidé les armées françaises en Allemagne pendant la campagne de Moreau. J'aide maintenant la Grande Armée, qui tente d'entourer Mack et de l'enfermer dans Ulm. Vous voyez que l'Empereur, en tout cas, me juge fidèle puisqu'il m'a confié son plan. Mais je devine qu'il ne vous a jamais parlé de moi...

— Je l'ai questionné sur votre présence à Boulogne. Il a fait celui qui ne vous connaissait pas.

— L'Empereur est très versé dans les affaires d'espionnage. Il en connaît la première règle, le secret.

— Mais alors quelle est votre mission, monsieur le maître espion ?

— Vous êtes maintenant au cœur d'un secret d'État, monsieur le maître policier, répondit Schulmeister en éludant la question. Je réfléchis en vous parlant. Je ne peux vous renvoyer à l'état-major, vous risqueriez de vous faire prendre sur le chemin, qui est maintenant coupé de postes de contrôle. Je ne peux vous livrer aux Autrichiens, vous seriez fusillé ou, pis, si malmené que vous avoueriez tout. Bien sûr, je pourrais vous abattre ici, vous enterrer, et continuer seul mon travail, comme il était prévu. Mais j'ai gardé un semblant d'humanité, malgré mon métier. La seule issue, c'est donc de vous emmener avec moi.

— M'emmener ? Avec vous ? Mais pour quoi faire ?

— Je vous trouverai un rôle. Après tout, vous êtes policier, vous venez de Paris. Cela peut servir le conte que je veux faire aux Autrichiens. Je vais vous détacher, monsieur Lachance. Ne cherchez pas à fuir. J'ai ici mon pistolet et je suis bon tireur. Le manoir que vous voyez là-bas, à travers les arbres, est celui où loge le colonel Wendt, mon principal correspondant au sein de l'état-major autrichien. Je l'ai déjà retrouvé ici, par le même sentier qui m'évite de rencontrer quiconque. Cette fois, nous irons à deux.

– Je suis censé enquêter sur le crime de Boulogne et sur la présence d'un espion à l'état-major.

– C'est juste. Mais nous n'avons pas d'autre choix. Quand il verra que vous avez disparu, l'Empereur redoublera de prudence. C'est un homme plein de ruse et de ressources. Entre-temps, si notre mission réussit, cette campagne aura changé de visage. C'est l'affaire de quelques jours.

Donatien regarda Schulmeister dans les yeux et décida de le croire. Il n'avait guère le choix, au demeurant. Mais il devait aussi avouer que les détails donnés par l'espion sonnaient juste. Et sa tranquille lucidité, au seuil d'une entreprise si dangereuse, avait quelque chose de rassérénant.

Schulmeister détacha Donatien, qui frotta ses poignets striés de marques. L'espion de l'Empereur prit le sac de cuir que Donatien lui avait vu à Stuttgart, rangea son pistolet et vérifia l'attache du cheval. Puis il revint s'asseoir devant Donatien et lui détailla le rôle qu'il lui destinait. Tous deux conférèrent une heure. Puis ils s'engagèrent dans le sentier au bout duquel on voyait la silhouette un peu inquiétante d'un manoir qui se découpait, sombre, sur le ciel du couchant.

9

À midi, l'ampoule creva : Olympe sut qu'elle avait fait une folie. Ce fut comme un coup de poignard qui lui transperçait le pied. Elle dut s'asseoir au bord du fossé, enlever son soulier, défaire son bandage, masser doucement la peau crevassée pendant que l'escouade s'éloignait d'un pas lourd. Le sergent Chalon fut tout de suite sur elle :

— Soldat Le Hérel, je t'avais dit de bander ton pied pour le premier jour. Les recrues flanchent toujours le premier jour, nom de Dieu ! Combien de fois faudra-t-il le dire ? Le soin des pieds est le premier devoir du soldat ! Nous voilà fins. Tu ne peux plus marcher, évidemment.

Olympe le regarda d'un air implorant.

— Pourtant il le faudra bien ! Je continue avec l'escouade. Tu suis comme tu peux. Prends une branche d'arbre, un bâton, n'importe quoi comme béquille, mais marche ! Nous t'attendons à l'étape. En avant, nom de Dieu ! Et si tu n'arrives pas, je te porte déserteur. Tu es volontaire, montre que tu as des couilles !

Olympe ne releva même pas l'ironie de la dernière phrase. Assise épuisée sur le bord de la route de Donauworth, elle regarda passer les bataillons de la division Loison en réfrénant ses sanglots. L'armée marchait depuis six heures, cinq minutes de pause par heure, une demi-heure toutes les trois heures pour fumer une pipe. La peau tendre d'Olympe n'avait pas résisté au cuir des souliers. Elle refoula ses larmes, reprit courage et chercha autour d'elle une branche, un bâton, une planche qui pourrait faire office de béquille.

Deux jours plus tôt, elle avait enfin arraché à Alexandre une lettre de recommandation pour l'armée de Ney, qui devait marcher non loin de la Garde et de Napoléon.

– Mon amour, avait-elle dit, nous ne nous quitterons pas… Merci !

– C'est une folie mais tu m'y as contraint, avait répondu Alexandre en la serrant dans ses bras.

Elle était allée voir le sergent recruteur de la division Loison, l'une des quatre du corps d'armée commandé par le maréchal Ney, et lui avait montré la lettre. Il trônait derrière une table à l'entrée du camp de toile établi à la sortie de la ville. Un peu plus loin, les soldats lavaient du linge, faisaient chauffer leur marmite ou se reposaient, étendus dans l'herbe jaune de l'automne. Olympe se mit au garde-à-vous. Ses cheveux courts, sa moustache blonde et la fine couche de brou de noix qu'elle s'était étalée sur le visage pour noircir un peu sa peau firent illusion.

– Volontaire ? dit le recruteur, un Breton rougeaud qui la fixait d'un air revêche. Drôle d'idée, gamin. Mais enfin, l'Empereur ne crache pas sur les recrues, même quand ce sont des blancs-becs. Je lis que tu sais tirer. Allons voir.

Ils sortirent de la tente et marchèrent cinq minutes jusqu'à un champ où on avait disposé trois cibles de papier fichées sur des bottes de paille. Un râtelier de bois était dressé sous un auvent portant plusieurs armes de calibres différents.

– Tu prends le fusil réglementaire et tu me montres ce que tu sais faire.

Olympe prit le fusil de 1777, posé crosse à terre, qui lui arrivait sous le nez. Il pesait lourd. Elle le mit sur son bras gauche et commença les douze opérations nécessaires au tir, qu'elle avait révisées l'avant-veille dans le manuel avec Alexandre. Elle mit le chien sur le premier cran, sortit la cartouche de la giberne, l'ouvrit avec ses dents, répandit un peu de poudre dans le bassinet, ferma le bassinet et versa le reste de poudre dans le canon. Elle mit la cartouche à son tour dans le canon, prit la baguette, bourra en deux coups et mit le chien sur le deuxième cran.

Enfin elle épaula posément, visa et tira. Le recul lui fit mal mais la balle se logea dans le plus petit cercle de la cible.

– Mazette ! dit le sergent. Ce Nevers de l'état-major ne dit pas que des sornettes.

– Mon père m'a appris à chasser, dit Olympe d'un ton modeste.

– Un second coup, dit le sergent.

Olympe recommença et logea une seconde balle au centre de la cible.

– Si tous les bleus tiraient comme toi, nous ne serions pas obligés d'aller déloger les kaiserlicks à la baïonnette !

Ils revinrent à la table de recrutement.

– Fort bien. La lettre de Nevers vaut tous les sésames et tu sais te servir d'un fusil. Te voilà conscrit. Tu es affecté à la première escouade de la troisième compagnie du premier régiment de la deuxième division. Note bien ces chiffres. C'est ton matricule, la première chose que tu dois apprendre par cœur. Tu passeras chez le fourrier pour l'uniforme et les souliers. Fais attention aux souliers. Ils doivent être bien ajustés, sinon la première marche te mettra hors de combat. Ensuite tu iras chez l'armurier pour le fusil. Ton sergent s'appelle Chalon et ton général Loison. Mais le général, tu ne le verras pas. C'est Chalon qui te commande. Tu marches au pas, tu obéis aux ordres, tu cours à l'ennemi et tout ira bien ! Vive l'Empereur !

– Vive l'Empereur, dit doucement Olympe.

Elle se présenta le soir même à Chalon, flottant dans son uniforme bleu et blanc à parements rouges, son chapeau noir enfoncé sur le crâne, gênée par la bandoulière de sa giberne et surtout inquiète du poids du sac qui lui faisait déjà mal aux épaules. Le sergent fumait une longue pipe en bois devant un feu en observant les étoiles dans le ciel allemand. C'était un homme sec à la moustache noire et aux sourcils épais qui se rejoignaient au milieu du front, avec deux tresses qui lui tombaient sur les oreilles. Il dit seulement :
– Voilà que l'Empereur nous envoie des gamins comme recrues. Il racle les fonds de tiroirs...

Elle lui tendit les papiers donnés par le sergent recruteur. Il se mit en devoir de les lire à la lumière des flammes en suivant chaque ligne avec son doigt. Il ânonnait en bougeant les lèvres, le regard concentré.
– Je puis vous aider ?
– Tu sais lire ? dit-il, surpris.
– Oui.
– Alors lis.

Elle lui donna lecture des papiers. Quand elle eut fini, il laissa seulement tomber :
– Volontaire ? Drôle d'idée, tout de même.

Sans rien ajouter, il lui indiqua l'entrée d'une tente rectangulaire devant laquelle on voyait un feu éteint et d'où sortaient des ronflements.

— Tu dors là. Les autres écrasent déjà. Ils marchent depuis Boulogne, je les comprends. Tu mets le fusil dans le faisceau. Tu gardes ta giberne sur toi. Sans giberne, pas de tirs, pas de soldat. Tu dors sur ta capote, le sac comme oreiller, la veste comme couverture. Demain, lever à cinq heures.

Le bruit que faisaient les dormeurs et la forte odeur qui emplissait la tente tinrent Olympe éveillée une bonne partie de la nuit. Elle dormait depuis seulement quatre heures quand un roulement de tambour la fit sursauter. Les corps autour d'elle s'animèrent. Un jour gris filtrait dans la tente. Il faisait froid et humide. Un soldat sortit et prit un seau pour aller chercher de l'eau, un autre s'éloigna de trois pas et urina sur l'herbe avec un bruit de fontaine.

— Tiens, nous avons un nouveau, dit une voix.

Olympe distinguait mal les visages dans la pénombre.

— C'est un jouvenceau, dit une autre voix. Encore un qui prendra le large au premier coup de fusil !

Elle se leva, rajusta sa chemise et enfila sa veste d'uniforme. Le soldat parti en corvée d'eau revint avec son seau plein. Trois soldats s'aspergèrent le visage et crachèrent sur le sol. Les autres ne daignèrent pas regarder le seau. Chacun s'habillait et rassemblait son paquetage. Les fusils étaient posés en faisceau à la sortie de la tente. Un maréchal des logis passait dans les allées avec une marmite fumante. Les soldats autour d'Olympe sortirent leur

écuelle de leur sac. Olympe les imita. Elle la tendit au sous-officier quand il arriva à leur hauteur. Il lui versa un brouet noirâtre à l'odeur de viande avariée en l'éclaboussant. Le voisin d'Olympe se tourna vers elle.
– Ta première fois à l'armée, gamin ? dit-il.
– Oui, je suis volontaire.
– Volontaire ? Quelle idée ! Moi c'est Alphonse Marchand, de Pontoise, Seine-et-Oise. J'ai été tiré au sort en 1800, et je suis encore là.
– Moi c'est Octave Le Hérel, de Granville, Manche.

Marchand était un soldat maigre aux cheveux blond filasse, avec un air de compassion et une moustache tombante.
– Bienvenue à la division Loison. Nous allons en voir. C'est cet enragé de Ney qui commande le corps d'armée. Un vrai trompe-la-mort.

Il lui tendit la main qu'elle serra avec reconnaissance.
– Merci de l'accueil. Jusqu'ici je n'ai eu que des ordres ou des sarcasmes.
– C'est l'armée, faut s'y faire. Cette soupe est infâme mais tu as de la chance, il y en a. Souvent nous devons croquer dans notre pain rassis en guise de déjeuner. Bois sans réfléchir, tu as besoin de forces pour le premier jour.

Olympe faillit vomir en avalant le liquide malodorant. Mais sa chaleur lui fit du bien.

— Les recrues ont toujours un parrain qui les initie. Je serai le tien. C'est ce que m'a dit Chalon. Nous marcherons ensemble et nous serons voisins dans la tente. Il faudra t'habituer à moi.
— Oui, dit Olympe, ce ne sera pas difficile.
— D'autant que tu es joli à voir. Méfie-toi des officiers qui te serreront de trop près. Ce sont des bougres qui en ont après les jouvenceaux.
— Je leur réserve une surprise, dit Olympe d'un ton soudain ferme.
— À la bonne heure, dit Marchand. Il faut se faire respecter, même de ses supérieurs.

Il sourit avec un clin d'œil de complicité. Trois soldats pliaient la tente. Ils la portèrent à la sortie du camp où attendait une charrette attelée de deux chevaux qui soufflaient. Les hommes de la compagnie buvaient leur soupe avec des bruits disgracieux. Le sergent Chalon arriva peu après, son fusil à l'épaule, mâchant un morceau de pain qu'il avait tiré de son sac.

— Compagnie, garde-à-vous !

Les neuf soldats se levèrent, droits comme des piquets.

— Soldats, nous avons une recrue, le soldat Le Hérel, Octave, de Granville en Normandie. Vous lui ferez bon accueil.

Un grognement collectif se fit entendre.

— Soldats, équipez-vous !

Ils prirent leur sac et passèrent leurs bras dans les sangles avant de l'ajuster sur leur dos. Olympe eut l'impression que le sien était empli de pierres. Avec un uniforme et des chaussures de rechange, une baïonnette, une écuelle, une louche, une pelle, trente cartouches, une ration de biscuits, un demi-pain, un couteau, une baguette de fusil, une grosse épingle, du fil, des bandages, une ration de tabac, une pipe, un briquet et une capote roulée sur le dessus, le sac pesait trente kilos. Les deux sangles lui sciaient les épaules. Elle serra les dents.

Ils saisirent leur fusil et le posèrent sur leur épaule droite, la main sur la crosse de bois pour le maintenir en équilibre. Olympe avait du mal à se baisser, raidie sous le poids du sac. Elle réussit tout de même à prendre son fusil.

– Soldats, en rangs par trois. En avant, marche !

Ils avancèrent en cadence jusqu'à la sortie du camp, au milieu des autres compagnies qui allaient dans la même direction. Puis ils durent attendre une demi-heure pour prendre leur place dans la division. Ils virent passer le général Loison sur son cheval noir, avec son bicorne à galon doré. Il n'eut pas un regard pour les soldats, perdu dans ses pensées.

Le soleil se levait sur la campagne. Une brume flottait sur les prés où paissaient des vaches brunes et blanches. Le chant des oiseaux dans les arbres le disputait aux hennissements des chevaux qu'on sellait ; au loin un chien aboyait et des meuglements sortaient d'une étable ; l'odeur écœurante de la soupe flottait encore dans l'air du matin.

Olympe n'eut pas l'idée de goûter le calme de l'heure. Sous le poids du sac, son dos la faisait souffrir. Puis arriva le moment du départ. La compagnie du sergent Chalon trouva sa place dans la longue file de soldats qui s'engageait sur la route de Donauworth. Le tambour se mit à battre, on prit la cadence. Pour la première fois de la journée, Chalon hurla « En avant, nom de Dieu ! », son cri favori, et celui de tous les sous-officiers de la Grande Armée.

Il faisait beau, la route était pavée et régulière, les champs et les prairies resplendissaient sous le soleil. Pourtant la première marche d'Olympe fut un calvaire. Le sac lui tirait douloureusement sur le dos, chaque sangle lui entrait dans la chair, tel un cilice, les souliers blessaient sa peau fragile, et le fusil lui semblait plus lourd à chaque kilomètre. Elle s'écroula à la pause.

– Mange du pain, lui dit Marchand, sinon tu ne tiendras pas.

Elle crut qu'elle n'arriverait pas à se relever. Mais elle avait l'orgueil de ceux qui ont pris une décision difficile. Marchand la tira par la main. Elle se mit debout en vacillant puis elle suivit la compagnie en soufflant et en suant, les muscles déjà douloureux, le cœur battant, près de défaillir. Son pied lui faisait de plus en plus mal. À la pause des trois heures, elle enleva son soulier. Une poche de liquide translucide s'était formée sous son orteil. Elle banda l'ampoule aussi bien qu'elle put et repartit, percluse de fatigue et de douleur. Les soldats chantaient à tue-tête pour garder le rythme. Mais elle ne connaissait pas les chansons et souffrait le martyre en silence, houspillée par les « En avant, nom de Dieu ! » du sergent Chalon.

À midi, l'ampoule éclata.

Marchand voulut l'aider mais elle ne pouvait plus marcher, aussi dut-il la laisser en arrière. Au bout d'une demi-heure, elle se traîna jusqu'à une ferme qu'elle voyait en contrebas dans un vallon et mit la main sur une planche qu'elle cala sous son aisselle. Elle se remit en route à son allure d'infirme. Les régiments la dépassèrent les uns après les autres au son du tambour. Elle vit passer les traînards, les blessés comme elle ou les hommes trop épuisés pour rester dans leur unité. De temps en temps, l'un d'eux s'écroulait dans le fossé et s'endormait dans la seconde. Maigre répit : très vite, un officier à cheval chargé de rameuter les retardataires s'approchait et frappait le dormeur du plat de son sabre jusqu'à ce qu'il reprenne la route.

Puis arriva un convoi dont l'allure contredisait l'héroïque réputation de l'armée française. Les charrettes de l'intendance chargées de sacs de blé et de barriques avançaient au pas des chevaux fourbus qui les tiraient. Les cantinières frappaient d'une badine leur âne nonchalant. Une troupe de femmes dépenaillées s'avançait en jacassant, un baluchon sur l'épaule ; leurs visages fardés et leurs décolletés généreux indiquaient assez bien le rôle qui les attendait à l'étape.

Plusieurs soldats, enfin, surveillaient un long troupeau de vaches, de bœufs et de chèvres qui formaient une arrière-garde à quatre pattes. C'étaient les bêtes qu'on faisait marcher avec la troupe pour la nourrir de viande à l'étape. Ainsi bêlements et meuglements se mêlaient aux accents martiaux des fanfares militaires pour accompagner les soldats de la Grande Nation.

Olympe réussit enfin à grimper dans une carriole qui portait des blessés. Elle put ainsi terminer l'étape et rejoindre au bivouac sa compagnie assise en cercle autour de Chalon. Le sergent remuait un brouet épais, fait de jus de viande et de farine, dans une marmite suspendue au-dessus du feu.

– Soldat Le Hérel, dit Chalon, tu as fauté. Tu as négligé tes pieds, qui sont plus importants que ton fusil. Avec tes pieds, tu peux récupérer un fusil. Avec un fusil, tu ne retrouveras pas tes pieds.

Olympe prit un air penaud et se garda de répondre à cette sentence philosophique.

– Il faut comprendre, sergent, Octave a vécu son premier jour, dit Marchand. Après tout, il a réussi à faire l'étape.

– Il n'en fera pas d'autre s'il recommence la même bêtise.

Il ouvrit son sac et en sortit un pot de fer-blanc.

– Tiens, voici un onguent qui fait merveille contre les ampoules. Tu t'en colles une tartine et demain matin tu mets double bandage. Nous avons quarante kilomètres à parcourir pour arriver à Donauworth. Ce n'est pas le moment de flancher. Les Autrichiens ne sont pas loin, nous attaquons les choses sérieuses.

– Sergent, nous nous battrons bientôt ? demanda un des soldats dont la barbe de cinq jours lui faisait ressembler à un pauvre hère.

– À coup sûr. Le Petit Tondu ne nous a pas emmenés ici pour pêcher à la ligne. Nous sommes dans le pays de l'électeur de Bade, qui est notre allié et qui a été attaqué traîtreusement par les kaiserlicks. Il faut les chasser pour rabattre le caquet des aristocrates de Vienne. C'est l'or de l'Angleterre qui paie tout cela. Il faut finir cette campagne par un coup de tonnerre.

Chalon répétait la propagande qu'il avait entendue dans les proclamations de Ney et de Napoléon. Olympe commençait à comprendre pourquoi l'armée française remportait tant de succès. Associés aux conscrits de vingt ans, les vétérans comme Chalon formaient un corps unique de sous-officiers trempés par les guerres révolutionnaires, façonnés par les ordres du jour enflammés de la Convention jacobine. Avec un peu de fierté, elle se dit que derrière cet Empereur aux penchants tyranniques marchaient toujours les légions de l'égalité.

Olympe dormit comme une souche sous la tente sonore et puante de la compagnie. À cinq heures, quand le tambour battit, elle s'aperçut que tout son corps la faisait souffrir. Les courbatures la paralysaient. Comme elle traînait, allongée sur sa capote, le sergent s'approcha et la piqua avec sa baïonnette. Elle poussa un cri et se leva d'un bond.

— Allez, soldat, debout ! Tu vas manquer la soupe. Et ne crie pas comme ça, on dirait une fille.

Elle n'eut pas la force de sourire dans la pénombre du petit matin. Un air frisquet d'automne la faisait frissonner. Elle enfila sa veste, boutonna son plastron, avala la soupe en grimaçant et s'aligna enfin avec les autres, son fusil au côté et son sac posé devant elle.

— Soldats, dit Chalon, l'étape d'aujourd'hui est de quarante kilomètres. Le Petit Tondu a besoin de nous à Donauworth dans deux jours, il ne faut pas le décevoir. Il y aura deux pauses d'une heure, double ration de biscuit et distribution de gnôle. Mais avant, le général réunit la division dans le champ que vous avez vu en arrivant. En rangs par trois ! En avant, nom de Dieu !

Une demi-heure plus tard, comme le soleil affleurait à l'horizon, la division Loison était disposée par bataillons en cercle autour de deux poteaux qu'on avait plantés dans la prairie. À dix pas des poteaux, un peloton attendait, l'arme au pied, surveillé par un lieutenant. Olympe, entre deux épaules qui lui masquaient en partie la vue, aperçut le bicorne noir et or du général Loison.

— Soldats, entendit-elle, dans le règlement de ventôse an X, il est écrit que le pillage est puni de mort. Les deux soldats Amyot et Venaco ont enfreint hier cette loi sacrée. Ils reçoivent ce matin le châtiment qu'ils méritent. L'Empereur a été formel sur ce point : le pillage déshonore la Grande Armée. Il doit être puni avec une extrême sévérité. Malheur aux pillards. Lieutenant, procédez !

Sur le côté du champ, Olympe vit deux soldats tête nue, les mains liées derrière le dos, poussés en avant par quatre gendarmes. On les plaça le dos aux deux poteaux et on les attacha avec une corde. Le lieutenant s'avança, tira son sabre et dit d'une voix forte :

– Compagnie, en joue !

Les douze soldats épaulèrent leur fusil et visèrent. Le premier condamné se mit à crier. C'était un gamin au visage poupin dont les yeux exorbités disaient toute la terreur.

– Non ! Pitié ! Je n'ai rien volé. Nous n'avions pas mangé depuis deux jours. Grâce, grâce !

Le général fit un signe de tête au lieutenant qui cria :

– Feu !

La décharge claqua. Le jeune pillard s'affaissa, retenu par la corde. Sa chemise était percée de trous rouges et son visage défiguré par une balle qui l'avait frappé à la joue.

La compagnie rechargea puis mit l'arme au pied.

– Compagnie, en joue ! cria encore le lieutenant.

Cette fois, le condamné regardait crânement les douze fusils braqués sur lui, avec un air de rancune et de détermination. Soudain, il cria lui-même :

- Feu !
La décharge partit sans que le lieutenant ait eu le temps de commander le tir. Il resta bouche bée et lança un regard inquiet au général. Celui-ci se détourna en secouant la tête et dit seulement :
- Dommage qu'il ait pillé. Il n'avait pas froid aux yeux.
Les soldats se regardaient d'un air effrayé, décontenancés par l'étrange héroïsme de leur camarade. Ils commencèrent à murmurer. Aussitôt les sergents crièrent, presque en même temps :
- Silence dans les rangs ! Silence dans les rangs !
- Allez, dit Loison, à Donauworth maintenant.
La division s'ébranla en bon ordre et prit la route, éclairée par la lumière rasante du soleil levant. Il fallut attendre deux heures pour que les soldats consentent à reprendre en chœur les airs de la fanfare.

10

Au sommet d'une colline boisée, le manoir aux murs blancs dominait la forêt. Les derniers rayons du soleil faisaient luire le cuivre de son clocheton baroque. Un vent léger agitait les branches des hêtres et des tilleuls qui entouraient une pelouse à l'herbe jaunie. Donatien suivait Schulmeister qui marchait droit sur la porte principale au pied de la tour centrale. La porte s'ouvrit. Un officier autrichien apparut, raide dans son uniforme, et cria à Schulmeister une phrase en allemand. L'espion répondit en français.

– Je suis avec un de mes meilleurs agents, le commissaire Lachance, que j'ai placé auprès de Fouché à Paris. Il vous apporte des nouvelles importantes.

Puis il se tourna vers Donatien et lui dit:

– Mon cher, voici le colonel Wendt, avec qui je travaille depuis plusieurs années.

Donatien le regarda dans les yeux, masquant son appréhension par une posture de franchise. Il avait appris son rôle avec Schulmeister et assimilé aussi vite que possible les conseils de l'espion.

Comme la plupart des membres de l'élite européenne, Wendt parlait français.

– Dans mon métier, on n'aime pas les surprises, dit-il avec un fort accent allemand.

– Le commissaire Lachance a servi loyalement le général Bonaparte depuis 1800, dit Schulmeister. Mais il est révulsé par ses idées de conquête, qui mènent la République à sa perte. Il pense qu'en nous aidant maintenant, il préviendra un plus grand désastre.

– Vous avez raison, dit Wendt en s'adressant à Donatien. Plusieurs de nos agents travaillent avec nous pour la même raison. Nous n'avons rien contre le peuple français. Nous combattons les idées folles de ses dirigeants. Nous ferons une paix dans l'honneur, soyez-en sûr, qui préservera les intérêts de cette grande nation.

Wendt tendit la main à Donatien, qui la serra en s'inclinant.

– Schulmeister est un homme de confiance, dit encore Wendt. Son introduction vaut tous les sauf-conduits.

Ils entrèrent dans un salon aux fenêtres à petits carreaux et aux murs couverts de boiseries. Wendt servit trois verres de schnaps.

– Nous venons de l'état-major à Ludwigsbourg, dit Schulmeister.

– Vive l'Empereur ! dit Wendt en levant son verre, le regard ironique.

– L'armée avance sur un front qui va de Stuttgart à Fribourg, dit Schulmeister.

– Allons voir cela de près, dit Wendt en se levant.

Ils suivirent le colonel autrichien dans la salle suivante, où une carte d'Allemagne était étalée sur le billard.

– Augereau forme la droite, qui couvre le flanc sud, dit Schulmeister en pointant sur la carte les lieux dont il parlait. Murat est en avant-garde dans la Forêt-Noire, ici, Soult et Davout derrière lui forment le centre, autour de ce point. Ney occupe l'aile gauche avec la Garde et Napoléon.

– Cela correspond à peu près à ce que nous savons, dit Wendt d'un ton satisfait. Ils arrivent sur nous par l'ouest et le nord-ouest. À Ulm, ils tomberont sur un bec.

Schulmeister mélangeait vrais et faux renseignements. En fait, la Grande Armée était plus au nord et plus avancée vers l'est. Ney et Napoléon à Stuttgart en formaient le centre et non la gauche. L'avancée de Murat dans la Forêt-Noire, sur la route de Strasbourg à Ulm, était une diversion. Schulmeister avait omis de parler de Bernadotte et de Marmont, qui formaient la véritable aile gauche et dont les colonnes marchaient beaucoup plus à l'est. Une fois à Ingolstadt, elles franchiraient le Danube à la hauteur d'Augsbourg, dans le dos de l'armée de Mack. Le généralissime autrichien attendait les Français devant lui, ils étaient déjà derrière.

– Notre général est confiant mais il se pose une question, dit Wendt. Faut-il attendre les renforts russes dans Ulm ou bien rétrograder pour se lier tout de suite à Koutouzov ?

– La logique voudrait qu'il recule, répondit Schulmeister après un instant de silence. Unie aux Russes, l'armée autrichienne devient invincible.

Donatien le regarda. L'espion de Napoléon conseillait aux Autrichiens la manœuvre même que son maître redoutait. Si Mack reculait, il s'échappait du piège tendu par la Grande Armée. Pis : en se rapprochant des Russes, il pouvait manœuvrer de concert avec Koutouzov et prendre en étau les corps français qui croyaient l'entourer. Donatien douta soudain de la loyauté de son compagnon.

– Certes, dit Wendt, mais la retraite déplairait beaucoup à Vienne. L'empereur François attend une bataille prompte. Nous sommes entrés en Bavière pour y attirer les Français et non pour reculer devant eux.

– Une victoire qui tarde vaut mieux qu'une défaite rapide, dit Schulmeister, qui continuait à préconiser le mouvement qui mettrait les Français en mauvaise posture.

Comme l'espion sentait l'incompréhension de son compagnon, il lui fit un clin d'œil pendant que Wendt étudiait la carte. Donatien devina que Schulmeister, en prodiguant de bons conseils à Wendt, tout comme il livrait en partie les vraies positions de la Grande Armée, donnait du crédit à ses renseignements. La ruse lui parut néanmoins risquée. Les bons conseils sont parfois suivis...

– Certes, certes, dit Wendt, pensif. Mais l'honneur commande de se battre. Reculer, c'est livrer à l'ennemi le Bade-Wurtemberg et une partie de la Bavière. Nous venons de les occuper.

– Nous avons des informations qui peuvent peut-être vous éclairer, dit alors Schulmeister. Ce sont des informations politiques et non militaires. Mais elles ont leur importance.

Wendt leva la tête et le regarda dans les yeux.

– Alors donnez-les ! Vous étiez en train d'instiller le doute dans mon esprit avec cette idée de retraite. Quelles sont ces informations ?

Ainsi ce fut Wendt qui suscita l'exposé que Schulmeister et Donatien voulaient lui présenter. Le policier eut une pensée admirative pour l'espion. En prêchant le vrai, Schulmeister avait accrédité le faux.

– Colonel, dit Schulmeister, vous connaissez nos conventions. Le commissaire vous fera rapport dès que nous aurons satisfait à une clause essentielle.

Wendt se rembrunit.

– Vous ne perdez jamais le sens de vos intérêts, dit-il avec sécheresse.

– Ces intérêts ne sont pas seulement les miens aujourd'hui mais aussi ceux du commissaire Lachance. Ses renseignements sont précieux. Très logiquement, ils doublent le prix de notre consultation.

Wendt ouvrit de grands yeux et se récria.

– Vous voulez dire que ces informations vont me coûter deux fois ce qui était prévu ?

– Exactement, colonel.

Wendt devint rouge et continua la conversation en allemand en élevant la voix. Schulmeister lui répondait froidement sans jamais se démonter. À la fin, Wendt poussa un long soupir, se leva et disparut par un escalier.

– Si je ne suis pas intraitable sur le prix de nos informations, dit Schulmeister en parlant à voix basse à Donatien, je les dévalorise.

Donatien se dit qu'il évitait aussi de dévaloriser son salaire d'espion. Mais la tactique avait l'air de donner des résultats. Wendt revint avec une bourse de cuir qu'il ouvrit en la délaçant. Il tendit vingt pièces d'or à Schulmeister et encore vingt à Donatien. Les deux Français empochèrent la somme avec un sourire de contentement. Puis Schulmeister reprit la parole.

– Colonel, le commissaire Lachance va vous faire un rapport complet de la situation à Paris, celui-là même qu'il a transmis à Bonaparte. Vous verrez que l'argent de l'empereur François n'est pas mal employé.

Donatien posa son verre sur la carte et commença son exposé. Il parla un quart d'heure, décrivant en détail la situation du régime, les aléas financiers, l'état de l'opinion. Quand il eut fini son exposé, Wendt lui posa trois questions sur la réaction de Napoléon. Satisfait par les réponses qu'il obtint, il déclara d'un ton vif :

– Messieurs, cela est trop important. Nous devons voir le général Mack. Nous partons pour Ulm demain matin à l'aube. En attendant, allons dîner.

Le trajet vers Ulm prit une journée. Wendt voyageait dans sa berline. Schulmeister avait repris sa calèche et Donatien son cheval. Chacun avançait sans hâte et les trois hommes s'arrêtèrent pour déjeuner dans une auberge construite au bord d'une rivière où tournait une roue à aubes. Wendt commanda un poulet et du vin blanc. La conversation fut agréable. Donatien comprit que les Autrichiens s'endormaient dans une confiance fatale. Protégés par leurs places fortes, retranchés dans Ulm qu'ils pensaient inexpugnable, sûrs de leurs lignes de communication vers l'est, ils attendaient les Français sans état d'âme, quand Napoléon avançait à marche forcée pour les contourner. Encore fallait-il les fixer dans cette tranquillité d'esprit.

Ils arrivèrent devant Ulm au coucher du soleil. C'était une ville imposante protégée par des murailles grises. Bâtie sur une colline qui dominait le Danube, petite éminence au milieu d'un cirque de basses montagnes, elle occupait la rive gauche du fleuve, au confluent avec l'Iller. Sa cathédrale surplombait la campagne environnante avec sa flèche immense. Donatien se souvint que c'était la plus haute d'Europe, qui dépassait de vingt mètres celle de Strasbourg. Ils entrèrent dans la ville en traversant une poterne gardée par un détachement de soldats en uniforme blanc. Quand ils se présentèrent à l'état-major, on leur fit savoir que le généralissime était parti dîner et qu'il ne serait visible que le lendemain. Wendt parlementa en allemand mais Donatien comprit que rien n'y faisait. Ils ne verraient pas Mack ce soir-là.

Ils allèrent souper dans une auberge à colombages, blottie au pied de la muraille d'enceinte, qui leur fournit trois chambres. Ils retournèrent à l'état-major le lendemain matin. Donatien était content de la désinvolture du généralissime. Chaque heure qui passait favorisait la manœuvre de Napoléon.

Le commandement autrichien s'était établi dans la forteresse qui occupait l'angle sud du mur d'enceinte. Les trois visiteurs furent introduits dans une salle sévère, mal éclairée par des meurtrières qui donnaient sur le Danube. Le généralissime les attendait assis dans un fauteuil, au bout d'une table où on avait étalé une carte de la région de Bade et de la Bavière.

De chaque côté de la table, des officiers en grand uniforme, le shako posé devant eux, se tenaient debout pour accueillir les visiteurs.

Mack prit la parole en allemand en s'adressant à ses officiers. Donatien comprit que le généralissime présentait Schulmeister et Wendt. Chacun s'assit sur sa chaise et la discussion s'engagea, toujours en allemand. Schulmeister prit la parole. Très vite chacun se pencha sur la carte pendant que Donatien saisissait au vol les noms de Strasbourg, Fribourg, Stuttgart… Le mot de Napoléon ne fut pas prononcé mais celui de Bonaparte revint plusieurs fois. Les cours d'Europe refusaient de reconnaître au maître de la France le titre d'empereur et affectaient de toujours le désigner comme le « général Bonaparte, chef du gouvernement français ».

Mack posait des questions à Wendt et à Schulmeister et désignait les villes dont ils parlaient avec une longue baguette de bois verni, clignant des yeux pour lire les mentions indiquées sur le papier, interrogeant du regard ses adjoints pour vérifier qu'il ne faisait pas erreur. Donatien pensa à Napoléon couché sur ses cartes, ses lunettes sur le nez, piquant des épingles dans le papier et calculant lui-même les distances entre les étapes. Ce détail en disait long sur l'implication des deux commandants en chef dans le plan de bataille dont dépendait le sort de leur pays.

Soudain, Wendt prit la parole en français. Donatien se tint prêt.

– Messieurs, dit le colonel, nous continuerons cette conférence en français, le commissaire Lachance, ici présent, ne parlant pas allemand. Sa présence nous est précieuse : c'est un agent de notre ami Schulmeister. Il vient de passer plusieurs jours à l'état-major de Bonaparte.

– Que faisait un commissaire de police à l'état-major ? demanda un colonel à la moustache rousse et aux favoris broussailleux.

– Il rendait compte de la situation à Paris, qu'il va maintenant nous exposer comme il l'a fait auprès de Bonaparte.

– Pourquoi trahit-il son maître ? dit un général chamarré à la chevelure blanche réunie par une natte, d'un ton qui montrait son mépris pour les espions.

– Le commissaire en a soupé de la folie de ce maître et de son esprit de conquête. Il veut nous aider pour arrêter cette guerre au plus tôt et protéger les intérêts bien compris du peuple français.

– Peut-être aurait-il pu le dire lui-même, dit un troisième officier, d'un ton tout aussi coupant.

Schulmeister en prend à son aise.

Le généralissime leva la main.

– Messieurs, dit-il, Schulmeister nous a donné maintes fois la preuve de sa fidélité.

– Cette fidélité coûte cher à la couronne ! dit un autre colonel.

– Il n'y a pas de bons valets sans gages, dit Schulmeister en souriant.

– Valet, c'est le mot juste ! rétorqua le général à queue-de-cheval.

Un silence gêné s'établit. Mack reprit la parole.

– Cessons cette querelle, messieurs. Comme l'argent, les informations n'ont pas d'odeur, dit-il. C'est un proverbe français. Écoutons ce commissaire, je vous prie.

– J'ai d'abord une question, dit le colonel à la moustache rousse, d'une voix plus conciliante. S'il était à l'état-major français, le commissaire peut-il nous expliquer pourquoi on a vu des troupes françaises sur la route de Donauworth, très en arrière de notre front, et aussi au sud du Hanovre. Cela ne correspond pas au dispositif qu'on nous décrit. Les Français sont manifestement plus à l'est.

Donatien se dit que ce colonel était dangereux : il venait de débusquer en une phrase le plan de Napoléon. Fort heureusement, Schulmeister avait prévu l'objection. Il avait expliqué à Donatien que les Autrichiens avaient laissé en arrière en Bavière un corps d'observation chargé de faire la jonction avec Koutouzov. Comme toute armée, ce corps effectuait des reconnaissances dans toutes les directions. Il était logique que l'une de ces reconnaissances leur ait permis de détecter une présence française au nord du Danube. Donatien avait préparé sa réponse en conséquence.

– Ce sont des excursions d'avant-garde, dit-il. Elles éclairent Bonaparte sur ce qui se passe au nord.

Il craint qu'une armée russe ne débouche de cette direction et ne menace son flanc gauche.

– Ces troupes étaient fort nombreuses pour une simple reconnaissance, répondit le colonel à la moustache rousse.

– C'est la méthode de Bonaparte, dit Donatien. Il opère toujours ses reconnaissances en force. Si la division avancée tombe sur l'ennemi, elle résiste sur place, ce qui laisse le temps aux autres d'accourir. C'est ainsi que Bonaparte gagne ses batailles.

– C'est exact, dit Mack en se rengorgeant. J'ai moi-même observé cette tactique en Italie. Bonaparte fait marcher ses différents corps de manière coordonnée et les concentre au dernier moment. Il n'est qu'une manière de prévenir ces tours de passe-passe, c'est une bonne défensive, appuyée sur des forteresses solides, comme ici, à Ulm.

L'intervention avantageuse du généralissime mit fin à la controverse. Le silence revint.

– Alors, commissaire, dit Mack, que se passe-t-il à Paris ?

– Beaucoup de choses, dit Donatien. Bonaparte croit que ses ennemis se trouvent dans cette pièce. Il y en a un autre, à Paris, cette fois. C'est le peuple français.

Cet exergue excita l'intérêt de l'état-major autrichien. Mack et ses adjoints se penchèrent en avant pour ne rien perdre des paroles de Donatien.

– À Paris, l'opinion est lasse de la guerre, dit Donatien. Elle croyait que la paix d'Amiens l'en avait exemptée. Mais Bonaparte l'a rompue. Il s'est lancé dans cette folle entreprise de Boulogne qui a échoué. Il est maintenant en Allemagne et s'attaque à une tâche tout aussi hasardeuse contre des armées deux fois plus nombreuses que la sienne. Son ambition le conduit à la démesure, chacun l'a compris en France. L'ancienne noblesse s'est faussement ralliée et les révolutionnaires enrichis n'aspirent qu'à la tranquillité. La rente est tombée au plus bas, l'activité est paralysée, l'Ouest remue de nouveau, ainsi que le Midi. L'assassinat du duc d'Enghien a heurté profondément l'élite de la nation et on parle de nouveau en bien de la famille des Bourbons. L'armée elle-même s'inquiète des projets insensés de Bonaparte.

Tout en parlant, Donatien se disait que ce sombre tableau n'était pas loin de la réalité. Mais c'était justement cet accent de vérité qui persuaderait ses interlocuteurs. Il continua.

– Dans cette situation, un projet s'est formé, qui réunit plusieurs grands noms de l'ancien temps, des généraux écartés par la vindicte du Corse, une grande partie des fonctionnaires et même certains ministres. On songe à déposer Bonaparte en réunissant le Corps législatif et le Sénat et en faisant voter un acte de déchéance. Le gouverneur de Paris a fait dire qu'il laisserait faire. Fouché éprouve toutes les peines du monde à dénouer les fils de cette intrigue. Au vrai, il l'encouragera s'il voit qu'il ne peut l'arrêter.

— Il y a dans les rapports de nos diplomates et de nos espions des éléments de ce genre, dit Mack. Mais j'ignorais que ces projets fussent aussi avancés.

— C'est tout l'intérêt du témoignage du commissaire. Il est au cœur de la machine. Ce que vous entendez là, Bonaparte l'a entendu il y a trois jours.

— Et qu'a-t-il dit ? demanda Mack.

— Je ne sais, dit Donatien, qui ne voulait pas se prévaloir de relations étroites avec Napoléon, de manière à rendre son témoignage plus vraisemblable. J'ai fait mon rapport par écrit. Mais un aide de camp m'a dit que Bonaparte a eu une phrase : « Si tout cela se précise, je ne peux rester à l'armée. »

— Il ne peut rester à l'armée ?

— Non. Il ne le peut pas. Hors de sa présence, tous les complots peuvent se développer. C'est la même machine qu'au moment de la conspiration de Georges. Les républicains et les monarchistes s'allient pour arrêter la folie d'un homme. Ils s'entendront ensuite sur un régime qui restaurera les Bourbons en ménageant les anciens conventionnels. Moreau et Cadoudal ont manqué cette combinaison. Mais elle reste possible, en filigrane. Seule la présence de Bonaparte peut empêcher la trame de se nouer.

Cette conclusion fit planer sur l'état-major autrichien un silence interdit. Ainsi la politique pourrait mettre fin à une campagne que les militaires venaient seulement d'entamer. Ce coup du sort les laissait rêveurs. Au bout d'un moment, Mack prit la parole.

– Si Bonaparte quitte l'armée, celle-ci ne pourra plus attaquer.

– Non, dit Schulmeister. Il ordonnera à ses maréchaux de rester sur la défensive et tâchera de rétablir sa situation à Paris. Il reviendra ensuite, si tout va bien, pour une campagne de printemps. Mais entretemps, vous aurez fait jonction avec les armées russes. Il sera trop tard.

– Dans cette circonstance, continua Mack qui suivait sa pensée, ce serait folie que de reculer. Nous nous retirerions devant un ennemi qui ne songe pas à nous attaquer... Quel ridicule !

Le colonel à la moustache rousse avait écouté l'exposé de Donatien avec un air de scepticisme affiché.

– Ce sont là spéculations sur une situation parisienne qui nous échappe, dit-il d'une voix brusque. En revanche, la présence des Français autour de Donauworth, c'est-à-dire derrière nous, est un fait tangible. Il faut nous fonder sur cette réalité et non sur des suppositions qui flattent notre espérance.

– Vous proposez la retraite ? demanda Mack avec vivacité.

– Je propose qu'avant de spéculer sur sa chute, nous cherchions à savoir où se trouve exactement Napoléon et où il se dirige.

– Il est à Stuttgart, nous le savons, dit Wendt.

– Justement. Pourquoi marche-t-il à gauche de son armée au lieu d'en occuper le centre ? À moins que son centre ne soit pas où nous le pensons...

Donatien fixa le colonel à la moustache rousse. Il se dit que l'empereur François eût été mieux inspiré en le nommant généralissime à la place de Mack.

Le visage fermé, celui-ci s'impatientait de voir les querelles de l'état-major se développer sous les yeux de trois personnages subalternes.

– Colonel Wendt, dit-il d'un ton aimable mais sans réplique, je vous remercie pour vos informations. Je crois que nous en savons assez.

Wendt, Schulmeister et Donatien se levèrent, comprenant que l'entrevue était terminée.

– Merci, messieurs, dit Mack en les saluant de la tête, nous allons maintenant délibérer.

11

Mack délibérait. Napoléon marchait. Troublé par le rapport de Donatien, tiraillé entre la prudence et l'honneur, tenté de se rapprocher des Russes mais inquiet de l'opinion de la Cour, incapable de dire où se trouvait son ennemi, se perdant en supputations infinies, le généralissime autrichien passait son temps en conseil de guerre, penché sur la carte et sur sa propre indécision. Il discutait de son plan au lieu de l'appliquer. Ainsi il resta dans Ulm où le rejoignirent peu à peu les divisions qu'il avait laissées derrière lui pour manœuvrer.

Pendant ce temps, la Grande Armée terminait son mouvement tournant par le nord, les sept torrents se changeaient en un fleuve impétueux. L'un après l'autre, ses corps d'armée arrivaient sur le Danube à l'est d'Ulm, réunis, redoutables, prêts à refermer sur

Mack le piège conçu à Boulogne. À Donauworth, l'Empereur se présenta en personne avec le corps de Soult et la cavalerie de Murat. La ville était tenue par l'arrière-garde autrichienne du général Kienmayer. Les assauts de la division Vandamme et les charges de Murat en eurent raison en quelques heures. Les Français chassèrent les Autrichiens de la ville et franchirent le Danube. Napoléon se dirigea vers Augsbourg, plus au sud. La ville barrait la route d'Ulm à Vienne : les communications de Mack étaient coupées. Pendant ce temps, Ney, Marmont, Bernadotte, Davout traversaient à leur tour le Danube et se répandaient en Bavière pour achever l'encerclement. Ils rencontrèrent des corps autrichiens isolés qui furent chaque fois culbutés. En cinq jours, la principale armée autrichienne fut isolée dans Ulm, entourée de toutes parts, bientôt prisonnière.

De ces combinaisons, Olympe, comme tous les soldats, n'avait qu'une vague idée. Au bout d'une semaine, quoique de plus en plus fatiguée, elle avait surmonté l'épreuve de la marche. Ses pieds avaient cessé de la martyriser et le poids de son sac devenait supportable. Son corps s'habituait à cet effort continu, sa peau se durcissait, ses muscles se raidissaient, son souffle se ralentissait. Elle tenait maintenant la cadence sans faiblir. « Mange davantage », disait Marchand, qui lui servait de mentor. Elle se forçait à avaler l'infâme nourriture qu'on servait à la troupe et sentait ses forces augmenter.

Elle comprit en passant le pont du Danube que Napoléon avait dépassé Ulm et tombait sur les arrières des Autrichiens. Ce n'était pas une bonne nouvelle pour les soldats. On voyageait, il fallait maintenant manœuvrer. C'est-à-dire courir sus à l'ennemi avant qu'il ne réagisse. La Grande Armée avait marché à la vitesse maximale jusqu'au Danube. Elle devait maintenant accélérer.

Passée sur la rive sud, la division Loison pivota à droite et remonta le fleuve en direction d'Ulm. Les officiers criaient sans cesse « En avant, nom de Dieu ! », les pauses se raréfiaient, les traînards se multipliaient, on mangeait son pain rassis en route. Les plus épuisés dormaient en marchant et tombaient de loin en loin dans les fossés. Ce jour-là, on fit cinquante kilomètres. Le lendemain, vers midi, les soldats harassés entendirent une canonnade sur la rive nord.

– Dupont souhaite le bonjour aux Autrichiens, dit Chalon. J'espère qu'ils ne sont pas en force.

Arrivé sur le Danube, le corps d'armée de Ney avait été séparé en deux, une division au nord du fleuve avec le général Dupont, le reste au sud avec Loison et Mahler. Napoléon pensait que les troupes de Mack, si elles tentaient une sortie, chercheraient à s'échapper vers le Tyrol, au sud d'Ulm. Il n'avait laissé au nord qu'une division d'observation sous les ordres de Dupont. Mais elle avait rencontré l'ennemi. Une inquiétude se répandit dans les rangs : Dupont n'avait que cinq mille hommes avec lui. Combien étaient les Autrichiens ? Le bruit du canon les accompagna jusqu'au soir, comme un orage au loin, qui suggérait une tragédie. On dormit dans l'angoisse. Si Dupont avait flanché, il faudrait le suppléer. On se battrait bientôt.

On arriva le lendemain en vue d'un pont de bois à moitié détruit dont les gros madriers séparaient le courant calme du Danube. Loison ordonna le repos. L'armée s'effondra d'un coup sur le sol et nombre de soldats s'endormirent. On voyait sur la rive nord des champs verts et jaunes au flanc d'une colline, à peine agités par le vent d'automne. Au sommet, une longue église blanche aux toits de tuiles rouges se découpait sur le ciel, avec un clocher à gauche, surmonté d'une coupole évasée. Plusieurs maisons étaient blotties en contrebas. Olympe crut voir au pied de l'église des petits points qui s'agitaient. Sur la droite, au milieu d'un champ de boutons-d'or, un éclair surgit, comme si on ouvrait une fenêtre au soleil. Ou comme si on faisait manœuvrer un canon…

– Il se passe quelque chose, dit Chalon en regardant vers l'avant. Si on nous arrête ici, c'est qu'il y a une raison.

Une dizaine de cavaliers passèrent en trombe sur le côté de la route, soulevant la poussière, emmenés par un officier roux au bicorne frangé d'or qui talonnait sa monture.

– C'est Ney, dit Chalon d'une voix altérée, il se porte en avant. Les choses se gâtent…

On attendit encore une demi-heure, couché sur la route ou dans les fossés, mordant dans le pain dur ou buvant de l'eau tiède à la gourde. Le soleil montait dans le ciel bleu et la sueur perlait au front des soldats. On entendit une salve de coups de feu en avant, vers le pont. Olympe observait le village de l'autre côté du fleuve. En promenant son regard sur la colline, elle vit une file blanche qui serpentait à travers champs. À mi-pente, elle se changeait en une ligne parallèle au fleuve. Elle la montra à Chalon de son bras tendu.

– Ce sont les kaiserlicks, dit le sergent après avoir observé la colline. Ils descendent du village et ils prennent position. M'est avis qu'il va y avoir du grabuge !

Le cœur d'Olympe se mit à battre plus vite, pendant que les soldats français se relevaient les uns après les autres en se montrant du doigt la colline. Un aide de camp arriva de l'avant, essoufflé.

– Ordre du général, cria-t-il, nous avançons jusqu'au pont et nous prenons position en colonnes.

– Soldats, debout ! hurla aussitôt Chalon. Allez, on ne traîne pas ! En avant, nom de Dieu !

Olympe se remit en marche, une boule dans l'estomac. L'escouade avançait en silence sur la route pavée, houspillée par Chalon qui abusait de sa formule favorite.

La longue procession arriva à la hauteur du pont de bois. Les soldats du génie travaillaient sous le tablier pour le consolider. Les Autrichiens avaient détruit l'ouvrage mais on l'avait reconstruit en partie, malgré les tirs ennemis. Comme les Autrichiens se renforçaient d'heure en heure sur l'autre rive, on avait continué à poser planches et poutres. Mais une batterie ennemie nouvelle, installée dans l'enfilade du pont, avait rendu le travail impossible, sauf à rester sous le tablier pour renforcer les madriers.

De leur côté, deux lignes de fantassins, sur deux rangs, se couchèrent sur la berge de part et d'autre de l'entrée du pont. Ils chargèrent leur fusil avec un raclement métallique. Les autres se rangèrent en cinq colonnes sur douze rangs, disposées l'une après l'autre, le long de la route qui menait au pont, un peu sur la gauche pour éviter la ligne de tir des canons ennemis.

– Repos ! crièrent les officiers.

Pendant que les soldats s'asseyaient pour prendre des forces, les sergents passaient dans les rangs, des bonbonnes sous le bras. Les hommes tendaient leur gobelet de fer-blanc, qu'on remplissait d'eau-de-vie jusqu'à ras bord. Olympe but trois gorgées. La tête commença à lui tourner.

– Bois tout, lui dit Marchand, ça donne du cœur au ventre.

Olympe avala le contenu du gobelet. Elle avait déjà combattu, pendant le siège de Granville. Elle connaissait le feu, le courage, les morts, les blessures, elle n'était pas surprise. Mais la peur était plus forte.

Son estomac se nouait et une torpeur paralysante l'envahissait. Grâce à l'alcool, une euphorie la saisit, dissolvant la crainte, puis un vertige fit tourner le paysage autour d'elle.

Les soldats ragaillardis commençaient à rire et à plaisanter. « Nous avons la gnôle, les kaiserlicks nous serviront à manger », disait l'un. « Mais non, disait l'autre, ils seront partis avant le repas. »

On cria « Soldats, debout ! », la troupe se leva, le fusil à l'épaule.

L'escouade du caporal Chalon était au milieu de la première colonne, chaque soldat touchant le coude de son voisin, immobile et empestant l'alcool. Olympe fut rassurée par la muraille d'uniformes bleus qui la protégeait. Elle était au troisième rang, entourée de tous côtés par ses camarades, comme dans une phalange grecque où on aurait remplacé les lances par des baïonnettes. Elle entendit le roulement d'un train d'artillerie qui prenait position dans l'enfilade du pont. Cinq minutes plus tard, par-dessus l'épaule de celui qui était devant elle, elle vit le général Loison qui s'approchait à cheval du front des troupes. Les officiers crièrent « Garde-à-vous ! ». Elle se raidit et présenta son fusil devant elle, vertical. Loison enleva son bicorne, tira sa bride et fit face à la colonne.

– Soldats ! Le brave général Dupont a été attaqué hier par les Autrichiens sur la rive nord. Il a résisté héroïquement mais il faut maintenant lui venir en aide. L'ordre de l'Empereur doit être exécuté sans délai : nous allons prendre ce pont, marcher sur cette colline et occuper le village d'Elchingen que vous voyez là-bas. Ainsi nos camarades seront soulagés.

Il tendait le bras vers la colline de l'autre côté du Danube. Ses cheveux bruns et frisés s'agitaient dans le vent pendant que son cheval rétif piétinait sur le pavé avec des claquements secs. Il tira encore sur sa bride et reprit.

– Soldats, ces troupes devant vous sont celles que vous avez mises en fuite à Marengo et à Hohenlinden. Elles ne résisteront pas au courage des soldats de la Grande Armée ! Nous bivouaquerons ce soir au pied de cette église. L'Empereur attend une action glorieuse. Soldats, en avant !

Loison remit son bicorne, dégaina son sabre, le pointa sur le pont et poussa son cheval. Les canons français tirèrent avec un bruit de tonnerre et les tirailleurs couchés le long des berges firent feu tous ensemble. Ces premières salves devaient débusquer les défenses autrichiennes, dont on voyait seulement quelques pans d'uniforme et la lueur des canons au loin dans le soleil. Mais les Autrichiens ne répliquèrent pas. Ils attendaient la charge.

Autour d'Olympe les officiers criaient à tue-tête :

– En avant, nom de Dieu, en avant ! Au pas de charge ! En avant !

Olympe démarra en même temps que ses voisins, allongeant le pas pour suivre la cadence, entraînée par les soldats dont elle sentait les odeurs de sueur et d'alcool mélangées. Coude à coude, ils avançaient vers le pont comme un bloc compact et mouvant, le fusil à l'épaule, baïonnette au canon, les mains serrées sur la crosse de bois, le regard aveuglé par la fumée de l'artillerie qui se rabattait sur la colonne. Le bruit de leurs souliers sur les pavés fut couvert par la fanfare du régiment qui entamait « On va leur percer le flanc ! », repris en chœur par les sous-officiers et scandé par des roulements de tambour.

Ils arrivèrent à l'entrée du pont en chantant, soutenus par les cuivres et les clarinettes. Devant elle, au-delà des épaules alignées, Olympe voyait Loison de dos qui avançait sur son cheval, au pas, le sabre au clair, exposé à découvert au feu adverse. Les Autrichiens ne tiraient pas et la colonne s'engageait toujours plus loin sur le tablier. Olympe était prise d'une ivresse qui masquait sa peur. Elle se dit drôlement qu'ils allaient traverser le pont sans encombre et chasser les Autrichiens du village en quelques minutes. Elle voyait en coin l'eau tranquille du fleuve et les prés verdoyants parcourus par les ondes du vent. La campagne brillait sous le soleil de midi. « C'est l'heure du repas », songea-t-elle, tout à coup saisie par la faim et la soif.

Un bruit terrible éclata. Il lui sembla que toute la colline s'embrasait d'un coup avant de se couvrir de fumée blanche. Son voisin de devant s'écroula en gémissant et celui de gauche s'arrêta net, portant la main à sa gorge. Une giclée de sang couvrit de rouge la manche de l'uniforme d'Olympe. Elle se tâta le bras, craignant d'être blessée, et sentit sous sa main une matière visqueuse. Un morceau de cervelle. Autour d'elle, elle n'entendait plus que cris de douleur et appels au secours. À l'avant, le cheval de Loison, à terre, écrasait son cavalier et se débattait dans de grands hennissements. Au premier rang, seuls deux soldats étaient encore debout; les autres, un genou en terre, la main sur leur blessure béante, se tordaient de douleur. Elle hésita, voulut aider un blessé. La voix de Chalon la frappa.

– Soldats, serrez les rangs! En avant, nom de Dieu!

Arrêtée quelques secondes puis reformée, la colonne décimée continua sa progression, pataugeant dans le sang, laissant derrière elle les morts et les blessés qu'elle enjambait dans un ballet sinistre. Une deuxième salve de boulets et de balles coucha le premier rang et la moitié du deuxième, dans un éclaboussement de sang et de viscères. Olympe regarda devant elle. Il n'y avait plus personne. Elle se retrouvait en première ligne, à découvert, sans savoir que faire. Au bout du pont, elle vit la gueule d'un canon braqué sur elle. Trois servants le manœuvraient tandis que des soldats blancs sortis d'un fossé rechargeaient leurs fusils. Fascinée par le spectacle, elle restait debout au milieu du tablier, immobile, incertaine. Elle sentit qu'on la saisissait aux genoux. Elle tomba sur les planches. C'était Marchand qui l'avait plaquée au

sol. Le canon tira. Elle entendit le souffle du boulet au-dessus d'eux. Elle se retourna. Plusieurs soldats avaient encore été fauchés dans un craquement d'os éclatés. Un long sillon sanglant partageait la colonne en deux.
Ceux qui restaient debout s'étaient arrêtés malgré les cris des officiers. Aveuglés par la fumée, souillés de sang, le regard exorbité, ils titubaient comme des ivrognes. Soudain l'un d'eux cria.
– Trahison ! Trahison !
Un autre cria aussi et courut vers l'entrée du pont. Bientôt ils furent des dizaines à s'enfuir, tournant leur dos bleu aux Autrichiens, comme aimantés par l'abri de la ligne française. Loison avait réussi à s'extirper de dessous son cheval. Il était tête nue mais il avait gardé son sabre. Voyant les fuyards, il courut derrière eux, les rattrapa et les frappa du plat de l'arme.
– Lâches, arrêtez-vous, revenez vous battre ! Pas de désertion dans ma division. En avant, nom de Dieu !
Il se démenait comme un diable mais rien n'y faisait. Les soldats battaient en retraite toujours plus nombreux, décimés par les salves qui se succédaient impitoyablement, dégrisés par le sang, seulement soucieux de sauver leur peau, dans un élan de panique extrême. Marchand avait traîné Olympe jusqu'au cheval de Loison couché sur le pont. La bête était morte, éventrée par un boulet, ses viscères étalés sur le bois. Ils s'allongèrent derrière le cadavre de l'animal qui baignait dans une mare de sang. Autour d'eux, une

dizaine de soldats avaient choisi la même tactique, réfugiés derrière les corps inanimés de leurs camarades, qu'ils essayaient de relever sur l'épaule pour mieux se protéger. Les balles sifflaient au-dessus de leur tête ou bien s'enfonçaient avec un bruit mou dans les cadavres. Olympe était sidérée. Elle tremblait de tout son être. Quand Loison revint à leur hauteur et se coucha près d'eux, elle réussit à se maîtriser. Elle posa ses mains vibrantes sur son fusil pour les immobiliser.

– Restons là, dit le général en s'appuyant sur le dos du cheval mort, la deuxième colonne va charger.

La canonnade s'espaça, les fusils se turent, le vent poussa la fumée sur le fleuve, les deux armées restèrent face à face sur chaque rive pendant que les blessés allongés sur le pont criaient à l'aide ou gémissaient en perdant leur sang. Le silence se fit, étrange, effrayant.

La tête tournée vers l'arrière, Loison s'impatientait.

– Que font ces bougres d'imbéciles ? Les Autrichiens sont capables de monter une contre-attaque pour nous faire prisonniers !

Soudain une dizaine d'hommes en bleu s'engagèrent sur le pont, en ordre dispersé, le fusil à la main. Ils couraient en zigzag sous le feu, s'abritant derrière les piles ou se couchant au sol avant de repartir. Un seul fut abattu, les autres parvinrent au milieu du pont et se jetèrent à leur tour aux côtés des soldats embusqués derrière les morts. Un officier rouquin, essoufflé et rougeaud, tomba lourdement à côté de Loison. Sa peau blanche luisait dans la lumière et le col doré de son uniforme était trempé de sueur.

– Nous allons charger, dit-il, mais il faut d'abord réduire cette batterie qui prend le pont en enfilade. Sinon, ce sera un nouveau massacre. Qui tire bien, ici ?

– Je ne sais, monsieur le maréchal, répondit Loison.

Ébahie, Olympe fixa l'officier rouquin. C'était le maréchal Ney. Ainsi il était venu en personne, seul ou presque, à l'endroit le plus exposé, pour transmettre une consigne et organiser l'attaque. Une vague d'admiration la submergea.

– Mes aides de camp sont de bons tireurs, mais il en faudrait d'autres, ajouta Ney.

Loison se redressa et cria :

– Qui tire bien, ici ?

Trois bras se levèrent dont celui de Chalon qui s'abritait derrière une pile du pont. Timidement, Olympe leva le bras à son tour.

– Tu sais tirer, gamin ? demanda Ney.

– Oui, monsieur le maréchal, répondit Chalon de derrière sa pile. Il tire très bien. C'est un chasseur.

– Bon, dit Ney, allons-y. Soldats, prenez les fusils des morts et chargez-les ! Il en faut au moins trois par tireur.

Les soldats s'emparèrent en rampant des armes abandonnées. Ils se groupèrent par deux, un tireur et un servant, abrités derrière leur parapet de chair et d'os. Les Autrichiens les voyant affairés se mirent à les fusiller. Un soldat tomba encore mais les autres réussirent à réunir les armes et à les charger en sortant les cartouches de leur giberne malgré leurs doigts tremblants. Marchand avait aligné trois fusils à côté de lui, prêts à l'usage. Olympe tenait le sien fermement et tentait d'apercevoir les servants de la batterie autrichienne, de l'autre côté du pont. Ney se redressa et regarda autour de lui.

– Soldats, vous êtes prêts ?

– Oui, répondirent les tireurs comme un seul homme.

– Visez les servants de la batterie et tirez ensemble à mon commandement. Ensuite, c'est feu à volonté. Il faut faire taire ce canon. Soldats, en joue !

Par-dessus le cheval mort, Olympe braqua son fusil sur la batterie.

– Feu !

Douze coups partirent en même temps, trois Autrichiens tombèrent derrière les canons. Le soldat qu'avait visé Olympe était du nombre.

– Feu à volonté ! hurla Ney.

Marchand jeta un deuxième fusil à Olympe, qui ajusta et tira. Un autre soldat autrichien tomba. Marchand recommença. Cette fois, elle manqua sa cible. Mais au quatrième coup, un servant qui courait pour se mettre à l'abri reçut une balle en pleine tête.

— Bravo, gamin ! dit Ney, tu tires comme un vétéran.

Olympe eut un sourire. Le maréchal jeta un œil sur la batterie maintenant désertée, puis il se leva lentement, tourné vers la ligne française. Il tira son sabre et le brandit vers le ciel. Une balle autrichienne fit tinter la lame. Ney ne bougea pas. À l'entrée du pont, on entendit un grand cri. Cette fois, l'état-major s'était mis en tête de la colonne d'attaque. Voyant le signal de Ney, les généraux et les colonels s'ébranlèrent au pas de course, entraînant les soldats derrière eux, tous criant « En avant, nom de Dieu, vive l'Empereur ! ». Les Autrichiens eurent le temps de tirer deux fois, mais le canon redoutable n'avait plus de servants et restait muet. Malgré les morts et les blessés, la colonne resta unie. Quand les assaillants arrivèrent à sa hauteur, Ney sauta par-dessus le cheval mort et prit la tête de la charge, Loison sur les talons. Il fut le premier sur les Autrichiens, sabrant comme un démon, criant des ordres, écumant, débraillé et postillonnant. La colonne déboucha, enfonça la ligne de défense et se dispersa à droite et à gauche à la poursuite des fuyards. Les Autrichiens se débandèrent, abandonnant leurs canons, pour trouver refuge à flanc de colline.

Le reste de la bataille ne fut qu'une charge furieuse. Le maréchal déploya une partie des bataillons dans les champs au pied de la colline pour occuper les Autrichiens. Puis il se plaça à la tête de la division Loison et monta la colline dans un élan irrésistible. À sa suite, les soldats chassèrent les Autrichiens de leur ligne de défense, envahirent le couvent qui occupait la partie ouest d'Elchingen puis firent irruption dans le village en hurlant. Il leur fallut deux heures pour se débarrasser des tireurs embusqués dans les maisons. À six heures, les Autrichiens battirent en retraite et retournèrent s'abriter derrière les murailles d'Ulm.

12

Le combat d'Elchingen sonna le glas du généralissime Mack. Avec de l'audace, il aurait encore pu s'échapper du piège tendu par Napoléon. Quittant Ulm, jetés en masse sur la rive nord du Danube, les Autrichiens auraient pu balayer la division Dupont et marcher vers la deuxième armée russe venue de Silésie. Mais Mack avait choisi les demi-mesures. Il avait envoyé un seul corps sur la route du nord, gardant le gros de son armée sous sa main dans Ulm, attendant de voir si le passage était libre. Dupont avait résisté une journée entière, bloquant la sortie des Autrichiens. La prise d'Elchingen par Ney et Loison tirait le verrou. Le jour suivant, la Grande Armée encerclait Ulm. Mack était prisonnier.

L'agonie de son armée dura une semaine encore. Le généralissime parlait de soutenir un siège, de manger ses chevaux, de se battre jusqu'au dernier, persuadé que Koutouzov accouru de Vienne allait le délivrer ou bien que la situation politique à Paris contraindrait Napoléon à arrêter son offensive. Mais Koutouzov marchait avec prudence, ignorant tout de la situation en Bavière, et le complot contre le régime à Paris était une fable instillée par Schulmeister et Lachance dans l'esprit des Autrichiens. Après maintes délibérations dramatiques, après des conseils de guerre sans fin ni raison, Mack dut se résigner. Il n'avait plus de vivres, les secours n'arrivaient pas, la Grande Armée campait au pied des murs, elle bombardait la ville. Il accepta l'armistice proposé par Napoléon. L'armée autrichienne sortirait d'Ulm en bon ordre et rendrait les armes. Ses soldats seraient faits prisonniers et dirigés sur la France. Ses officiers repartiraient libres sous la promesse de ne plus combattre dans cette campagne. Le jour même, Napoléon publia le bulletin qui rendait compte de sa victoire. « Soldats de la Grande Armée, je vous ai annoncé une grande bataille. Mais grâce aux mauvaises combinaisons de l'ennemi, j'ai pu obtenir les mêmes succès sans courir aucun risque. »

Plus de vingt mille Autrichiens avaient été capturés avec leurs drapeaux, leurs généraux et leurs canons. La principale armée de l'empereur François était hors de combat, la route de Vienne était ouverte, l'offensive de la coalition contre la France commençait par un désastre. Ce triomphe sans bataille coûta à la Grande Armée cinq cents morts et mille blessés. Jamais à la guerre on avait obtenu tant de résultats avec si peu de pertes.

Ainsi, le 20 octobre 1805, sous un ciel d'orage noir et pourpre, dans un vent faisant claquer les drapeaux et frémir les plumets des grenadiers, le généralissime Mack sortit de la forteresse d'Ulm en grand uniforme blanc et rouge à la tête de son état-major, suivi par ses bataillons qui n'avaient pas combattu, ses cavaliers qui n'avaient pas chevauché et ses canons qui n'avaient pas tiré. La première armée autrichienne marchait en silence au-devant de ses vainqueurs, tête basse, visage fermé. Sur les collines alentour, rangée en demi-cercle comme dans un amphithéâtre, la Grande Armée observait la reddition de ces troupes qu'elle avait vaincues en marchant. La cathédrale d'Ulm à la flèche altière dressée sur l'horizon, la masse formidable de la forteresse, le Danube serpentant majestueusement au pied des hautes murailles, formaient un tableau propre à marquer l'Histoire.

Au tournant du chemin, Mack aperçut Napoléon qui l'attendait au sommet d'un tertre. L'Empereur se tenait debout trois pas en avant de son état-major, une main dans son gilet, l'autre derrière le dos, dans la posture que retiendrait la légende. Sa veste simple de colonel et son chapeau noir orné d'une cocarde tricolore tranchaient avec les uniformes éclatants des maréchaux groupés derrière lui en tenue de parade, une écharpe dorée autour de la taille, un bicorne à galon scintillant sur la tête, surmonté d'un panache de plumes blanches. Derrière eux, les aides de camp de Napoléon étaient alignés, immobiles et muets. Envahi d'une satisfaction secrète, Donatien se disait que la mission qu'il avait menée malgré lui valait l'offensive de plusieurs divisions, sans avoir coûté un mort ou un blessé. Dans cette bataille de la ruse, sans soldats ni canons, le général vainqueur avait un nom que la France ignorerait longtemps : Schulmeister.

Digne et droit malgré son embonpoint, Mack se découvrit en approchant Napoléon, imité par ses officiers en perruque grise. Les Français impassibles gardèrent leur couvre-chef. Le généralissime marcha droit sur l'Empereur et lui tendit son épée qu'il présenta à plat, posée sur ses deux mains ouvertes.

— Sire, dit-il en français, vos combinaisons et le retard de nos alliés ont provoqué la perte d'une courageuse armée. Recevez l'épée du malheureux Mack. Vous la méritez.

Napoléon prit l'épée et la lui rendit aussitôt.

— Général, dit-il aimablement, la chance m'a permis de l'emporter sur de braves soldats. Gardez votre épée et recevez les honneurs de la guerre. Vous êtes libre de rejoindre votre empereur. Dites-lui seulement qu'il lui appartient maintenant de mettre fin à un combat inutile, livré pour l'Angleterre et qui fera tuer trop de courageux soldats. Pour ma part, j'y suis prêt.

Mack promit de porter ce message d'apaisement et s'éloigna à pas lents, marchant bien droit malgré son air de tristesse. Les généraux autrichiens s'éloignèrent derrière lui en saluant Napoléon, qui répondait en ouvrant les bras en signe de compréhension. Puis les premières colonnes d'uniformes blancs sortirent par la poterne de la ville et commencèrent à défiler devant les troupes françaises au repos sur le flanc des collines. Dans un silence romain seulement troublé par le vent d'automne, installée dans ce Colisée naturel qui faisait un vaste théâtre à son triomphe, la Grande Armée immobile regarda passer les soldats humiliés d'un empereur hautain. Les paysans et les artisans méprisés par l'Europe des ci-devant savouraient sans un mot cette revanche de l'égalité.

Un peu plus loin, les Autrichiens jetèrent leurs fusils et leurs épées dans des caissons disposés sur le bord de la route. Puis ils continuèrent cette revue des vaincus, désarmés et les bras ballants. Le défilé dura cinq heures. Napoléon l'avait voulu ainsi pour que chacun mesure l'importance des effectifs de l'armée capturée. La durée même de la cérémonie magnifiait sa victoire. Mais comme il devait penser à la suite, il appelait successivement auprès de lui ses maréchaux et ses aides de camp avec qui il conférait sans détourner la tête de la procession. Arriva le tour de Donatien qui s'approcha de Napoléon en restant un pas en arrière, à l'écoute du maître.

– Lachance, votre escapade avec Schulmeister fut fort utile. Elle a achevé de dérouter ce pauvre Mack, qui n'avait rien à faire dans ce commandement et qui a commis faute sur faute. Cet espion alsacien me sert bien même s'il s'enrichit au passage. Vous avez appris à suivre ses raisonnements. La ruse et la surprise sont des ingrédients naturels de la guerre. Je les emploie toujours. Les espions forment ma deuxième armée. Schulmeister l'a bien compris, et vous aussi par la même occasion.

Tout en parlant, Napoléon saluait d'un signe de la main les soldats autrichiens qui défilaient en contrebas. Donatien se dit qu'il l'avait échappé belle. Sans la sollicitude de Schulmeister, il était pris en faute, ridiculisé et bientôt démis de son poste et renvoyé en France. Il devait une fière chandelle à l'homme roux. Il tint à lui rendre hommage.

– Sire, un bon espion vaut une division, et Schulmeister, un corps d'armée.

– C'est vrai, dit Napoléon, cet homme est comme un maréchal secret. Mais un point me soucie, Lachance. Éclairez-moi. Nous cherchions un assassin et nous ne l'avons pas trouvé. Je m'étais rassuré en pensant que notre théorie était fausse et que ce brave Levasseur avait, somme toute, été tué pour des raisons étrangères à l'espionnage.

– Sire, aujourd'hui encore, je n'en suis pas sûr. Je maintiens mes déductions de Boulogne.

– Justement, Lachance. Il est bien possible que vous ayez raison. La logique militaire poussait Mack à tenter une sortie par le sud. L'armée de l'archiduc Ferdinand était dans le Tyrol, qui est plus proche que la Silésie d'où viennent les Russes. Nous n'avions pas encore fermé cette issue. Mack savait que la Grande Armée venait par le nord. Il devait en déduire que le salut était au sud. Pourtant il a choisi de tenter une échappée au nord, non en s'éloignant mais en marchant vers nous. Sans le cran de Dupont et la furia de Ney à Elchingen, il eût pu réussir. Comment savait-il que la rive nord du Danube était gardée par une seule division ? Comment pouvait-il deviner que Dupont était isolé, sans soutien possible avant deux jours ? Il y a là une énigme que je ne m'explique pas. Sauf à supposer qu'un renseignement lui soit parvenu…

– Le hasard heureux des généraux sans plan ? dit Donatien.

– Non. La coïncidence est trop grande. Il fallait connaître la faiblesse de Dupont pour tenter ce mouvement. Lachance, il a été renseigné. Mon avis est qu'il y a bien un espion dans l'état-major. Nous marchons maintenant sur Vienne à la rencontre des Russes. La campagne n'est pas finie. Il y aura d'autres batailles. Je ne peux me permettre de douter de mon état-major. Lachance, il faut repartir en chasse.

Le lendemain, Napoléon passa en revue les troupes françaises. Soucieux d'honorer ses meilleurs soldats, il avait fait réunir sous les murailles d'Ulm les unités qui avaient combattu directement. Ainsi la division Dupont, la division Loison, les cavaliers de Murat, plusieurs bataillons de Soult, de Marmont et de Davout engagés à Wertingen, Guntzbourg et à Memmingen étaient-ils alignés sous le soleil réapparu après l'orage de la veille. Dans un hommage secret aux artisans invisibles de son succès, il avait aussi fait venir auprès de lui l'espion Schulmeister et le commissaire Lachance.

Napoléon conversa d'abord avec le général Dupont, qui avait enrayé de si belle manière la sortie des Autrichiens.

— Sire, disait Dupont, nous étions cinq mille contre une armée. Si j'avais reculé, les Autrichiens auraient compris que j'étais en position de faiblesse. Nous avons attaqué immédiatement : ils ont cru que nous étions votre avant-garde. Ils se sont mis en défense comme s'ils s'attendaient à voir paraître d'autres divisions. J'ai gagné du temps jusqu'au soir et je me suis retiré avec trois mille prisonniers.

— Dupont, dit Napoléon, c'est une magnifique victoire. Il arrive que la bravoure soit une ruse à elle toute seule. Votre division tout entière mérite la croix.

Prenant le général par l'épaule pour l'entraîner avec lui, suivi par Lachance, Schulmeister et deux aides de camp, il passa lentement en revue les bataillons de Dupont, saluant les colonels, tirant l'oreille des sous-officiers, appelant les soldats par leur nom, distribuant grades et médailles avec minutie et solennité, comme s'il avait la journée devant lui.

Puis il marcha sur Ney, qui attendait en avant des troupes, son bicorne sous le bras et son épée traînant à terre.

– Ney, dit Napoléon, vous êtes décidément le brave des braves. Votre action a sauvé ma manœuvre et décidé de la victoire. Vous serez duc d'Elchingen.

– Sire, dit Ney, vos soldats ont combattu en sachant que vous comptiez sur leur courage.

– Non, monsieur le maréchal, je me suis fait conter la bataille. C'est vous qui avez pris Elchingen, pas moi. Ce fut une attaque digne des écoles militaires. Avec vous et vos soldats, les Russes sont flambés.

– Sire, laissez-moi vous présenter les vrais héros d'Elchingen.

Ney marcha vers le front des troupes, suivi par Napoléon et ses invités. Ils s'arrêtèrent d'abord auprès de Loison, qui avait conduit le premier assaut.

– Loison, je connais votre bravoure, dit Napoléon. Vous avez perdu une nouvelle fois votre monture au cours du combat. Je m'étonne que vous soyez encore vivant !

– Je marche sous une bonne étoile, dit Loison avec déférence, c'est la vôtre.

Ils parlèrent encore quelques minutes, détaillant l'assaut du pont d'Elchingen sous l'angle de la technique militaire, faisant l'éloge des hommes du génie qui avaient réparé le pont sous le feu, précisant la position des batteries, rappelant les règles d'attaque dans un cas aussi difficile.

– J'ai passé le pont d'Arcole dans une circonstance analogue, dit Napoléon. Ces affaires sont toujours coûteuses.

Donatien sourit en lui-même. Chargé de la propagande auprès de Fouché, il savait que le tableau célèbre du pont d'Arcole où Bonaparte emmenait les troupes un drapeau déchiré à la main était une image de légende. En fait, c'était Augereau qui menait l'attaque, et Bonaparte suivait derrière. Il était même tombé à l'eau avant d'arriver au bout et n'avait dû sa survie qu'au sacrifice de Muiron, son aide de camp, qui s'était jeté devant lui pour le protéger d'un tir autrichien. Muiron était mort et Bonaparte était empereur. Ainsi vont les chances de la guerre.

– Sire, dit Ney, je dois vous signaler le comportement exemplaire des soldats de Loison qui se sont engagés les premiers sur le pont. Les trois quarts ont été tués et l'assaut a été brisé. Mais les hommes de l'escouade du sergent Chalon sont restés sous le feu sans quitter le pont. C'est grâce à ce point d'appui que j'ai pu parvenir sur l'autre rive lors de la deuxième attaque.

– Ce sergent est désormais lieutenant, dit Napoléon en portant son regard sur les hommes de Chalon. Quant à ses hommes, ils ont la croix.

Chalon, au garde-à-vous, se redressa un peu plus.

Napoléon fit signe à un aide de camp qui portait une boîte en bois verni. L'officier s'approcha, Napoléon puisa plusieurs croix dans le petit coffre.

– Combien sont-ils, caporal ? demanda l'Empereur.
– Cinq, dit Chalon. Les autres sont morts.
– Nous prendrons soin de leur famille, dit Napoléon en s'approchant de l'escouade immobile.
Il commença à accrocher les croix à la veste bleue des soldats et leur donna l'accolade. Quand il arriva au soldat Le Hérel, qui présentait son arme avec un regard angoissé, Ney le signala à Napoléon.
– Sire, la jeunesse de ce volontaire est trompeuse, dit le maréchal. Il a tué trois servants autrichiens sous mes yeux, en quatre coups de fusil.
Napoléon regarda Olympe avec un air de satisfaction.
– La valeur n'attend pas le nombre des années, dit-il. Te voici avec la croix. Tu as bien mérité de la République.
Olympe restait muette, terrorisée par Napoléon et par la présence de son mari. Tout à coup, Donatien se raidit et darda un œil inquisiteur sur le soldat Le Hérel. Ses cheveux courts, son teint hâlé et sa fine moustache en faisaient un fantassin crédible. Mais Donatien reconnaissait peu à peu ces traits familiers. Olympe ne bougeait pas mais elle sentait sur elle le regard interloqué de son mari. Elle se mit à trembler.
– Soldat, dit Napoléon, ton émotion me touche. Tu as mérité la croix, reçois-la avec joie. Quel est ton nom ?

– Octave Le Hérel, Sire, dit Olympe d'une voix aussi grave que possible.
– D'où es-tu ?
– De Granville, Sire, répondit Olympe qui tremblait de plus en plus.
– Ah ! dit Napoléon, Granville-la-Victoire. Une belle ville républicaine.
Cette fois, Donatien, stupéfait, ne se contint plus. Il s'avança sans souci du protocole.
– Sire, dit-il, je crois que le soldat Le Hérel à un secret à vous confier.
– Un secret ? dit Napoléon, surpris de se voir interrompre contre tous les usages. Et lequel, commissaire Lachance ?
– Le soldat Le Hérel vous le dira lui-même, dit Donatien. S'il consent à donner sa véritable identité.
Olympe avait pâli. Elle se jeta, éperdue, aux pieds de l'Empereur.
– Sire, j'implore votre pardon. Je voulais suivre mon mari. Je me suis engagée à Stuttgart.
– Votre mari ? dit Napoléon qui ne comprenait rien. Quel mari ? De quoi parles-tu ?
– Sire, dit Donatien, consterné par la situation, le soldat Le Hérel est ma femme.
– Votre femme ? Par quel sortilège ?
– Je ne sais. Elle est devant vous, en tout cas.
Napoléon regarda mieux Olympe et reconnut enfin son visage.

— Vous, la femme de Lachance ? Vous avez combattu à Elchingen ? Et vous avez tué trois Autrichiens ?

— Je voulais suivre mon mari, Sire, répéta Olympe, je me suis engagée.

Un silence se fit. Napoléon déconcerté considéra Olympe agenouillée, Donatien à la fois furieux et embarrassé, Chalon stupéfait, Ney désarçonné. Puis il éclata de rire.

13

Décidément, Napoléon aimait bien Olympe.

– Si les femmes françaises étaient toutes comme la vôtre, dit-il à Donatien en riant, je pourrais doubler mes effectifs ! Vous voyez d'ici l'effet sur l'ennemi, une armée d'hommes et de femmes. Mais enfin, on me traiterait de barbare, entouré d'amazones...

– Et peu de Françaises sont comme Olympe, dit Donatien qui marchait à ses côtés sur le chemin d'Ulm encore bordé des caissons où l'armée autrichienne avait jeté ses armes.

– C'est heureux, au fond, dit Napoléon. Imaginez un monde où les femmes seraient toutes comme la vôtre, les égales des hommes. Quel enfer pour nous autres ! Vous ne devez pas rire tous les jours, mon cher Lachance.

– J'aime ma femme, Sire.

– Ah, l'amour ! Il nous fait faire les plus grandes bêtises. C'est le grand inspirateur de l'humanité et son grand malheur. Comme la guerre.

Entré dans la ville, installé dans le château où Schulmeister et Donatien avaient trompé le pauvre Mack, avant même de dicter ses dépêches à ses généraux, Napoléon donna l'ordre qu'on libérât le soldat Le Hérel de ses obligations de service. Olympe rendit son fusil, son uniforme et ses souliers, on lui prêta une robe et elle embrassa le nouveau lieutenant Chalon qui la regardait avec une admiration enfantine. Au début les soldats n'avaient guère goûté d'avoir été dupés par une femme. Mais le comportement d'Olympe sous le feu faisait taire les critiques. Cette femme les avait trompés mais elle avait combattu comme un homme. Sans trop le comprendre, ils l'avaient acceptée et regrettaient presque de la voir partir.

– Lieutenant Chalon, dit-elle, vous êtes un brave.

– Vous aussi, soldat Le Hérel. Je raconterai vos exploits à la veillée !

Rendue à la vie civile, munie d'une autorisation de l'Empereur, Olympe rejoignit son mari à l'état-major. Donatien l'embrassa avec des sentiments mélangés. Il revenait difficilement de sa surprise. Pourquoi sa femme, qui le battait froid depuis des mois, avait-elle commis ce geste insensé ? Son amour s'était-il soudain réveillé ? Ou bien était-ce par jalousie ? Par curiosité pour cette campagne ? Mais on ne risque pas sa vie pour se distraire. Il se perdait en hypothèses. Olympe avait préparé son histoire. Elle lui dit qu'elle avait voulu le suivre en dépit des interdictions, qu'elle enrageait d'être tenue au loin, qu'elle voulait être de cette aventure et, par-dessus tout, rester avec lui, pour le voir et pour le surveiller, infidèle qu'il était. Le tout avec un air repentant, sa charmante tête baissée, ses mains nouées derrière le dos, comme une petite fille prise en faute.

Donatien la regarda avec attention, méfiant, déconcerté. Elle plaida encore. Il se laissa persuader. Les explications de sa femme flattaient son amour-propre. Si Olympe avait risqué sa vie à la guerre, c'était finalement pour lui. Ainsi la brouille des six derniers mois n'était-elle pas si profonde. Olympe l'aimait encore. Suffisamment, en tout cas, pour user de ce stratagème intrépide. Il se rengorgea. Une bouffée d'orgueil effaça en lui l'incrédulité devant tant d'audace et d'inconscience. Puis aussitôt une question lui vint. Quelque chose ne collait pas avec ce scénario réconfortant. Involontairement, son esprit policier passait au crible l'histoire que lui contait Olympe.

— Mais pourquoi n'as-tu pas cherché à me voir, si tu voulais rester avec moi ?

— J'ai essayé, répondit-elle, mais le service m'en a empêchée. Je n'avais pas mesuré combien nous sommes prisonniers de l'armée, nous autres soldats. Finalement, il est heureux que tu m'aies démasquée. Nous voilà réunis.

Donatien réfléchit, trouva l'explication plausible et prit sa femme dans ses bras.

Enserrée malgré elle, contrainte de jouer une invraisemblable comédie, le visage sur sa poitrine, Olympe se mordait la lèvre inférieure. Elle n'arrivait pas à accepter l'ironie cruelle de sa situation. Elle avait bravé les dangers du combat pour suivre Alexandre et c'est Donatien qu'elle devait rejoindre. Elle avait voulu vivre sa passion en dépit de tous les obstacles, donner un sens à sa vie quitte à risquer de la perdre. Elle devait revenir platement auprès d'un mari infidèle, à qui elle en voulait tant, prisonnière de son ménage ressuscité plus qu'elle ne l'était de sa condition de soldat.

Rasséréné, Donatien avait conclu en toute logique de ce baroque épisode que leur amour renaissait, que leur couple avait retrouvé l'harmonie, que sa femme, un moment déçue, lui vouait une passion trop profonde pour le quitter. Il tirait orgueil de cette réapparition, rassuré dans son égoïsme, sûr qu'il était pardonné. Elle, ne pensait qu'à Nevers. Elle devait jouer les épouses sages mais brûlait de désir pour un autre. Elle vivrait avec Donatien tandis que toute son âme la poussait vers Alexandre.

Elle songea tout avouer, jeter la vérité en travers de leur couple, rompre avec Donatien pour se précipiter vers son véritable amour. Mais elle recula. Le policier préféré de Napoléon en serait brisé, et sans doute incapable de remplir sa mission. Le scandale, éclatant si près de l'Empereur, déjouant sa magnanimité, défiant son autorité, éclabousserait l'état-major au milieu d'une campagne décisive pour la République. Rien ne justifiait une telle folie. Alexandre lui-même en serait atteint dans son crédit, contesté dans sa fonction, peut-être chassé de l'armée. Qui leur pardonnerait d'avoir ainsi placé leurs sentiments au-dessus de leur devoir ? Cette farce amoureuse les rendrait tous trois ridicules aux yeux de l'armée, et ce ridicule rejaillirait sur l'Empereur, qui n'avait eu pour eux qu'indulgence complice et gestes élégants. La France était en guerre. Cette comédie n'était décidément pas de saison.

Une étrange intrigue triangulaire domina dès lors leurs relations. Donatien poursuivait sa surveillance, s'attachant à déceler dans les allées et venues des aides de camp un indice, un signe, un détail qui trahirait l'espion qu'il traquait sans même être sûr de son existence. Alexandre remplissait son service et soupirait après son amour désormais inaccessible. Il espérait une rencontre, une entrevue avec Olympe rendue à sa vie d'épouse. Mais c'était difficile, incommode, dangereux. Alors ils se voyaient furtivement, au détour du service, ou bien dans les repas d'état-major que les aides de camp partageaient quelquefois, jouant la comédie de l'indifférence.

Par la vallée du Danube, la Grande Armée déferlait vers Vienne comme une rivière en crue. Lancée à la poursuite de l'armée russe, elle débordait dans toutes les directions à la recherche de ses ennemis. Napoléon voulait contraindre Koutouzov à combattre; le Russe se retirait à marche forcée. Apprenant la défaite de Mack, peu soucieux d'exposer les Alliés à un désastre supplémentaire, le cauteleux général avait fait demi-tour. La cavalerie de Murat le poursuivait l'épée dans les reins.

Au milieu de cette cavalcade, Olympe réussit à renouer les fils de son roman. Donatien était occupé tout le jour auprès de Napoléon. Alexandre, lui, passait d'une mission à l'autre.

Un soir, les deux amants avaient pu se parler de nouveau à la sauvette au sortir d'un de ces dîners. Ils trouvèrent un stratagème. Alexandre devait aller à Munich parler à Soult. Une fois le message remis, plutôt que de passer la nuit dans la capitale bavaroise, il reviendrait vers l'état-major. Ainsi à la fin d'une journée maussade sur les routes de Bavière, après une longue chevauchée sous la pluie, il entra en trombe dans une auberge et demanda la chambre 23. Olympe l'y attendait. Elle avait quitté le château d'Augsbourg où Napoléon avait transporté le quartier général, disant à Donatien, fort occupé de son côté, qu'elle allait marcher dans la campagne. Les deux amants avaient deux heures devant eux. La robe d'Olympe tomba vite sur le sol et les vêtements humides d'Alexandre la rejoignirent l'instant d'après. Il avait froid, elle le frictionna, indifférente à l'odeur de cheval qui l'imprégnait. Le désir était brutal. Ils allèrent au plus court, réunis avant même de s'allonger, elle plaquée le dos contre le mur, les jambes repliées autour de sa taille. Elle avait à peine retrouvé son souffle qu'il reprenait, sur le lit, ses caresses intimes, celles qu'Olympe accueillait avec gratitude. Ils se séparèrent heureux et frustrés.

Ils réussirent à réitérer trois fois cette rencontre furtive, dans les rares temps morts du service trépidant de l'état-major, d'un bivouac à l'autre. La quatrième fois, ils durent annuler précipitamment leur rendez-vous. Alors que la Grande Armée s'approchait de Vienne, Koutouzov s'était retourné sur ses poursuivants, tombant avec toute une armée sur la division du maréchal Mortier engagée dans le défilé de Durrenstein. Cernés par le fleuve et les pentes abruptes des Alpes autrichiennes, les cinq mille hommes pris au piège avaient dû faire montre de prodiges de vigueur et d'intelligence pour échapper à l'écrasement. Napoléon, entendant le canon, avait dépêché Alexandre vers la division Mortier. Le jeune homme était arrivé au milieu d'un combat furieux, pour repartir aussitôt porteur d'un appel au secours. Chargeant à la baïonnette, Mortier avait sauvé sa division et refoulé les assaillants. Mais il était en infériorité numérique et risquait à tout moment d'être débordé. Alexandre était revenu à bride abattue vers Napoléon, qui avait aussitôt lancé la cavalerie et deux divisions au secours du général mis à mal.

Koutouzov, impressionné par la résistance française, avait interrompu l'attaque au soir pour se retirer et passer le lendemain les ponts du Danube vers la Moravie. Plus rien ne s'opposait à l'entrée des troupes françaises dans Vienne abandonnée. La ville qui avait résisté à Soliman le Magnifique se rendait à Napoléon. Si arrogant au début de la campagne, l'empereur d'Autriche dut fuir son palais et se réfugier derrière le Danube.

Pourtant la situation réelle de l'Empereur français contrastait avec cette atmosphère de triomphe. L'armée autrichienne était battue mais toujours en lice; les troupes qui revenaient d'Italie avec l'archiduc Ferdinand menaçaient le flanc des Français. Koutouzov allait recevoir le renfort d'un deuxième corps russe commandé par Buxhöwden. La Prusse, bien que neutre, penchait de plus en plus vers les Alliés. La Grande Armée devait laisser derrière elle des dépôts qui lui retiraient chaque fois des soldats. Son offensive victorieuse l'affaiblissait.

Enfin et surtout, Napoléon avait reçu une nouvelle désastreuse. Au moment où Mack rendait Ulm à l'armée française, l'amiral Villeneuve sortait de Cadix pour affronter la flotte anglaise. Près du cap de Trafalgar, les navires de Nelson et de Collingwood lui avaient infligé une défaite qui avait abouti, la tempête aidant, à la destruction quasi totale de la flotte combinée franco-espagnole. En une journée, l'Angleterre avait rétabli sa suprématie navale et réduit la

France à l'impuissance sur mer. Inexpugnable dans son île, elle pouvait poursuivre la guerre jusqu'à l'épuisement de son ennemi.

Un moment abattu, Napoléon voua Villeneuve aux gémonies. Puis, très vite, il affecta de tenir la rencontre pour secondaire. Mais cette défaite navale rendait d'autant plus pressante une victoire terrestre. Loin de ses bases, isolé au milieu de ses ennemis, vainqueur menacé d'un désastre, Napoléon avait besoin d'une bataille. Il ne pouvait l'obtenir qu'en trompant l'adversaire, à qui la sagesse conseillait d'attendre les renforts avant de risquer un affrontement général. Donatien comprenait que seule la ruse pouvait faire triompher les armes de la France. La ruse supposait le secret : la présence d'un espion à l'état-major jetait sur toute l'affaire une ombre terrible.

Le 13 novembre à midi, les soldats de Lannes et de Murat découvrirent avec émerveillement la capitale autrichienne, dont les palais et les églises se dressaient sur le ciel bleu comme un majestueux décor de théâtre. Donatien chevauchait avec l'état-major, envoyé à l'avant-garde pour déployer ses talents de commissaire. Napoléon l'avait chargé de prendre langue avec les chefs de la police de Vienne pour assurer avec eux le maintien de l'ordre dans la ville ouverte. Murat caracolait au premier rang, majestueux dans son uniforme rouge et or, son dolman chamarré sur l'épaule et, sur la tête, son étrange chapeau oriental à long plumet. Plus sobre, Lannes le suivait vêtu de sa redingote bleue toute réglementaire, s'arrêtant de loin en loin pour observer les murailles de Vienne avec sa lunette télescopique. Comme ils arrivaient à la porte de la ville, une foule curieuse se rassembla sur leur passage, ni joyeuse ni hostile, accueillant avec calme l'armée qui venait la subjuguer, espérant s'attirer par son attitude conciliante la magnanimité des vainqueurs.

Comme ils allaient s'engager dans une avenue qui menait au centre de la ville, un bourgeois ventripotent descendit d'une calèche et fendit la foule pour s'approcher des officiers de l'état-major. Deux hussards l'arrêtèrent et le prièrent de retourner en arrière. Soudain en alerte, Donatien s'avança. Après un examen rapide, il ordonna aux cavaliers de laisser passer le citadin empressé. C'était Schulmeister. Il revenait d'une mission d'observation qu'il menait dans Vienne depuis cinq jours. Donatien était heureux de le revoir. Il avait appris à apprécier cet homme énigmatique et retors, qui lui parlait d'égal à égal et ne jouait jamais à son avantage de l'intimité qui l'unissait à l'Empereur.

– Que savez-vous des Autrichiens et des Russes ? demanda Donatien.

– Ils passent le Danube et se retirent, dit Schulmeister. Mais j'ai des informations importantes à transmettre aux maréchaux Murat et Lannes.

Donatien conduisit Schulmeister aux commandants de l'avant-garde. Les quatre hommes s'arrêtèrent au bord de la route pour délibérer. Dix minutes plus tard, Murat appela à lui le général Bertrand, qui faisait la liaison avec l'état-major de l'Empereur, et le colonel Dode, qui commandait le génie dans sa division. Il donna l'ordre de piquer le long de la muraille qui protégeait la ville. Ignorant les délégations qui les attendaient, négligeant les palais officiels dont ils devaient prendre possession, saluant à peine la foule, ils contournèrent la ville en trombe, suivis par quatre escadrons de cavalerie et par les grenadiers du général Oudinot. Bientôt ils virent le large cours du Danube qui séparait Vienne de la plaine slovaque. Le fleuve s'écoulait à cet endroit entre des îles boisées qui en divisaient le cours. Plusieurs ponts menaient jusqu'à l'autre rive. Un détachement autrichien était en faction à l'entrée du premier et des sentinelles en uniforme blanc étaient postées de loin en loin sur le tablier. On apercevait de l'autre côté une division autrichienne déployée en ordre de bataille, les fantassins alignés sur trois rangs, encadrés par des canons. Sous le pont, on apercevait des fagots et des tonnelets de poudre attachés aux piles. Le fil noir des mèches courait jusqu'à la rive opposée.

 Schulmeister descendit de cheval et vint parler au capitaine autrichien qui commandait le détachement à l'entrée du pont. Une discussion s'engagea en allemand, dont Donatien ne saisit pas un mot. Après dix minutes, l'espion fit signe à ses compagnons de venir.

Lannes et Murat s'approchèrent, suivis de Donatien, de Bertrand et de Dode.

– Le capitaine voudrait avoir des précisions sur l'armistice, dit Schulmeister en français. Il parle notre langue.

– Il a été signé hier à Schönbrunn par notre empereur et M. de Giulay, l'envoyé de sa majesté François II, dit Murat. Nos deux souverains ont estimé que cette guerre avait tué assez de monde et qu'il valait mieux tenter de s'entendre. La suspension d'armes est effective. On discute maintenant de l'ouverture de négociations.

– Le cessez-le-feu entre en vigueur aujourd'hui, ajouta Lannes. Nous avons ordre de prendre position de part et d'autre du pont, mais pas plus loin. Vous êtes libre de vous retirer. Il n'y aura pas de combat.

Le capitaine autrichien, un officier mince dans son uniforme immaculé, doté d'une belle moustache blonde qui retombait de chaque côté de son menton, les regardait d'un air perplexe, ignorant tout de l'existence d'un armistice, mais impressionné par le grade et l'assurance de ses interlocuteurs.

– Je suis le commissaire Lachance, dit Donatien, on m'a chargé du maintien de l'ordre dans votre capitale. Voici l'affiche que nous faisons placarder en ce moment même sur les murs de Vienne.

Il tendit au capitaine un texte imprimé sur papier fort, celui que Schulmeister avait fait confectionner dans la nuit en dix exemplaires et qui n'était évidemment affiché nulle part puisqu'il n'y avait pas d'armistice. C'était une adresse aux habitants de Vienne rédigée en allemand, annonçant la conclusion d'un cessez-le-feu, affirmant les intentions pacifiques de l'armée d'occupation et exprimant l'espoir de voir s'ouvrir des négociations de paix. Le texte était signé Napoléon.

Le capitaine lut l'affiche, regarda les trois Français, se retourna vers l'autre rive où la division autrichienne attendait l'arme au pied à l'ombre des arbres dont les branches retombaient dans l'eau du fleuve. Pendant l'échange, les cavaliers de Murat avaient mis pied à terre et s'étaient groupés peu à peu près de l'entrée du pont, comme s'ils étaient curieux de la négociation, bientôt suivis par les grenadiers d'Oudinot.

– Je ne peux pas prendre de décision, dit le capitaine. Nous avons ordre de garder le pont et de l'incendier s'il risque de tomber entre vos mains.

– Qui commande ? demanda Murat.

– Le comte Auersperg.

– Allons le voir. Nous lui expliquerons cette affaire d'armistice. Il nous écoutera. Nous ne voulons pas faire tuer de braves soldats alors que les hostilités sont finies.

– Bien, dit le capitaine. Mais vous venez seuls.

– D'accord, dit Murat. Comme il vous plaira.

– C'est impossible, coupa Donatien. Je suis responsable de la sécurité à Vienne. Je ne peux laisser deux maréchaux de France prendre le risque d'être faits prisonniers. Il leur faut une escorte.

— Lachance, nous avons la parole de ce capitaine, dit Lannes.

— Non, c'est impossible, ordre de l'Empereur. Sans escorte, la délégation peut être arrêtée sans coup férir. Je serais tenu pour responsable.

Lannes et Murat regardèrent l'Autrichien et écartèrent les bras en signe d'impuissance.

Le capitaine hésita encore. Il considéra le nombre des cavaliers français, quelques centaines, et les effectifs de la division rangée en bataille, plusieurs milliers. Il jeta encore un œil sur la proclamation imprimée, qui lui semblait une preuve de la véracité de l'armistice.

— Bon, vos hommes peuvent vous accompagner. Mais pas plus de cinquante.

— Très bien, capitaine, dit Lannes. Allons-y.

Ils s'engagèrent sur le pont, suivis par les soldats de Murat et d'Oudinot. Aussitôt, les deux maréchaux et l'espion se lancèrent dans un discours animé pour décrire les derniers combats, l'avancée de la Grande Armée, le recul des Russes. Puis ils détaillèrent avec force gestes les conditions dans lesquelles Napoléon avait proposé l'armistice. Ils se relayaient pour colorer le récit, flattant l'orgueil du soldat autrichien, attribuant à la résistance des troupes de François II la volonté de transiger exprimée par Napoléon. Étourdi par tant de volubilité, le regard passant de l'un à l'autre maréchal, puis à Schulmeister, le capitaine ne vit pas que les soldats qui les suivaient avaient dépassé le nombre prévu. La nature des lieux favorisait cette intrusion. Les petits ponts qui enjambaient les bras du Danube étaient cachés par un coude du fleuve aux officiers de la division déployée sur l'autre rive. Bientôt ils furent plusieurs centaines à marcher à la suite de la délégation, sabre au côté et pistolet dans la ceinture pour les cavaliers, baïonnette au fusil pour les grenadiers. Au fur et à mesure de la progression, ils laissaient de petits détachements autour de chaque sentinelle. D'autres soldats dissimulés par leurs camarades passaient sous le tablier des ponts et commençaient à délier les fagots et à couper les mèches qui sortaient des tonnelets de poudre.

À l'entrée du grand pont, un autre officier autrichien, voyant les uniformes français, prit une mèche et voulut y mettre le feu avec une torche qui brûlait à cet effet. Dode se jeta sur lui et l'arrêta. Le capitaine recommença à hésiter mais les Français l'accablèrent d'arguments. Ils parvinrent à l'autre rive en palabrant, sous l'œil intrigué de la division autrichienne prête au combat. Voyant ce groupe mélangé, les canonniers qui allaient tirer hésitèrent. Les soldats français en profitèrent pour s'engager à leur tour sur le grand pont en criant très fort « Armistice ! Armistice ! ».

Les deux maréchaux et leur suite furent conduits au comte Auersperg, qui venait de l'arrière et ne comprenait rien à la situation. Ils lui servirent les mêmes explications, assorties de la proclamation imprimée de Napoléon. Autour d'eux, les canonniers et les chefs de bataillon observaient la scène avec un air stupéfait, prêts à donner l'ordre de tirer. Auersperg sembla étrangement crédule à Donatien. Il écouta les deux maréchaux sans les interrompre puis dit seulement :

– Effectivement, j'ai entendu une rumeur d'armistice circuler. Mais je n'en ai pas eu la confirmation. Ainsi le texte est signé ?

Stupéfait, Donatien se demanda par quel sortilège cette fausse nouvelle inventée de toutes pièces par Schulmeister avait pu arriver aux oreilles du comte. Il jeta un regard étonné à l'espion, qui lui répondit par un sourire entendu. Donatien comprit que Schulmeister avait bien employé les cinq jours qu'il avait passés à Vienne. De toute évidence, il avait répandu chez les Autrichiens la rumeur d'une suspension d'armes. Lannes, Bertrand et Murat redoublèrent d'éloquence dans leurs explications. Pendant ce temps, les soldats français avaient franchi le fleuve et se dirigeaient par petits groupes vers les deux batteries de canons braqués sur l'entrée du pont. Ils engagèrent la conversation avec les soldats autrichiens, parlant par gestes, agitant des mouchoirs blancs pour faire comprendre que les hostilités étaient finies, pendant que d'autres versaient discrètement le contenu de leur gourde dans la lumière des canons, mouillant la poudre et réduisant les pièces au silence.

Les officiers autrichiens se concertèrent. Désireux de croire les Français mais inquiets de désobéir aux ordres, ils exigèrent un document signé par leur commandement suprême avant d'abandonner leur position. Il était trop tard. Le gros de la cavalerie de Murat franchissait au galop le pont déminé et se déployait en deux colonnes derrière les soldats autrichiens alignés le long du fleuve. Le général autrichien aurait-il voulu résister que les cavaliers auraient fait un carnage dans sa division.

Sans tirer un coup de fusil, la Grande Armée guidée par Schulmeister avait saisi les ponts du Danube que l'état-major autrichien avait donné l'ordre de détruire. Elle pouvait passer sans encombre de l'autre côté pour se lancer à la poursuite de Koutouzov.

Deux heures après cette mémorable opération, Donatien et Schulmeister revenaient rendre compte à l'état-major de Napoléon. Ils chevauchaient de concert sur la route qui menait à Schönbrunn sous un ciel d'automne chargé de nuages, au milieu des champs à l'herbe jaunie bordés d'arbres roux et bruns.

– Vous avez confectionné cette proclamation à Vienne ? demanda Donatien.

– Je voyage en Autriche depuis des années, répondit Schulmeister, j'y ai de nombreux amis. J'ai vite compris que l'armée autrichienne était démoralisée par la chute d'Ulm, qu'elle redoutait de rencontrer de nouveau les Français. Ses généraux ont été battus si souvent depuis dix ans qu'ils sont las de la guerre. L'idée d'un armistice était plaisante.

— Ce fut un coup de main magnifique, dit Donatien.

— Certes, mais la situation de l'Empereur n'est pas aussi bonne que vous le croyez. Il est loin de la France, son armée est diminuée par son avance même. Si les corps russes se réunissent en Moravie et si la Prusse rejoint la coalition, nous serons en infériorité numérique. Il nous faut une bataille avant cela.

— L'Empereur la trouvera en franchissant le Danube.

— Sauf si Koutouzov refuse le combat. C'est un renard.

— Les Russes peuvent-ils se soustraire sans cesse au combat ?

— C'est leur intérêt. Sauf si nous les persuadons que nous craignons une bataille. S'ils pensent que nous voulons hiverner dans Vienne par besoin de nous renforcer, ils décideront de se battre dès maintenant. Mais pour cela ils doivent tout ignorer de nos plans. Où en êtes-vous de votre enquête ? L'Empereur est inquiet de cette affaire d'espionnage.

— Cette enquête a pour suspects les officiers les plus fidèles à l'Empereur. Je sais que le traître est dans l'état-major mais la culpabilité d'un maréchal ou celle d'un aide de camp est inconcevable. Nous sommes devant une énigme redoutable.

— Avez-vous pensé à recenser les emplois du temps ?
— Je l'ai fait pour le jour du crime, à Boulogne. Mais plus depuis. Les activités de l'état-major sont multiples, incessantes, nous arrivons vite à une confusion de dates et d'heures qui nous laisse dans le flou.
— Sauf si vous vous concentrez sur quelques journées.

Donatien regarda Schulmeister, qui le fixait avec insistance. Donatien comprit que son compagnon, dont il venait de mesurer à deux reprises les capacités d'imagination et de combinaison, avait réfléchi à l'enquête.

— Quelle est votre idée ? demanda Donatien, un peu piqué de recevoir des conseils policiers alors qu'il était censé les donner.
— On peut faire la supposition que l'espion de l'état-major s'est manifesté par trois fois.
— Par trois fois ?
— Oui. D'abord au moment du crime de Boulogne. Ensuite quand Dupont a failli se faire enfoncer par une armée sortie d'Ulm contre toute attente. Puis lors du combat de Durrenstein, quand Mortier a affronté des troupes trois fois plus nombreuses que les siennes, lancées sur lui par Koutouzov alors que les Russes étaient en pleine retraite. Lors de ces deux batailles, l'ennemi a réalisé un mouvement totalement inattendu, qui l'a mis en position de force,

comme s'il avait connu aussi bien que l'Empereur les mouvements de notre armée. Imaginons qu'il ait été informé. Cela fait trois occasions où notre homme a agi. Pour ce faire, il devait être à l'état-major, le seul endroit où les informations sur les mouvements des troupes sont centralisées.

Donatien saisit le raisonnement de Schulmeister. Faute de trouver le coupable directement, on pouvait procéder par élimination. Les aides de camp ne cessaient de partir en mission pour les raisons les plus diverses, avant de revenir à l'état-major se mettre à la disposition de Napoléon. Ceux qui étaient absents l'un des trois jours concernés seraient mis hors de cause. Le coupable serait parmi ceux qui étaient là les trois fois. Et avec un peu de chance il n'y en aurait qu'un seul. Schulmeister vit que Donatien avait de lui-même sauté à la conclusion.

– Un examen attentif des états de présence devrait donner des résultats, dit-il.

– Vous avez raison, dit Donatien, mortifié de n'y avoir point pensé mais reconnaissant à Schulmeister de son conseil, que l'espion lui prodiguait sans témoins, évitant de le placer publiquement en situation de recevoir une leçon.

Schulmeister avait-il deviné cette pensée ? Il ajouta aussitôt :

– Ne parlez pas de moi si vous avez à vous en expliquer. Je ne souhaite pas apparaître dans l'entourage de l'Empereur.

Ainsi, l'idée serait-elle mise au crédit de Donatien, qui jeta à son compagnon un regard empreint de gratitude.

– Je vais demander dès notre arrivée communication des états de présence. Le grand maréchal du palais les fait tenir de manière très exacte. Nous avons une piste.

14

Napoléon riait. Il écoutait le récit de la prise des ponts du Danube et exultait devant tant de ruse et d'audace.

— Ainsi ce nigaud de général autrichien vous a crus sur parole ! Voilà qui est supérieurement manœuvré ! Décidément, un policier et un espion valent à eux seuls plusieurs divisions. Nous tenons les ponts. Nous sommes libres de poursuivre ce poltron de Koutouzov au fond de la Moravie. Voilà une comédie qui vaut de l'or.

— Les affiches de Schulmeister et son travail d'intoxication depuis cinq jours ont joué un rôle décisif, dit Donatien pour souligner la contribution de son compère, avec qui il avait noué une amitié professionnelle.

– Murat et Lannes ont merveilleusement joué leur rôle, Sire, dit Schulmeister en feignant la modestie.

Ils se tenaient tous les trois dans le cabinet de travail de l'empereur François, qui avait déguerpi quelques jours plus tôt avec son armée. C'était une haute pièce de coin capitonnée de panneaux d'acajou, recouverte d'épais tapis d'Orient et dont les fenêtres donnaient sur le parc de Schönbrunn. Les allées droites, les statues antiques et les bassins majestueux donnaient au paysage une allure de Versailles. Avec cette différence : le parc s'arrêtait au pied d'une colline escarpée qui bouchait la vue au loin. À son sommet se dressait une bâtisse solennelle à colonnades dont les fenêtres laissaient voir le jour, comme un colossal décor de pierre. Les arbres étaient noirs et les pelouses brunies par l'hiver, tandis que d'innombrables corbeaux sautillaient dans les allées.

Les soldats avaient apporté le bureau de Napoléon et son fauteuil à oreilles qu'il emportait partout. Ils déménageaient le mobilier de l'empereur autrichien pour installer celui de l'empereur français. Un remue-ménage feutré entourait Napoléon et ses interlocuteurs. Peu à peu, la pièce prenait l'ordonnancement qu'avaient tous les cabinets de travail de Napoléon, flanqués des mêmes pièces, l'antichambre des aides de camp sur la gauche, la salle de cartes sur la droite. Même à Schönbrunn, résidence d'été des Habsbourg, l'empereur des Français serait chez lui.

– Une chose me soucie, dit Napoléon soudain sérieux. Votre enquête, Lachance, n'a toujours pas débouché. Je ne puis être sûr de mon état-major, ce qui est une plaie pour la suite de la campagne.

– Le commissaire Lachance a trouvé une nouvelle méthode d'enquête dont il m'a parlé, dit Schulmeister. Elle me semble prometteuse.

– Alors ? dit Napoléon en se tournant vers Donatien.

– Nous pouvons faire l'hypothèse que l'espion a agi au moins trois fois. À Boulogne, quand il a tué ce pauvre Levasseur. Avant Elchingen, quand les Autrichiens sont sortis d'Ulm vers le nord pour affronter Dupont. Puis à Durrenstein, quand Koutouzov s'est soudain retourné contre Mortier. Ces deux batailles ont été engagées sur la foi d'un renseignement, Sire, vous l'avez deviné vous-même.

– Nous savons cela, Lachance. Au fait !

– L'espion, ces trois fois, devait être présent auprès de vous. Sans cela, il n'aurait pas eu les renseignements. Par voie de conséquence, ceux qui étaient absents ces jours-là doivent être innocentés : ils ne pouvaient savoir le mouvement des troupes. En étudiant les registres de présence, je peux ainsi réduire méthodiquement le nombre des suspects. Avec un peu de chance, leur nombre tombera à deux, ou même à un seul.

– C'est une piste, en effet, dit Napoléon. Vous auriez pu y penser plus tôt.

– Je comptais jusqu'ici sur la surveillance, Sire, dit Donatien, confus.
– Eh bien, vous avez maintenant quelque chose de plus solide. Mettez-vous au travail !

Une heure plus tard, Donatien lisait les trois registres de présence que lui avait fournis Duroc, chargé de l'organisation de l'état-major. Il avait trouvé un bureau au même étage que celui de l'Empereur, situé à l'opposé, du côté de la ville, et qui donnait sur la cour d'honneur du palais, pavée de pierre grise et entourée de deux écuries disposées en fer à cheval de chaque côté de la grille d'entrée. De temps en temps un soldat passait, contraint de traverser les bureaux pour porter des messages dans ce palais sans couloirs où les pièces donnaient presque toutes les unes dans les autres. Donatien avait allumé un bougeoir pendant que la nuit tombait sur Schönbrunn, noyant la cour dans une obscurité épaisse. L'immense château retentissait des ordres donnés par les officiers et des bottes à éperon qui martelaient les planchers vernis. Donatien avait fait allumer le grand poêle qui occupait un coin de son nouveau bureau et un dîner frugal fut bientôt servi sur un plateau de vermeil.

L'idée de Schulmeister était bonne. Au bout de deux heures de recoupements, Donatien constata que seuls deux aides de camp avaient été présents lors des trois occasions suspectes, à Boulogne d'abord, avant Elchingen et Durrenstein ensuite. C'étaient Ségur et Nevers. Sensationnelle découverte : ces deux officiers étaient de confiance, attachés depuis des années à la personne de Napoléon, dotés d'états de service éclatants. Certes tous deux appartenaient à l'ancienne aristocratie. Mais leur carrière au service de l'armée française était dans les deux cas sans tache. Ils avaient combattu courageusement sous le drapeau tricolore. Ils avaient maintes fois risqué leur vie au service de la République. Pouvaient-ils maintenant la trahir ? Comment les suspecter ? Pourtant la logique les désignait. Aucun autre aide de camp n'avait pu surprendre les renseignements nécessaires. Ils étaient seuls présents les trois fois. Le coupable était l'un d'eux. À moins qu'il n'y eût point de coupable...

Donatien réfléchit. Le raisonnement qui conduisait aux deux hommes ne pouvait pas servir de preuve. Ils auraient tôt fait d'exiger les éléments qui les accusaient, de protester hautement en excipant de leur carrière, des services rendus à l'armée, de la confiance de Berthier et de l'Empereur. Aussi bien, il y avait deux suspects. L'un au moins était innocent, par définition. Suspecter publiquement les deux, c'était ternir la réputation d'un homme courageux, fidèle, respecté. Napoléon lui-même rechignerait devant le procédé. Il fallait trouver autre chose. Il fallait une preuve, que seul un document ou bien l'observation d'un fait pourrait fournir. Fouiller leurs affaires ? Donatien se dit qu'un espion aussi habile, introduit malgré les risques dans l'entourage de Napoléon, devait avoir pris toutes les précautions qui s'imposaient.

Il ne restait qu'une solution : la surveillance. Elle devenait plus facile, restreinte à deux aides de camp. Donatien décida d'agir dès le lendemain. Il prit un bougeoir et quitta son bureau. Il traversa plusieurs pièces sombres, se perdit, puis retrouva son chemin. Sur le conseil d'une sentinelle, il monta un escalier de marbre monumental jusqu'au dernier étage. Là, sous les combles, il trouva la chambre qu'on lui avait affectée. Olympe dormait, tournée contre le mur. Fatigué de sa journée, Donatien souffla ses bougies, se déshabilla sans bruit et se coucha doucement à côté de sa femme.

Le lendemain, il passa sa journée à l'état-major, lisant ses registres pour donner le change, surveillant en fait les allées et venues des deux suspects, et étudiant par anticipation le plan du château de Schönbrunn, qu'il devait connaître le mieux possible pour les pister. La tâche fut vite simplifiée : Ségur, mandaté par Napoléon, partit en fin de matinée pour porter des instructions à Murat, dont les troupes traversaient à ce moment-là les ponts du Danube saisis la veille avec tant d'audace. Obliquant vers le nord, l'avant-garde de la Grande Armée se lançait sur les pas de Koutouzov qui retraitait prudemment vers Hollabrünn, Brünn et Olmütz. Donatien, à coup sûr, n'apprendrait rien à le suivre. Accompagné de deux hussards chargés de protéger le messager, Ségur galoperait vers l'armée en marche et reviendrait aussi vite que possible. Il n'aurait pas là l'occasion de rencontrer un correspondant ou de délivrer un autre message. Restait ce Nevers qui avait de toute évidence plu à Olympe lors du dîner de Boulogne et que Donatien n'aimait pas. Toute la journée, il l'épia discrètement. Mais rien dans le comportement du jeune homme n'était propre à éveiller les soupçons. Au milieu des officiers d'état-major qui travaillaient eux aussi, il recopiait des messages, compulsait des cartes, répondait aux demandes de Berthier sur des points techniques, écrivait des lettres aux généraux, vérifiait des états. Dans le bureau d'angle dont la porte était fermée, la voix de Napoléon résonnait, dictant des dépêches de son ton chantant. De temps en temps, Nevers sortait porter une lettre à l'officier chargé du courrier dans un bureau qui surmontait la porte d'entrée du palais. Il revenait quelques minutes plus tard.

Le soir venu, Nevers dîna rapidement dans la pièce attenante et se remit au travail. Donatien, qui avait prévenu Olympe de son absence, restait plongé dans ses registres, prenait des notes avec sa plume d'oie, sortait se dégourdir les jambes pendant que l'autre était à sa table de travail, puis reprenait sa faction. À onze heures, enfin, Nevers se leva, saisit son bougeoir, salua à la ronde et sortit. Donatien se leva à son tour et prit congé des deux officiers qui restaient.

Occupés par leur travail, ils lui répondirent sans le voir. Il ouvrit avec précaution la porte que Nevers venait de refermer. De l'autre côté de la pièce plongée dans le noir, il vit la lumière du bougeoir disparaître sur la droite. Aussitôt, il se méfia. Il avait consulté les plans de Schönbrunn toute la journée. Il savait que la chambre de Nevers se situait dans l'aile est du palais. Et pour la rejoindre, on devait prendre sur la gauche. Ainsi Nevers n'allait pas se coucher.

Donatien s'avança à pas de loup et jeta un œil dans l'enfilade de pièces qui s'ouvraient sur la droite. Elles aussi étaient noyées d'obscurité. La filature en était plus aisée : le bougeoir de Nevers se voyait de loin, projetant sa lumière sur les tentures et les plafonds. Donatien pénétra dans la pièce suivante, prenant soin de marcher sur les tapis pour prévenir les craquements du parquet. Il entendait les pas de Nevers qui résonnaient. Il marcha dans la même direction, les bras tendus devant lui pour éviter les obstacles que l'ombre lui cachait. L'un derrière l'autre, progressant sous les plafonds dorés, les deux hommes franchirent une dizaine de pièces. La lune s'était levée sur le parc, Donatien voyait sa lumière blanche par les fenêtres. Elle éclairait des tableaux délicats, des horloges compliquées, des tapisseries en camaïeu ou des panneaux chinois. Au bout de quelques minutes, Nevers entra dans une pièce plus petite et referma la porte derrière lui. Donatien entendit le bruit de la clé tournant dans la serrure. Il attendit quelques instants puis s'avança vers la porte fermée. Un rai de lumière orangée passait sous le battant de bois. Sur la pointe des pieds, Donatien s'approcha. Il perçut un murmure. L'aide de camp parlait à quelqu'un mais Donatien ne put rien saisir. Nevers avait donc traversé la moitié du palais déserté pour rencontrer un mystérieux interlocuteur.

Excité, le policier se pencha et posa son œil sur le trou de la serrure. La clé obstruait le regard. Il se demanda que faire. Le murmure continuait mais il n'en comprenait pas un mot. Il regarda autour de lui. Une autre porte s'ouvrait sur sa droite. Peut-être pourrait-il contourner la pièce par un couloir et se retrouver de l'autre côté, d'où il distinguerait quelque chose ? Mais il risquait de se perdre ou de faire du bruit. Sur sa gauche, à travers la fenêtre encadrée par des rideaux de velours, il vit le parc gris et blanc dans la lueur de la lune, et remarqua une rambarde de fer forgé. Il comprit alors qu'un balcon courait le long de la façade au-dessus du parc. Il s'approcha de la fenêtre et l'ouvrit sans bruit. Il se glissa dehors sur le balcon et tira à lui les deux montants qu'il réussit presque à refermer, ne laissant qu'une petite ouverture. Si Nevers sortait, il ne remarquerait pas le changement.

Le froid enveloppa Donatien. Au-dessous de lui, dans un crissement de gravier, deux sentinelles faisaient les cent pas, un fusil à l'épaule, le long des bassins symétriques. Le balcon était entrecoupé de grilles. Donatien observa les sentinelles : sous leur bonnet à poil, les deux soldats regardaient devant eux, et, tels des automates, marchaient d'une extrémité à l'autre de la façade. Il posa son pied droit sur la rambarde du balcon, s'accrocha au fer forgé, tourna sur lui-même et se retrouva debout face aux fenêtres, les pieds de part et d'autre de la grille. Cramponné au montant de fer forgé, il passa de l'autre côté et redescendit sur le balcon. Plaqué contre le mur, il s'approcha de la fenêtre et risqua un regard dans la pièce éclairée. Il retint un cri. Assis sur un canapé recouvert de soie, l'aide de camp parlait à voix basse à une jeune femme assise à côté de lui. Un lit à baldaquin occupait le fond de la pièce, un feu brûlait dans la cheminée sur la gauche, éclairant de ses reflets mouvants le visage de la jeune femme. Donatien l'avait reconnue sur-le-champ. Olympe.

15

Ce fut une blessure soudaine, comme une balle qui l'aurait frappé, comme un coup de baïonnette dans le cœur. Donatien restait paralysé sur le balcon, le regard sur ce couple paisible dans la lumière du feu, sur la main nonchalante d'Olympe qui jouait dans la chevelure d'Alexandre. Ces deux-là se connaissaient bien, ils avaient un air de sérénité, les yeux brillants, ils parlaient doucement, sans crainte, apaisés, comme deux amants tranquilles. Donatien sentait au fond de son esprit les pensées cruelles qui s'amoncelaient. Il comprit que leur histoire durait depuis longtemps, sans doute depuis ce dîner de Boulogne où ils avaient conversé en aparté. Ils s'étaient ensuite retrouvés, sans doute à Strasbourg, pour vivre une passion brûlante. Assez brûlante, en tout cas, pour pousser Olympe à cette folie : s'engager dans l'armée déguisée en homme, au mépris de tous les dangers. Il fallait que leur amour fût violent pour qu'elle brave les interdits et risque sa vie. C'était bien celle qu'il avait connue pendant la Terreur, indifférente aux balles sur les murailles de Granville, ou bien montant sabre au clair à l'abordage d'une frégate anglaise.

Mais cette fois, ce n'était pas pour lui qu'elle avait affronté les fatigues, les privations, l'implacable discipline, le sang, la mort, la bataille. C'était pour Alexandre. C'était pour cet aristocrate rallié, pour cet aide de camp bien né et bien tourné, peut-être aussi pour ce traître à la France. La colère, le dépit, l'accablement se bousculaient dans sa tête, le chagrin aussi, de voir Olympe si loin de lui, si étrangère, si duplice, si heureuse avec un autre. Il ne savait que faire, fasciné par le spectacle de son infortune, témoin muet de son malheur. Il songea briser la vitre d'un grand coup, sauter dans la pièce, confondre les deux amants dans une scène terrible, tel un messager de la vengeance. Sa raison le retint. Il était un mari bafoué mais avant tout un agent en mission. Il lui fallait débusquer l'espion, qui pouvait être Alexandre. Il ne pouvait passer ainsi de l'enquête à la querelle privée, qui alerterait le suspect, provoquerait peut-être sa fuite, et ferait manquer toute l'affaire. Ou bien il s'agirait de se combattre en duel. L'espion supposé contre le policier trompé. Tout cela serait incongru, désolant, bientôt ridicule.

Donatien restait dans le froid, l'esprit confus, le sang bouillonnant, incapable de prendre un parti. Un bruit de pas sur le gravier du parc le fit se retourner. C'était une des sentinelles qui arrivait de son côté. Il voyait sa silhouette noire à quelques mètres de son balcon. Il se plaqua contre le mur. Il ne pouvait pas rester là, il suffisait au garde de lever les yeux pour le découvrir. Il faudrait répondre, parlementer, apaiser les soupçons du soldat. Les deux amants ne manqueraient pas de l'entendre. Ils viendraient à la fenêtre et se verraient confondus. Ils s'enfuiraient dans le palais immense et sombre.

Donatien laissa passer le garde, jeta un dernier coup d'œil dans la pièce où Olympe et Alexandre continuaient leur calme entrevue, et enjamba de nouveau la rambarde. Passé sur l'autre balcon, il ouvrit la fenêtre dont il avait tiré les battants, se glissa à l'intérieur, referma derrière lui et s'éloigna à pas de loup, le cœur brisé et l'esprit en tempête. Bouleversé, égaré, abîmé dans ses pensées douloureuses, il se cogna à une porte fermée puis manqua, dans la pièce suivante, de renverser un vase qu'il rattrapa en catastrophe. Il s'arrêta, resta un moment immobile pour se maîtriser, puis reprit sa marche prudente dans la pénombre, retrouvant son chemin à la faveur d'un effort de concentration.

Revenu dans sa chambre, il se déshabilla et s'allongea dans le noir pour réfléchir. Interpeller Olympe dès son retour ? Lui jeter au visage sa découverte, exiger des explications, demander réparation ? Tout cela était hasardeux, dangereux, maladroit. Alexandre risquait de le savoir, et il faudrait alors vider la querelle par les armes. Le jeune aide de camp soutiendrait le duel, c'était la règle d'honneur. L'enquête serait interrompue, sans doute réduite à néant. Ou bien il prendrait la fuite et Donatien perdrait un suspect sans avoir pu résoudre son énigme. Surmontant lentement sa colère, endiguant sa peine, Donatien décida de garder le silence. Il ne fallait rien risquer qui puisse éveiller la méfiance de l'espion, quel qu'il soit, Ségur, Alexandre ou un autre. Tout mouvement de sa part attirerait l'attention, dérangerait des plans, bousculerait des intrigues qu'il fallait au contraire laisser se développer pour les déjouer. C'était la méthode de Fouché, la méthode des policiers avisés, la seule possible. Les réflexes professionnels de Donatien venaient au secours de son désarroi. Le secret seul préservait les chances de succès. Olympe et Alexandre poursuivraient donc leur romance, mais cette fois sous l'œil du mari policier qui mettrait au service de sa jalousie et de Napoléon une énergie redoublée.

Olympe entra dans la chambre, une bougie à la main. Il se redressa.

– Tu étais sortie..., dit-il d'une voix qu'il voulut la plus naturelle possible.

– Oui, mon ami. J'ai voulu marcher dans le parc mais il faisait trop froid. J'ai erré dans les pièces sombres, j'ai visité le palais à la lueur des bougies. Je croyais que tu serais pris à l'état-major.

Donatien serrait les draps dans ses poings, ulcéré d'entendre sa femme mentir avec tant de tranquillité. Le mensonge était d'ailleurs habile : cette promenade nocturne dans le palais désert était invérifiable, alors qu'une escapade dans le parc supposait de passer un poste de garde, de montrer patte blanche, d'être vue et repérée. L'amour, se dit-il, donne aux femmes un aplomb inouï. Il prit sur lui, garda son calme, pensa à la suite. Il décida de lui imposer une épreuve, quitte à boire le calice jusqu'à la lie.

– Viens dire bonsoir à ton mari, dit-il d'un ton enjôleur. Tu dois être contente de l'avoir rejoint.

Il tendit le bras hors du lit, comme pour l'appeler à lui.

– Mon ami, répondit-elle doucement, je suis fatiguée. J'ai marché dans l'obscurité, j'ai froid, je m'endors debout…

– Viens te réchauffer, dit Donatien, qui commençait à goûter son propre jeu.

– Non, mon ami, je suis trop épuisée. J'ai besoin de reprendre des forces.

– L'amour donne des forces, dit Donatien d'un ton léger.

Elle vint vers lui, se pencha sur le lit et posa un baiser sur son front. Il chercha à l'attirer à lui. Elle résista.

– Demain ou un autre jour, mon amour, murmura-t-elle. Ce n'est pas le bon soir.

Donatien la fixa. Elle soutint son regard et sourit avec douceur.

— M'en veux-tu ? Je suis rompue.

« Et notre amour est brisé », pensa Donatien avec douleur. Il n'insista pas et se tourna sans un mot, comme pour dormir. Elle se glissa dans le lit par l'autre côté, après avoir ôté ses vêtements et passé une chemise de nuit d'hiver épaisse et chaude. Elle lui caressa les cheveux et souffla :

— Bonsoir, mon amour.

« À qui parles-tu en fait ? » se dit Donatien *in petto*. Furieux, meurtri, bientôt submergé par la douleur, il laissa son esprit errer de longues minutes. Il pensa enfin que les lamentations ne serviraient à rien. Comme pour le réconforter, une pensée mauvaise lui vint. Si Alexandre était l'espion et s'il le confondait, deux problèmes seraient résolus d'un coup. L'amant et le traître seraient en une fois mis hors d'état de nuire. Le succès professionnel et la vengeance privée ne feraient qu'un. Il se concentra sur son enquête. Les pensées aiguisées par le chagrin, il chercha un plan pour confondre l'espion qu'il traquait en vain depuis Boulogne. Une heure plus tard, l'idée apparut. Il eut du mal à s'endormir et ne trouva le sommeil qu'aux petites heures du matin, retournant sans cesse les détails de son plan dans son esprit.

Le lendemain, il demanda audience à l'Empereur qui la lui accorda aussitôt, preuve que Napoléon était toujours aussi préoccupé par cette affaire d'espionnage. Olympe avait pris son déjeuner comme si de rien n'était, insouciante et gaie.

— Que feras-tu aujourd'hui ? lui avait-il demandé d'un air innocent.

— Je me promènerai dans Vienne, avait-elle répondu. C'est une ville magnifique et pleine de ressources.

Il s'était dit que ces ressources – des cafés ou des auberges, par exemple – pourraient aussi bien abriter quelques heures leur amour. Il s'était promis de vérifier qu'Alexandre serait occupé tout le jour à des tâches urgentes. Olympe se promènerait seule dans Vienne. C'était une petite vengeance, mais une vengeance tout de même. Il pouvait dans l'ombre contrarier leur liaison. Il en avait conçu un minuscule réconfort.

— Alors, où en êtes-vous ? demanda l'Empereur quand il le vit.

Napoléon buvait un café où il avait jeté trois sucres en éclaboussant son bureau, impatient et l'œil aigu.

— J'ai deux suspects.

— Qui sont-ils ?

— Ségur et Nevers.

— J'ai toute confiance en eux, coupa Napoléon.

— Moi aussi, Sire, mais ils sont les seuls à avoir été présents dans les trois occasions que nous avons identifiées.

Napoléon le regarda d'un air suspicieux. Donatien avait apporté les registres que Duroc lui avait remis. Il les ouvrit sur le bureau. Napoléon les regarda en écoutant les explications de son interlocuteur. De toute évidence, il se refusait à croire qu'un de ces deux hommes, qu'il avait lui-même distingués, qui avaient combattu bravement dans ses armées, puisse le trahir.

– La coïncidence est frappante, j'en conviens, Lachance. Mais nous sommes toujours dans un jeu d'hypothèses. Nous n'avons aucune preuve.

Donatien admit que ses déductions étaient purement intellectuelles, qu'elles conduisaient à deux coupables possibles mais qu'elles ne fournissaient aucune preuve de leur culpabilité.

– Ces hommes sont au-dessus de tout soupçon, continua Napoléon. L'un d'entre eux, de plus, est innocent, peut-être les deux, si vos conjectures sont erronées.

– Il existe un moyen de le savoir, dit Donatien.

Il conta à Napoléon l'idée qui lui était venue pendant la nuit. L'Empereur l'écouta, incrédule. Il remua l'épaule et tira sur sa manche, dans un geste machinal. Le silence se fit. Donatien le laissa réfléchir.

– Très bien, dit-il enfin. Au moins voilà un stratagème qui peut nous fournir une preuve. Allons-y. Que faut-il que je fasse ?

Plus tard, pendant le déjeuner, alors que les aides de camp étaient réunis dans la salle à manger, Donatien fit percer un trou de la taille d'un dé à coudre dans le mur qui séparait leur antichambre d'une pièce plus petite située à l'arrière, à l'opposé des fenêtres donnant sur le parc de Schönbrunn. Il se plaça dans la petite pièce et s'assura qu'il avait une vue complète de ce qui pouvait se passer dans l'antichambre. Satisfait, il descendit voir les quatre hussards qu'il avait convoqués. Il leur fit donner des habits civils comparables à ceux que portaient les habitants de Vienne, qu'il avait fait réquisitionner dans la matinée. Puis il leur expliqua ce qu'ils devaient faire. Les hussards avaient été recommandés par leur chef de corps pour leur fidélité, leur courage et leur astuce. Ils écoutèrent Donatien avec sérieux, puis bientôt avec un sourire, enchantés d'être enrôlés pour un soir comme policiers de l'Empereur.

– Nous serons à nos postes à minuit, dit l'un d'eux qui était lieutenant et commandait les autres.

Un peu avant minuit, Donatien se posta dans la petite pièce, laissée à dessein dans l'ombre, sans lustre ni bougeoir. Il ferma la porte, s'installa sur une chaise, l'œil collé à l'orifice, et attendit. L'antichambre était déserte, les aides de camp s'étaient retirés, appelés par leur tâche ou bien désireux de se reposer. Quelques minutes plus tard, il vit Ségur entrer un billet à la main et traverser la grande pièce dont les plafonds dorés renvoyaient la lumière du feu. L'aide de camp frappa discrètement à la porte du bureau de l'Empereur.

— Entrez, Ségur ! cria Napoléon. Il est tard, le valet se repose. Je fais le service moi-même.

Ségur ouvrit la porte avec précaution, passa la tête dans l'ouverture et montra le papier qu'il tenait à la main.

— J'ai reçu ce billet, Sire, je suis à vos ordres.

— Oui, entrez. Laissez ouvert, je termine de dicter un ordre que Fain doit porter.

Donatien depuis sa cachette entendit Napoléon dicter à Fain les derniers mots de son texte et lui dire de le laisser sur le bureau du premier aide de camp.

— Lemarrois le trouvera demain matin, dit Napoléon. Il doit le porter aussitôt à Murat, c'est très important. Il en va de ma manœuvre au-delà des ponts. Précisez-le bien sur l'enveloppe.

Fain sortit, ferma la porte du bureau de l'Empereur et s'assit au bureau du premier aide de camp. Il plaça la missive dans son enveloppe, écrivit son message au dos et laissa le tout en évidence sur la petite table, avant de rejoindre son poste auprès de Napoléon. Comme il avait été convenu, il s'abstint de cacheter l'enveloppe, laissant le message accessible à celui qui voudrait le lire.

Quelques minutes plus tard, Ségur, muni de ses instructions, sortit à son tour et referma la porte du bureau de Napoléon. Donatien colla son œil sur l'ouverture. Il vit Ségur marcher à travers la pièce, jeter un regard distrait sur la missive que Napoléon avait dictée à Fain, continuer vers l'autre porte et sortir tranquillement.

« Il n'a pas mordu à l'hameçon, se dit Donatien. Soit il se méfie, soit il est innocent. »

Dépité, mais encore confiant dans l'efficacité de son piège, il sortit pour prévenir Napoléon et retirer la missive de la petite table. Il revint ensuite se poster de l'autre côté de la cloison.

Un quart d'heure plus tard, ce fut au tour de Nevers d'entrer dans l'antichambre des aides de camp, lui aussi avec un billet à la main. Il traversa la pièce et frappa doucement à la porte du bureau de Napoléon. Le même manège se reproduisit. Napoléon acheva de dicter son ordre, Fain vint le poser sur le bureau avant de revenir auprès de Napoléon. Cette fois l'attente de Donatien ne fut pas déçue. Comme Ségur, Nevers quitta le bureau de Napoléon et referma la porte. Mais, au lieu de traverser la pièce pour sortir, il resta sur place et tendit l'oreille. Comme il avait été prévu, l'Empereur dictait une nouvelle lettre. On entendait sa voix dont les éclats traversaient l'huisserie. Tant que la dictée continuait, Nevers était tranquille. Marchant sur la pointe de ses bottes, il alla à la petite table, prit l'enveloppe prestement et l'ouvrit. Il lut attentivement la missive pendant que la voix étouffée de Napoléon parvenait encore dans la pièce. Son visage prit un air grave, bientôt alarmé. Il replaça le message dans l'enveloppe et l'enveloppe, sur la table. Il resta un instant immobile au milieu de la pièce, l'air d'un homme qui réfléchit à un problème difficile. Puis son regard se durcit, comme s'il avait pris une résolution. Il tourna les talons et sortit à grands pas.

Aussitôt, Donatien quitta sa cachette, traversa un couloir et descendit un escalier discret qui menait au rez-de-chaussée, près de la salle des gardes. Là, il prit un bougeoir et l'agita devant la fenêtre qui donnait sur la cour d'honneur. De l'autre côté, il vit une lumière qui bougeait elle aussi. C'était la réponse attendue. Le dispositif était en place. Une demi-heure plus tard, Nevers sortait dans la cour, prenait un des chevaux réservés aux aides de camp et quittait le palais par la grande grille flanquée de deux obélisques, pour emprunter la route qui menait à Vienne.

Donatien prit à son tour un cheval et le suivit de loin. Mais il laissa à ses quatre hussards le soin de réaliser la filature. Les quatre soldats avaient compris leur leçon. Ils suivirent Nevers, la plupart du temps en anticipant son trajet et en chevauchant loin devant lui, rattrapant leur retard par des rues parallèles quand l'aide de camp bifurquait, l'un à cheval, l'autre à pied qui montait en croupe du troisième quand il était distancé, le dernier dans une petite calèche. La filature fut aisée : Nevers n'allait pas loin.

Comme les hussards le raconteraient plus tard à Donatien, il s'arrêta devant une auberge, entra, resta dix minutes et ressortit pour reprendre la route du palais. Trois soldats continuèrent de le suivre, le dernier resta sur place. Il attendit vingt minutes et vit l'aubergiste sortir dans sa cour une lanterne à la main. L'homme marcha vers une petite cage où dormaient des pigeons. Il plaça un petit cylindre à la patte du premier qu'il attrapa et le lâcha en le lançant vers le ciel. L'animal partit aussitôt à tire-d'aile dans la direction du nord-est. C'est-à-dire dans la direction de la Moravie, où cheminait l'armée austro-russe poursuivie par Murat.

Le lendemain matin, muni d'un rapport complet où le témoignage des quatre hussards figurait en bonne place, Donatien entra dans le bureau de l'Empereur, content de lui.

– Ainsi, c'était Nevers, dit Napoléon à la fin de son récit. Je n'arrive pas à le croire. Un homme qui s'est battu à Marengo, qui me sert depuis cinq ans avec exactitude. Trahir de manière aussi impudente ? Les hommes sont insondables.

– J'ai consulté son dossier, dit Donatien. C'est un ci-devant dont le père a été guillotiné par les jacobins. C'était une injustice criante. On peut comprendre son désir de vengeance. Sa mère est morte de cette iniquité, sa famille est dispersée en Europe. Il s'est engagé dans l'armée en désespoir de cause, faute d'autre solution. L'idée de trahir lui est sans doute venue ensuite, après un contact avec les Autrichiens ou les monarchistes. Ils l'ont dès lors manipulé pour le placer dans un état-major, sans doute en subvenant

aux besoins de sa famille et en lui faisant miroiter une position après notre défaite. Ils savent l'efficacité de l'espionnage et ils connaissent les hommes.
— Ainsi ma politique de réconciliation ne suffit pas. Le sang appelle toujours le sang et le crime, la vengeance. Robespierre et ses émules ont créé autant d'ennemis à la République qu'ils en ont tués. Cette politique de Terreur est un expédient. Elle ne vaut rien à terme. La peur ne peut pas guider les peuples. Il y faut l'ordre, le bon gouvernement, la gloire... Nevers se venge sur moi et sur la France des méfaits de Robespierre. Voilà où conduisent l'oppression sans mesure, la terreur sans retenue.

Donatien eut presque l'impression que Napoléon trouvait des excuses à Nevers. Mais l'Empereur se reprit.
— Je comprends son motif, continua-t-il. Mais il reste un fripon. Combien de bons Français sont morts par sa faute ? Combien a-t-il fallu tuer d'ennemis pour compenser sa trahison ? Tout cela pour des fautes commises il y a plus de dix ans ! Le vertige me prend. Voilà un brigand en uniforme d'officier, un traître à figure d'ange. Nous serons implacables.
— Faut-il le faire arrêter ?

Napoléon regarda Donatien. Il allait dire que oui mais une pensée le retint. Donatien le devina.
— Sire, je ne suis pas sûr qu'il faille le confondre maintenant. Nous savons qu'il est un espion mais lui ne sait pas que nous le savons. Il est plein de

confiance. Les Autrichiens aussi, qui croient disposer d'une ligne d'espionnage efficace et sûre.

L'œil brillant, Napoléon se leva et se mit à marcher, les mains croisées derrière le dos. Il méditait. Puis il se tourna vers Donatien.

– Je vous suis, Lachance. Que proposez-vous ?
– De ne rien faire, Sire. Laissons Nevers agir en le surveillant. Ainsi nous endormons l'ennemi et nous disposons d'un canal par lequel nous pouvons lui communiquer nos mensonges, qu'ils prendront pour des vérités. C'est un atout précieux.
– Tout juste, monsieur le commissaire, dit Napoléon d'un ton triomphant. La surprise et la ruse sont les maîtresses des batailles, Lachance. Nous tenons une arme décisive. Gardons-la.

16

Rien ne devait changer. Il fallait qu'ils continuent comme avant, comme si rien ne s'était passé, comme s'ils n'avaient rien débusqué, comme s'ils ne savaient rien des menées d'Alexandre de Nevers. La ruse imposait le secret. Donatien avait songé prévenir Olympe, avec la joie méchante de ceux qui s'apprêtent à confondre un coupable. Il pouvait punir l'infidèle, lui montrer la tragique ironie de sa conduite, la placer devant la gravité de sa faute. Sur qui avait-elle jeté son dévolu ? Sur un fripon, un brigand, un ennemi de la patrie ! Elle avait conçu une passion pour un perfide. Elle avait trahi son mari pour un traître.

Mais on ne pouvait prévoir ses réactions. Même chapitrée, même contrainte au silence, Olympe aurait pu alerter Alexandre sans le vouloir, par un mot, un geste, une expression du visage. La plus petite faute pouvait avoir d'immenses conséquences. Tout se jouerait dans les jours suivants. Le sort de la France était suspendu à la réussite des combinaisons de l'Empereur. Et dans ces combinaisons, Alexandre tiendrait un rôle-clé. Qu'il s'inquiète, qu'il se méfie, qu'il remarque quelque chose et tout échouerait. Donatien savait tout. Il ne ferait rien.

De l'autre côté du Danube, Murat poursuivait Koutouzov. Mais l'offensive affaiblissait sans cesse la Grande Armée. Elle avait conquis l'Autriche, elle ne l'avait pas vaincue. L'empereur François marchait aux côtés des bataillons russes avec ce qui restait des troupes autrichiennes, espérant une revanche. Le tsar était à Olmütz, au nord-est de la Moravie, attendant Koutouzov pour décider de la suite de la campagne. Malgré leurs victoires, il restait aux Français cent mille hommes à vaincre. À Hollabrünn, à vingt lieues au nord de Vienne, une arrière-garde russe avait fait front afin de retarder Murat et couvrir la retraite des Alliés. Le combat avait été furieux. Pour battre cinq mille Russes, la Grande Armée, avec un effectif triple, avait perdu plus de mille hommes, morts ou blessés. Même s'il reculait depuis Ulm, l'ennemi restait redoutable.

Auprès du tsar, Koutouzov plaiderait pour la prudence, comme toujours. C'était le bon sens : il suffisait d'attendre les renforts de Russie, auxquels s'ajouteraient sans doute les Prussiens dont le roi se préparait à déclarer la guerre à Napoléon, sans compter les divisions autrichiennes qui remontaient d'Italie. Les Alliés pourraient bientôt aligner un effectif double de celui de la Grande Armée. Le temps travaillait contre la France, dont les forces s'étaient aventurées trop loin de leurs bases. Pour les Alliés, le salut résidait dans l'inaction.

Mais un parti contraire influençait le tsar. Napoléon le savait par ses ambassadeurs : autour du souverain qui participait à sa première campagne, une coterie de jeunes seigneurs plaidait pour l'offensive. On avait assez reculé, disaient-ils à voix forte dans les salons comme à l'armée. Koutouzov était un pleutre. Il fallait donner une leçon définitive à ce Corse impudent, barrer la route à cette armée de jacobins, montrer à l'Europe que les soldats de la sainte Russie étaient les plus forts. L'honneur commandait d'attaquer ce général d'aventure affaibli par son avance présomptueuse, qui ne pensait plus qu'à la retraite, qui s'apprêtait à hiverner dans la capitale autrichienne, protégé par le Danube et les remparts de Vienne. Soucieux de s'illustrer, ambitieux, avide d'un rôle en Europe, Alexandre Ier écoutait avec faveur ces aristocrates pétulants, courageux à coup sûr, même s'ils n'avaient jamais éprouvé les cruautés du champ de bataille. Koutouzov leur opposait son expérience, ses victoires passées. Eux, prêchaient le panache, l'audace, la détermination. À distance, Napoléon devait à tout prix les conforter, flatter leur assurance, exciter leur appétit de gloire.

Quelques jours plus tard, l'Empereur se porta ainsi à la suite de son armée qui s'enfonçait en Moravie. Il établit son quartier général à Brünn, dans la forteresse blanche de Spielberg qui dominait une élégante cité slave, avec ses façades colorées, ses demeures baroques et ses clochers arrondis. Mais, comme si cette nouvelle avance l'avait inquiété et qu'il avait découvert sa position quelque peu hasardeuse au milieu de l'Europe, à cinq cents lieues de ses bases, il donna soudain les signes de la plus grande hésitation. Il écrivit au tsar, sollicitant une entrevue, qui pourrait déboucher sur une trêve et – pourquoi pas ? – sur une paix de compromis. Sans attendre la réponse, il envoya son avant-garde chargée d'un plan secret sur la route d'Olmütz où campait le tsar. Quand les hommes de Lannes virent les Russes se former en bataille en travers de la chaussée pour les arrêter, près du village de Wischau, ils attendirent la charge ennemie. Ils résistèrent une heure puis, alors que les Russes se reformaient pour attaquer de nouveau, ils battirent en retraite, rejoignant à marche forcée le gros de l'armée stationnée en avant de Brünn. Pour la première fois, la Grande Armée reculait.

Ainsi Napoléon sollicitait un armistice et ses troupes se retiraient devant les soldats russes. Ces deux gestes devaient conforter le parti de l'offensive et affaiblir Koutouzov. Pour être le plus fort dans quelques jours, il fallait se montrer faible aujourd'hui. Pour gagner, il fallait jouer les perdants.

Les maréchaux français ne comprenaient pas cette tactique cauteleuse. Sûrs de leurs troupes, ils voulaient culbuter au plus vite la ligne russe. Donatien, au contraire, fort des confidences de l'Empereur, lisait à livre ouvert dans ses plans. Il fallait endormir l'ennemi avec une fausse confiance, jouer les peureux pour faire croire à une retraite prochaine, attirer les armées adverses sur le champ de bataille qu'on aurait choisi. Le courage, en ces circonstances, consistait à simuler la crainte.

Sur les conseils du policier, qui avait retrouvé toute sa confiance en lui-même, Napoléon tendit son piège. Il dicta un ordre détaillé à ses maréchaux. Dans une longue missive, il leur enjoignait de prendre d'ores et déjà des mesures pour préparer une retraite prochaine sur Vienne, où la Grande Armée hivernerait. Il décrivait les routes à suivre, les étapes que feraient les soldats, l'ordre de marche et les lieux où l'on casernerait autour de la capitale autrichienne. Il prévoyait de laisser en arrière-garde autour de Brünn les troupes qui masqueraient le repli et retarderaient l'ennemi s'il voulait suivre la Grande Armée dans son mouvement rétrograde.

Sous l'œil de Donatien, il relut, corrigea et signa les feuillets. Fain les posa sur le bureau de Lemarrois qu'on avait opportunément éloigné, ainsi que tous les aides de camp. Puis Napoléon convoqua Nevers sous prétexte de lui demander une reconnaissance sur la route d'Olmütz. Tapi dans un autre réduit qu'il avait fait fabriquer, semblable à celui de Schönbrunn, Donatien vit entrer Nevers, qui ressortit cinq minutes plus tard. Comme la première fois, ce dernier constata que l'antichambre était vide. Il s'arrêta. Jetant des coups d'œil à droite et à gauche, entendant Napoléon dicter une nouvelle dépêche, il se pencha sur le bureau de Lemarrois, prit les papiers que Napoléon venait de préparer et les lut avidement. Puis il les reposa et sortit à grands pas. Aussitôt, Donatien sortit de sa cachette et descendit prévenir ses hussards.

La filature fut fructueuse. Alexandre prit au galop la route d'Olmütz. Napoléon lui avait facilité la tâche : l'espion courait prévenir l'ennemi muni d'un ordre de reconnaissance signé de l'Empereur. Il chevaucha une heure le long de la route pavée et droite qui traversait la campagne morave. Puis il s'arrêta devant l'auberge Rohlenka, une grosse maison à façade de bois brun située un peu au nord du village de Girzikowitz, à quelques centaines de mètres à peine des lignes russes. Il y resta un quart d'heure puis ressortit, remonta sur son cheval et repartit vers Brünn. Quelques minutes plus tard, un jeune homme sortait à son tour de l'auberge, sellait un cheval et s'élançait vers Olmütz, suivi de loin par deux des hussards de Donatien. Au poste français qui gardait la route face aux Russes, il montra un passeport qui établissait sa qualité d'aubergiste. Il expliqua qu'il devait aller à Olmütz payer un créancier. On le fouilla puis le laissa passer. Un aubergiste vaquant à ses occupations n'était pas une menace.

– Fort bien, dit Napoléon quand Donatien lui fit rapport, enfin fier de son travail. Ils ont mordu à l'hameçon. Ils me croient prêt à rentrer à Vienne. Voilà qui devrait les inciter à attaquer !

– Le tsar a-t-il accepté votre demande d'entrevue ?

– Non. Il me propose de rencontrer un certain Dolgorouki, qui est de sa suite.

– Voilà une réponse bien méprisante. Il refuse de vous voir et vous envoie un sous-fifre.

– J'irai tout de même. Je veux bien avaler toutes les couleuvres, pourvu qu'ils me croient prêt à reculer. Je le verrai demain. Mais en attendant, mon cher Lachance, allons voir le champ de bataille.

– Quel champ de bataille ? Comment le connaîtrait-on, quand on ne sait s'il y aura une bataille ?

– Si, si, il y aura une bataille. Vous y avez pourvu, mon cher. Vous verrez. Venez avec moi, nous reconnaîtrons le terrain ensemble.

Un quart d'heure plus tard, Napoléon chevauchait dans la campagne coiffé de son chapeau noir, vêtu de son uniforme vert et rouge de chasseur de la Garde sur lequel il avait passé sa redingote grise, suivi par une longue file d'officiers empanachés. Mauvais cavalier quoique infatigable, il tressautait sur sa selle au trot de sa jument blanche, battant de sa cravache les flancs de l'animal pour accélérer l'allure. Autour d'eux un calme paysage s'étendait à perte de vue, fait de collines basses, de prairies encore vertes, de bosquets sombres, de lacs lumineux et de villages aux toits de tuiles rouges. La Moravie était une vaste plaine coupée de monticules boisés qui gardait, malgré l'hiver, ses pâles couleurs, un camaïeu de vert et de brun. Elle ressemblait même, par sa tranquillité et sa douceur, à certains paysages de la Touraine. Le cortège prit la route d'Olmütz sous un ciel nuageux où l'on voyait, loin vers l'est, un coin d'étendue bleue. Il faisait encore doux et une odeur des terre mouillée emplissait l'air matinal.

Un peu après Slapanitz, Napoléon avisa un petit tertre qui dominait le paysage. Il engagea sa jument sur un chemin de terre jaune qui descendait de la route et remontait vers le tertre. Arrivé au sommet couronné par deux hêtres, il descendit de cheval et demanda sa lunette. Un soldat chargé de la porter s'empressa. Il la déplia d'un coup sec et étudia le paysage qui s'étendait à ses pieds. Sur la gauche, la route d'Olmütz partait droit vers l'est, où étaient les Russes. À droite, au loin, on apercevait des étangs qui, tel un miroir, reflétaient le ciel gris. Devant eux, en contrebas, un ruisseau coulait dans l'herbe du nord au sud, et, au-delà, plusieurs villages parsemaient la plaine. Plus loin sur la droite, une grosse colline surplombait les champs et s'étalait en plateau vers l'ouest pour retomber vers les étangs. Donatien s'approcha d'un officier qui avait déplié une carte sur le sol. Il se repéra. Ils étaient sur la butte de Zuran.

À leurs pieds passait le Goldbach, petit cours d'eau qui se jetait dans les étangs de Setchouan vers le sud. Devant eux, les villages de Slapanitz, Posoritz, Holubitz, la hauteur face à eux, le plateau de Pratzen, et, sur leur droite, un peu en arrière, on voyait les toits rouges de trois autres villages : Puntowitz, Telnitz et, plus loin, Sokolnitz. Napoléon tendit son bras devant lui, légèrement sur la droite.

– Quel est ce clocher qu'on voit là-bas, à l'horizon, à droite de la route ? demanda-t-il.

L'officier qui avait déplié la carte se pencha et chercha.

– C'est le village d'Austerlitz, Sire.

– Ah oui, c'est vrai, dit Napoléon, révélant par cette exclamation qu'il avait déjà étudié la carte avec attention. C'est là que se trouve le château du comte Haugwitz. Un grand serviteur des Habsbourg. Je crains pour lui qu'il ne soit obligé de nous héberger bientôt.

Il referma sa lunette et la tendit au soldat derrière lui. Il se tourna vers les officiers qui formaient une troupe silencieuse et colorée.

– Messieurs, étudiez bien le terrain qui s'étend à nos pieds. Puis il sera le théâtre d'une grande bataille.

Aussitôt, il remonta sur son cheval et le poussa dans la pente vers le Goldbach dont le filet argenté courait vers le sud. Les aides de camp et les généraux de la suite se regardèrent avec un air de stupéfaction. L'ennemi était à plusieurs lieues vers l'est, en pleine retraite. Comment l'Empereur pouvait-il être sûr qu'il rebrousserait chemin pour attaquer la Grande Armée, et précisément à cet endroit ? Donatien les observa avec un demi-sourire. Napoléon savait des choses qu'ils ignoraient, notamment qu'un faux renseignement parvenait à ce moment même à l'état-major du tsar, qui l'inciterait à commander l'attaque. Entre Olmütz et Brünn, les environs du plateau de Pratzen offraient seuls l'espace de déploiement nécessaire à des armées nombreuses : l'affrontement aurait forcément lieu dans ces parages. Ainsi Napoléon établissait-il sa réputation de devin de la guerre. Il semblait inspiré par son génie. Il était renseigné par ses espions.

Les officiers de l'état-major remontèrent à cheval et suivirent leur chef dont la jument traversait maintenant le ruisseau, renâclant dans l'eau claire. Le Goldbach franchi, Napoléon s'arrêta, sauta à bas de son cheval et s'agenouilla pour prendre dans sa main une motte de terre sèche qu'il examina avant de l'effriter entre ses doigts.

– Fort bien, dit-il mystérieusement, fort bien.

Il remonta en selle et trouva un chemin qui conduisait vers le plateau de Pratzen. Dans un champ à la terre retournée, un laboureur arrêta son travail pour contempler le cortège. Napoléon lui fit un signe de la main, l'autre répondit machinalement sans savoir qu'il saluait là l'homme le plus regardé d'Europe. La file des cavaliers arriva au sommet du plateau, parsemé de bosquets aux feuilles brunies par le froid. Ségur, qui chevauchait aux côtés de Napoléon, fit avancer sa monture sur l'autre pente du plateau, vers l'est. À ses pieds, les troupes de Lannes et de Murat campaient au bas du plateau après leur retraite de Wischau. À l'horizon on devinait la fumée des bivouacs de l'armée russe.

– Voilà une bonne position pour les attendre, dit-il d'un ton assuré.

– Certes non, dit vivement Napoléon. Nous aurions une bataille ordinaire. Je leur laisserai le plateau. Alors ils voudront me couper de Vienne en m'attaquant sur ma droite. Tout est là. Il faut les mettre en confiance.

Ségur le regarda d'un air étonné mais se garda bien de répondre. Il ne voulait pas contredire celui qu'il regardait comme le meilleur stratège de l'Histoire. Napoléon étudia longuement le paysage alentour, reprenant sa lunette pour examiner les pentes du plateau vers le nord et le sud.

– Parfait, parfait. Si elle vient ici, dit-il à mi-voix, cette armée est à moi.

Il remonta à cheval, imité par un état-major qui ne comprenait rien à cette reconnaissance. Cette fois Napoléon se dirigea vers le sud, où la surface des étangs luisait comme une plaque de métal. Arrivé sur la berge qu'un étroit sentier occupait, il descendit encore de cheval et s'approcha du bord. L'étang était gelé, ce qui lui donnait cette couleur bleutée qui attirait le regard. Napoléon examina sa surface puis il se risqua avec précaution sur la glace.

– Attention, Sire, cria Ségur, la glace n'est pas épaisse !

– Je le vois, Ségur, je le vois.

Il revint en arrière, s'assit sur le talus qui bordait l'étang et frappa la glace de son talon. À la troisième tentative, celle-ci se brisa et l'eau jaillit en éclaboussures sur les bottes de l'Empereur. Il se remit debout.

– Fort bien, dit-il encore, fort bien. C'est parfait.

Il remonta à cheval, revint vers l'ouest pour traverser les villages de Telnitz à une lieue de Pratzen et de Sokolnitz, plus au nord. Il s'arrêta pour étudier les murailles qui entouraient le parc du château de Sokolnitz, hautes et blanches à l'écart du village. Puis il se tourna vers sa suite.

– Messieurs, dit-il d'un ton joyeux, nous en savons assez. Rentrons nous réchauffer !

Les officiers le suivirent en échangeant quelques regards, ignorant ce qu'ils étaient censés savoir de si précieux. Donatien, devant ce spectacle, se remémora alors le dicton militaire qu'il avait appris pendant la campagne d'Italie : chercher à comprendre, c'est déjà désobéir.

Le lendemain, Napoléon repartit à deux heures sur la route d'Olmütz, suivi de cinq aides de camp et d'un détachement de cavaliers de la Garde chargés de sa protection.

– Vous venez avec moi, Lachance, avait-il dit à Donatien. Je veux que vous suiviez heure par heure le développement de notre ruse.

Avant Girzikowitz, non loin de l'auberge Rohlenka où Nevers avait rencontré son complice, Napoléon s'arrêta, descendit de cheval et alla s'asseoir sur une charrue qu'on avait laissé au coin d'un champ, suivi par Donatien et un autre aide de camp. Fraîchement labourée, la terre était meuble et Napoléon y enfonçait ses bottes jusqu'à mi-mollet. Il attendit, battant de temps en temps sa botte droite de sa cravache.

– Que fait Nevers aujourd'hui ? demanda Napoléon.

– Berthier l'a chargé d'inspecter les troupes de Bernadotte au sud vers Puntowitz. Mes hussards le surveillent, il ne restera jamais seul.

– Fort bien. Il a rempli son office. Il ne doit plus avoir de contact avec l'ennemi.

– J'y veille, Sire, dit Donatien, j'y veille.

Quelques minutes plus tard, un groupe de cavaliers arriva à leur hauteur sur la route, sanglés dans l'uniforme blanc de la Garde impériale russe. Les soldats français faisaient une haie de chaque côté de la route, leur cheval attaché à la clôture qui courait le long du champ, leur fusil posé droit devant eux, chargé, la baïonnette au canon. Un jeune homme en grande tenue rouge et blanche, la chevelure blonde et les traits fins, s'avança en avant de la délégation et dit en français :

— Je suis le comte Dolgorouki, envoyé particulier du tsar Alexandre Ier. Je demande à voir le général Bonaparte.

L'officier de la Garde qui commandait le regarda d'un œil noir et répondit sur un ton coupant :

— L'empereur Napoléon va vous recevoir. Êtes-vous armé ?

— J'ai mon épée, comme il sied aux gentilshommes.

— Veuillez me la confier. L'Empereur sera sans armes.

Dolgorouki défit à contrecœur son épée de sa ceinture et la tendit à l'officier. Les deux hommes firent quelques pas en avant et Napoléon apparut soudain, semblant sortir du fossé. Dolgorouki se tourna vers lui, se demandant manifestement si ce petit officier replet vêtu d'une capote grise, avec son uniforme taché et ses bottes crottées, était bien l'empereur des Français. Napoléon lui tendit la main et dit :

— Monsieur, cette guerre a déjà fait tuer trop de braves soldats. Votre maître est-il prêt à traiter ? Mon armée est confiante, nous nous battrons s'il le faut. Mais nous épargnerions beaucoup de sang si nous trouvions maintenant un arrangement, dans l'honneur et dans notre intérêt commun.

— Le tsar Alexandre, répondit Dolgorouki, a des intentions pures. Il souhaite la paix en Europe, sur la base de l'équilibre des puissances et dans le respect des nations.

– Voilà qui est bien parlé, dit Napoléon. Pouvons-nous envisager une entrevue, quand et où il plaira à Sa Majesté le tsar ?

– Cette entrevue, général, est subordonnée à des conditions, que mon maître le tsar m'a chargé de vous transmettre.

Napoléon se renfrogna.

– Des conditions ? Mais je n'en ai point pour ma part. S'il en a, il ne peut en faire l'obstacle d'une entrevue. Si je sollicite un entretien, c'est précisément pour les entendre de la voix du tsar et les examiner avec lui.

– Les ordres que j'ai reçus sont formels, répondit Dolgorouki avec morgue. Je dois vous transmettre les conditions de la Russie. À vous de les évaluer.

Napoléon avait serré les lèvres en signe de mécontentement. Il resta silencieux quelques secondes, faisant effort sur lui-même.

– Et quelles sont-elles, ces conditions, monsieur ?

– Le tsar et l'empereur d'Autriche considèrent qu'il n'y a pas d'arrangement possible si les armées françaises n'évacuent pas au plus vite l'Italie, qui sera restituée à l'empire d'Autriche.

Napoléon le regarda, stupéfait. Il se contint et prit un ton sarcastique.

– L'Italie ? rétorqua Napoléon d'un ton sarcastique. Mais alors, y a-t-il d'autres conditions, monsieur le comte ?

Napoléon avait mis sa main gauche dans son gilet. Il tenait sa cravache de l'autre et battait convulsivement sa botte.

— Oui, il y en a, répondit Dolgorouki d'un ton toujours plus arrogant.

Il se tenait droit, toisant l'empereur des Français d'un regard condescendant. Oui, continua-t-il, l'Allemagne doit être rendue à la liberté et, pour rassurer nos alliés anglais, l'armée française devra aussi évacuer Bruxelles et la Belgique.

Napoléon le fixa d'un regard soudain terrible.

— La Belgique ? La Belgique ? cria-t-il. Vous venez me parler de la Belgique quand je suis en Moravie avec cent mille hommes ! C'en est trop, monsieur ! Sachez que vos armées seraient sur les hauteurs de Montmartre que je ne rendrais pas Bruxelles. Et pour l'instant, vous êtes en arrière de Vienne. Pour qui vous prenez-vous, monsieur ? Cet entretien est terminé. Dites à votre maître que nous nous battrons, puisqu'il l'a voulu ainsi !

Napoléon tourna le dos à Dolgorouki et marcha vers son cheval. Décontenancé, le comte repartit lui aussi, sans un mot, la mine plus hautaine encore qu'à son arrivée. Marchant sur la route, l'Empereur passa devant un soldat qui se mit au garde-à-vous, raide comme un piquet. Il se tourna vers lui.

— Le croirais-tu ? dit-il au soldat. Ces gens-là veulent nous avaler !

– Cela ne sera pas, répondit le soldat. Nous nous mettrons en travers !

Napoléon le regarda, surpris. Le soldat n'était pas censé répondre. Le règlement l'interdisait. Puis le visage de l'Empereur changea. Il éclata de rire et lui tira l'oreille.

17

Un froid soleil perçait à peine la brume qui couvrait la plaine d'Austerlitz. Sur le tertre dominant la vallée du Goldbach parvenait le bruit sec du bois qu'on coupe. C'est là que Napoléon, deux jours plus tôt, avait examiné à travers sa lunette ces champs et ces collines où il prévoyait une grande bataille.

Un soldat était monté dans un arbre pour abattre les branches avec sa hache, un deuxième était perché sur une petite grange et défaisait une à une les poutres qui formaient son toit. Plusieurs autres s'éloignaient, portant sur l'épaule les planches destinées à renforcer la tente de l'Empereur qu'on élevait un peu plus loin en l'adossant à une carrière. En attendant que l'installation fût finie, Napoléon travaillait dans sa berline rangée à droite du chemin de terre jaune qui partait de la petite éminence. Un officier d'ordonnance veillait à la portière tandis que Constant, le valet personnel, défaisait les malles de l'Empereur arrimées à l'arrière de la berline. On entendait la voix claire de Napoléon qui dictait un texte à Fain, assis devant lui sur la banquette de cuir.

Comme le travail de menuiserie s'intensifiait, le bruit des outils couvrit soudain la dictée. L'Empereur passa la tête par la portière, jetant des regards noirs vers les soldats qui travaillaient. Un officier de la Garde vit que le vacarme dérangeait le travail impérial. Il courut vers les soldats occupés à couper le bois et leur ordonna de faire moins de bruit.

– Nous n'aurons jamais fini l'abri avant midi si nous n'allons pas vivement, dit l'un d'eux, un sergent aux favoris déjà gris dont le bonnet à poil penchait sur le côté.

– L'Empereur dicte ! dit l'officier.

– S'il veut dicter dans le silence, il aura froid tout à l'heure quand le soleil se couchera, rétorqua le grognard à haute voix, en jetant un regard courroucé vers la berline. S'il attrape mal, nous serons fins !

Le visage de Napoléon apparut de nouveau furtivement par la portière.

– Bon, bon, nous tâcherons de faire moins de bruit, dit le sergent, nous couperons le bois avec des canifs !

Le visage apparut encore.

– Ça va, ça va. Pas de bruit pour l'Empereur. Et demain, les canons tireront en silence.

Napoléon disparut dans la berline, un sourire aux lèvres.

Olympe regardait la scène. À l'armée, Napoléon n'était plus le même. L'Empereur cédait la place au général proche de la troupe, qui vivait comme elle et tolérait les écarts des grognards. Cette familiarité avec le soldat était à la base de son autorité et faisait partie de sa stratégie. Le soldat était son ami : il se ferait tuer plus facilement pour lui. Cette vérité était ignorée par les généraux adverses, qui comptaient sur la soumission pour faire avancer leur armée.

Autour d'Olympe, les aides de camp se réchauffaient au feu qui flambait à quelques pas de la berline de l'Empereur. La jeune femme, en costume de chasse, étole de fourrure, robe de laine et longues bottes de marche, se tenait devant une marmite suspendue au-dessus des flammes. Pour mieux la surveiller, pour s'assurer aussi que Nevers ne s'esquivait pas en vue de prendre une nouvelle fois langue avec l'ennemi, Donatien avait eu l'idée de mettre à contribution les talents culinaires de sa femme. Avec l'autorisation de l'Empereur, qui gardait toujours un faible pour Olympe, les soldats de la Garde s'étaient mis en chasse de viande, de légumes, d'herbes et de condiments pour fournir à la jeune femme les ingrédients qu'elle désirait. Elle jetait maintenant dans l'eau bouillante les pommes de terre, les poireaux, les carottes et les navets qu'on lui avait procurés pour le pot-au-feu. Sous l'œil de Donatien, de Ségur, de

Lemarrois et de Nevers, elle tournait une grande cuillère dans la marmite, jetant au fur et à mesure les fines herbes rapportées de France, les feuilles de laurier séchées, les grains de gros sel et les pincées de poivre gris. À côté d'elle, sur un tabouret, la viande était disposée, coupée en morceaux inégaux par les bons soins du chirurgien de l'Empereur. Même au cœur de la Moravie, l'intendance avait réussi à transporter les ingrédients propres à assurer un ordinaire raffiné. Napoléon partageait le sort des soldats mais dans certaines limites... Une odeur de soupe parfumée flottait sur le tertre où chacun travaillait, l'Empereur à sa dictée, les soldats à leur construction et les aides de camp à la cuisine, sous l'autorité amusée d'Olympe, dont la silhouette et la courte chevelure attiraient le regard des soldats.

Soudain un vacarme fit tourner la tête des sentinelles. De nouveau, le visage de Napoléon apparut à la portière, fort irrité. Un cochon rose pénétra sur le tertre, incongru et paniqué. Il courut vers la berline de l'Empereur. Quatre hussards le poursuivaient, une corde à la main, poussant des cris et réclamant qu'on arrête le fuyard. Deux grenadiers de la Garde en bonnet d'ourson se jetèrent sur l'animal et réussirent à le maîtriser. Les hussards les entourèrent et les félicitèrent. Ils allaient reprendre le cochon quand un des grenadiers leva le bras.

– Non, messieurs. Ce cochon s'est placé sous la protection de la Garde. Nous ne pouvons le livrer.

— Comment cela ? Est-ce une plaisanterie ? Ce cochon s'est enfui de l'enclos du quatrième de cavalerie. Il nous appartient de droit.

— Le droit d'asile l'emporte sur le droit commun, répliqua le grenadier. Ce cochon est ici. Il est à nous.

— Comment cela ? Mais c'est du vol ! Nous traînons ce cochon depuis Hollabrünn. Vous ne sauriez nous en priver !

— Et pourtant nous le ferons. La Garde est prioritaire. Ordre de l'Empereur.

Depuis toujours Napoléon maintenait entre la Garde et les hommes de ligne une impopulaire hiérarchie. Proconsul qui devait à l'armée une partie de sa fortune, il voulait être protégé par une troupe d'élite qui assurerait sa sécurité, préviendrait les coups de force et servirait de réserve générale dans les campagnes. Triés sur le volet, les soldats de la Garde avaient meilleure soupe, meilleure solde, avancement plus rapide et galons spéciaux qui les distinguaient du reste de l'armée. Ils étaient rarement engagés dans les batailles, attendant l'arme au pied que les autres soldats assurent le succès, prêts à intervenir seulement en cas de défaillance. Cette position en retrait limitait leurs pertes et l'armée les appelait avec une ironie amère les « immortels ».

— L'Empereur n'a donné aucun ordre concernant ce cochon, répliqua le hussard qui s'échauffait. Il est à nous, nous le prenons.

Les quatre hussards s'avancèrent. Le plus grand repoussa le grenadier, ses mains levées devant lui. Les trois autres avaient saisi la poignée de leur sabre, dont ils sortaient à demi la lame de son fourreau. La rixe allait éclater quand Napoléon ouvrit la portière de sa berline. Les hussards ignoraient qu'ils étaient au milieu de l'état-major. Ils furent saisis d'effroi.

– Ah çà ! dit l'Empereur. Mes soldats se sont-ils ligués pour m'empêcher de dicter mes ordres ? Ce vacarme est décidément insupportable !

Pétrifiés, les soldats s'étaient mis au garde-à-vous pendant que le cochon affolé grognait et criait en tirant sur la corde qu'on lui avait passée au cou. Napoléon jeta sur lui un regard furibond.

– Ainsi vous vous battez pour un cochon au lieu de vous préparer à battre les Russes. Quelle légèreté ! Quelle inconséquence ! À qui appartient cet animal, à la fin ?

– À nous, Sire, dit le plus grand des hussards. Nous le menons depuis Hollabrünn. Il nous revient de droit.

– La providence l'a jeté chez nous, dit le grenadier qui soutenait la querelle. Il pourra améliorer l'ordinaire de l'état-major, et le vôtre, Sire.

– N'essayez pas de me prendre pour allié dans cette affaire, sergent. Je veux me faire mon opinion moi-même.

– Sire, dit encore le plus grand des hussards, chaque régiment doit pourvoir à son ravitaillement.

Si nous nous volons les uns les autres, la discipline disparaîtra.

— Voilà enfin une remarque de bon sens, dit Napoléon. Mais enfin, vous l'avez laissé s'échapper. C'est une faute de ne pas savoir garder les prisonniers.

Les protagonistes le fixaient, immobiles et muets.

— Bon, avons-nous besoin de ce cochon à l'état-major ? Madame Lachance, vous êtes aujourd'hui la cuisinière. Qu'en dites-vous ?

— Je n'en ai pas besoin, répondit Olympe, le pot-au-feu s'accommode avec du bœuf.

— Fort bien, dit Napoléon. Nous rendrons donc ce cochon. Ce n'est que justice. Mais ces hussards ont troublé le travail de l'état-major. Voilà qui mérite une amende. Nous garderons un tribut. Il y aura un jarret pour moi et pour la Garde, c'est le prix du désordre que vous avez causé dans mon travail.

— Bien, Sire, dit le plus grand des hussards, toujours au garde-à-vous.

— Allez tuer ce cochon plus loin, le bruit m'incommode, et faites un juste partage, je vérifierai le résultat. Et puis rentrez dans votre régiment pour affûter vos sabres. Demain il y aura une grande bataille. Les Russes sont plus coriaces que ce pauvre animal.

Un peu plus tard, ils étaient attablés dans la tente de l'Empereur dressée devant la carrière et soutenue par les poutres et les planches dont la préparation avait tant dérangé Napoléon. Olympe avait fait servir le pot-au-feu par un grognard et recueilli les compliments de l'Empereur et des aides de camp. Donatien la trouva soudain plus désirable encore, les joues rosies par le feu, les bottes aux pieds et sa robe de forte laine serrée autour de sa poitrine. Peut-être aussi son aventure avec Nevers en faisait-elle un objet de reconquête qui accroissait son charme.

– Sire, expliquait-elle sous le regard fasciné des aides de camp, la cuisine est maintenant fille de la raison. Il y faut de la science et de l'organisation autant que du talent.

– Voudriez-vous mettre la bonne chère en équations, madame ? répondit Napoléon. Cela me paraît contraire à toute expérience. Ma mère cuisinait de chic, sans avoir jamais rien lu sur le sujet.

– Pourtant il y a derrière le goût des règles bien précises, Sire, des principes aussi sûrs et contraignants que ceux qui président à la guerre.

– Mais justement, la guerre est un art simple et tout d'exécution. Celui qui vient avec un système a déjà perdu la bataille.

– Notre siècle a chassé la superstition qui voit du surnaturel ou de la coutume en toute chose, répondit encore Olympe qui aimait ces joutes verbales, alors que la réalité n'est qu'une suite de causes et d'effets. D'ailleurs, Sire, si vous avez attiré ici l'armée russe, c'est bien en appliquant un savoir qui existait.

– Décidément, vous êtes trop raisonneuse, madame. Le hasard y est pour beaucoup.

Donatien se demandait toujours si sa femme n'allait pas trop loin dans sa familiarité avec l'Empereur. Napoléon affectait la simplicité à l'armée. Mais il détestait qu'on oubliât l'étiquette. Donatien épiait le moment où la vivacité d'Olympe se changerait en insolence. À voir le regard bonhomme de Napoléon, ce moment n'était pas arrivé.

— Ainsi les Russes attaquent demain ? demanda Olympe tout de go.

Les aides de camp se raidirent soudain en attendant la réponse de leur général en chef, qui allait peut-être consentir à donner quelques détails sur la journée du lendemain, 2 décembre 1805, journée qui entrerait, quoi qu'il arrive, dans l'Histoire. Donatien porta aussi son regard sur Nevers qui avait cessé de manger et dévorait des yeux Napoléon, suspendu à sa réponse. Le policier espionnait l'espion qui espionnait l'Empereur.

— Les dés sont jetés, dit Napoléon.

Il étendit son bras en direction des crêtes qu'on apercevait vers l'est.

— Ils sont sur les collines, sur le plateau de Pratzen que nous voyons sur la droite. Ils ont marché sur nous. Ce n'est pas pour partager cet excellent pot-au-feu, madame.

— Vos combinaisons nous assurent la victoire, Sire, dit Nevers.

— Et que savez-vous de mes combinaisons, Nevers ?

– Rien ou presque, Sire, répondit vivement Nevers, qui ne saisissait pas l'ironie de ce dialogue, lui qui avait lu les papiers d'état-major et transmis à l'ennemi ce qu'il croyait être l'intention de Napoléon : la retraite sur Vienne.

Intention prévenue par le mouvement de l'armée russe qui obligeait maintenant la Grande Armée à la bataille. De toute évidence, Nevers pensait que le renseignement qu'il avait transmis aux Russes leur avait permis d'empêcher le retrait.

Napoléon glissa un regard à Donatien, qui répondit par un imperceptible signe de connivence. Nevers continuait.

– Les Russes sont supérieurs en nombre. Ils attaqueront de front et tenteront de nous submerger.

– Nous verrons, Nevers, nous verrons. Ils peuvent aussi vouloir nous couper la route de Vienne en descendant du Pratzen. S'ils le font, ils sont perdus.

– Et pourquoi, Sire ? demanda Ségur, qui avait assisté sans rien comprendre à la reconnaissance impériale deux jours plus tôt, entre la route d'Olmütz, le plateau de Pratzen et les étangs de Setchouan.

– Parce qu'ils ignorent ma position. Je leur prépare une surprise à ma façon.

Donatien écoutait avec inquiétude ce dialogue dans lequel Napoléon dévoilait une partie de son plan. Son regard allait de l'Empereur à Nevers. Le regard aigu, la bouche ouverte comme devant un spectacle fascinant, ce dernier tentait manifestement de deviner le dessein de Napoléon.

– L'affaire est jouée, continuait Napoléon. J'ai vu tout à l'heure que des éclaireurs russes marchaient vers le sud et descendaient les pentes du Pratzen. Ils préparent le mouvement des colonnes russes. Ils voudront tourner ma droite. Ils me présenteront le flanc. L'orgueil les aveugle. Ils me croient décidément bien naïf. Je vais expliquer cela à mes braves. Ma proclamation est prête, malgré le vacarme de ce matin. Ainsi mes soldats en sauront autant que moi sur le plan de la bataille. Ils combattront d'autant mieux. La proclamation que j'ai rédigée nous rendra invincibles. Le général transmet son plan à ses soldats. Quelle meilleure illustration de notre idéal d'égalité ?

Donatien regardait Nevers. Chacun comprenait maintenant que l'armée ennemie allait opérer le lendemain une marche de flanc sur la droite de la Grande Armée. Celle-ci pouvait être tournée et se voir couper la route de Vienne où étaient ses bases. Mais elle pouvait aussi réagir et attaquer de front les colonnes russes en marche, qui seraient prises en flagrant délit, étirées sur les chemins de Pratzen et incapables de résister à un assaut décidé. Et Napoléon allait dévoiler son plan à toute l'armée. Il fallait d'autant plus surveiller Nevers, qui détenait maintenant la clé de la manœuvre du lendemain et ne penserait plus qu'à alerter l'état-major ennemi.

Un peu plus tard, comme chacun était reparti à ses occupations après avoir félicité Olympe de son talent, Napoléon sortit de sa tente un papier à la main et marcha vers les détachements de sa garde qu'on avait massés au pied du tertre. Donatien, Ségur et Nevers l'entouraient. Les soldats étaient alignés épaule contre épaule, immobiles, silencieux, farouches sous leur bonnet à poil. Les drapeaux du régiment flottaient dans la brise, le soleil couchant faisait briller les baïonnettes dressées vers le ciel qui formaient une petite forêt d'acier. Napoléon remonta sur quelques pas la pente du tertre pour dominer la troupe au garde-à-vous. Il fixa ses hommes un instant puis lança d'une voix forte :

– Soldats !

Au même moment, Donatien le savait, qui avait vu les copies de la proclamation partir de l'état-major portées par des estafettes, maréchaux et généraux avaient eux aussi réuni leurs hommes pour les haranguer.

– Soldats ! répéta Napoléon. L'armée russe se présente devant vous pour venger l'armée autrichienne d'Ulm. Ce sont ces mêmes bataillons que vous avez battus à Hollabrünn et que vous avez constamment poursuivis jusqu'ici. Les positions que nous occupons sont formidables et, pendant qu'ils marcheront pour tourner ma droite, ils me présenteront le flanc.

« Soldats, je dirigerai moi-même vos bataillons. Je me tiendrai loin du feu si, avec votre bravoure accoutumée, vous portez le désordre et la confusion dans les rangs ennemis. Mais si la victoire était un moment incertaine, vous verriez votre empereur s'exposer aux premiers coups ; car la victoire ne saurait hésiter, dans cette journée surtout où il s'agit de l'honneur de l'infanterie française, qui importe tant à l'honneur de toute la nation.

« Que, sous prétexte d'emmener les blessés, on ne dégarnisse pas les rangs, et que chacun soit bien pénétré de cette pensée, qu'il faut vaincre ces stipendiés de l'Angleterre, qui sont animés d'une si grande haine contre notre nation.

« Cette victoire finira la campagne, et nous pourrons reprendre nos quartiers d'hiver, où nous serons rejoints par les nouvelles armées qui se forment en France, et alors la paix que je ferai sera digne de mon peuple, de vous et de moi. »

Donatien, qui se tenait deux pas en arrière de Napoléon avec Ségur et Nevers, entendit l'écho des voix des généraux qui finissaient de lire la proclamation de loin en loin dans les bivouacs. Le texte était parfait, pensa-t-il, précis, martial sans trop d'emphase, bien propre à chatouiller l'honneur de ces soldats et de ces officiers qui devaient livrer bataille si loin de la France, face à une armée plus nombreuse dont on voyait les colonnes se répandre sur le futur champ de bataille, couronnant les collines et occupant les vallées à perte de vue. Mais il livrait aussi le plan de bataille à tous vents, au mépris des espions que l'ennemi aurait pu infiltrer, des déserteurs qui pourraient franchir les lignes avant le lendemain matin. Au mépris, surtout, du danger que représentait Nevers, le traître de l'état-major, qui devait brûler de faire passer le message à ses vrais maîtres. Donatien lui jeta un regard en coin. Figé au garde-à-vous, Alexandre avait le regard braqué au loin, bien au-delà de Napoléon et de la Garde assemblée, droit sur le plateau de Pratzen qui disparaissait dans la pénombre du soir, où se tenait l'état-major russe.

18

Le lendemain basculerait le sort de l'Europe. La Grande Armée jouait son destin sur un coup de dés. Pourtant, l'Empereur était d'humeur légère, ayant la parole facile, se montrant occupé de tout sauf de la guerre, comme indifférent au drame qui allait survenir. Autour de la table qu'on avait dressée dans la chaleur d'un grand feu allumé devant la tente, il avait réuni Berthier, arraché à ses tâches d'état-major, Rapp, qui commandait la cavalerie de la Garde, Junot, l'un des ses protégés, Soult, sur qui reposerait la manœuvre du lendemain, Murat, toujours empanaché, les aides de camp Ségur et Nevers; Donatien, enfin, accompagné d'Olympe. On avait mangé le quartier de cochon partagé dans l'après-midi par un jugement de Salomon et servi le tokay trouvé dans les caves de la forteresse de Brünn. Le froid de la nuit enveloppait la Grande Armée en veillée d'armes ; on apercevait dehors les foyers de bivouac des régiments, les grenadiers immobiles dans leur faction de chaque côté du tertre, la brume qui montait du sol en lambeaux blancs et, très loin vers l'est, perdues dans la campagne obscure, les lumières qui révélaient les positions de l'armée russe.

Junot se piquait de littérature. Il avait lancé la discussion sur une tragédie jouée à Paris, *Les Templiers*, qu'on venait de créer au Théâtre-Français et qu'il comparait à celles du Grand Siècle pour en faire l'éloge. Napoléon, auteur d'une pièce dans le genre antique lors de sa prime jeunesse, se récriait avec l'assurance d'un critique professionnel.

– Aucun auteur d'aujourd'hui n'a compris le nouveau principe qui doit servir de base à nos tragédies modernes, disait-il. Le nouveau principe, c'est la politique. Voyez Corneille. Quelle force de conception ! C'eût été un homme d'État. Mais *Les Templiers*... Cette pièce n'est pas politique. J'ai dit à l'auteur qu'elle était manquée. Il eût fallu mettre Philippe Auguste dans la nécessité de les détruire.

– Le drame des Templiers vient de la fatalité, non de la volonté des hommes, répliqua Junot. Toute tragédie obéit à la règle. Les dieux commandent aux mortels.

– C'est bien là l'erreur, dit Napoléon, c'est justement la politique qui remplace la fatalité. Elle est le grand ressort du monde. Notre révolution l'a placée sur le devant de la scène. Désormais, le sort des hommes tient au destin des États. Le *fatum* est descendu sur la terre, il est parmi nous, comme ce soir. C'est la politique qui gouverne. Les dieux contemplent tout cela mais ils sont muets. Nous faisons notre propre histoire, messieurs, le monde moderne est une page blanche. Nous sommes les démiurges de ce grand théâtre qu'est l'Europe. Les tragédiens devraient le comprendre.

Il laissa sa phrase en suspens, content de son effet, sûr que cette conversation, qui aurait eu sa place dans un salon parisien quand on était au cœur de la Moravie, resterait dans la mémoire de l'état-major et serait répétée à l'envi pour servir la légende du maître, si sûr de sa victoire qu'il parlait, avant la bataille, de tout autre chose. D'un bond il se leva.

– Messieurs les officiers, assez parlé. Nous nous battons dans quelques heures. Dormons. Nous aurons besoin de nos forces.

Les convives se retirèrent. Donatien prit soin de suivre de près Alexandre de Nevers, qu'il devait empêcher de rejoindre les lignes ennemies. Ils allèrent de concert à leur bivouac et s'allongèrent pour prendre le repos prescrit. Resté dans sa tente, Napoléon s'était assis sur une chaise, les pieds sur un tambour. Il avait croisé les bras sur sa poitrine, penché sa tête sur son épaule et s'était endormi. On n'entendait plus que les craquements du grand feu qui faisait rougeoyer les parois de toile et le bruit des chevaux qui soufflaient.

À une heure, un aide de camp de Soult arriva sur le tertre et demanda à parler à l'Empereur.

— L'Empereur dort, dit la sentinelle d'un ton rogue.

— Il faudra le réveiller. Monsieur le maréchal Soult m'a chargé d'un message de haute importance.

— Je n'ai pas d'ordres, répliqua le grenadier. L'Empereur se repose et n'a rien dit.

Le messager allait répondre en haussant le ton quand Napoléon sortit de la tente.

— Laisse, soldat, dit-il. Si c'est un rapport de Soult, je dois le connaître. De quoi s'agit-il?

— Sire, nous entendons le bruit des canons qu'on roule sur le Pratzen. Ils se dirigent vers le sud. L'armée russe a commencé son mouvement. On entend aussi les échos d'une fusillade vers Telnitz. Le maréchal a pensé que vous deviez le savoir.

— Il a bien fait. Mais je veux m'en assurer par moi-même.

Il se tourna en arrière et cria :

— Mon cheval! Réveillez Lachance, Nevers et Ségur. Nous partons en reconnaissance. Vite! Mon cheval et deux compagnies de la Garde. Prenez ma lunette.

Levés aussitôt, Donatien et Alexandre sautèrent sur les chevaux que leur amenait un grenadier et se lancèrent à la suite de Napoléon et de son escorte. Olympe, réveillée, les vit partir.

Napoléon traversa le Goldbach en poussant sa monture, les bottes mouillées par l'eau du gué. Au jugé, il se dirigea vers Pratzen dont plusieurs feux de bivouac surplombaient la vallée. Dix minutes plus tard, il s'arrêta près d'une haie, tendant sa bride à un soldat. Il longea les buissons à la recherche d'une trouée puis s'arrêta et demanda sa lunette. Au loin, on entendait le grondement des affûts qui roulaient sur les chemins. Napoléon braqua sa lunette en direction de l'horizon. Chacun sortit la sienne. À travers le verre, Donatien vit des soldats marchant vers le sud dans le reflet des torches que la brume atténuait, et des chevaux attelés qui tiraient des pièces de canon.

— Quelle faute ! dit Napoléon en exultant. Quelle faute ! Ils abandonnent une position de force. Dans quelques heures, cette armée est à nous.

Il continua son observation en poussant des grognements.

— Ils piquent plein sud. Il faut prévenir Davout qu'ils vont déboucher plus loin qu'il ne le pense, sur sa droite. À mon sens, ils marchent sur Telnitz et sur Sokolnitz. Dans trois heures, le maréchal aura le gros de l'armée russe sur les bras. Ségur, partez. Il faut avertir ce brave que ma manœuvre repose sur lui. Montrez-lui sur la carte les chemins qui vont de Pratzen à Sokolnitz. C'est l'axe de leur attaque. Friant et Legrand doivent tenir les villages.

Ségur salua et repartit en arrière pour rejoindre les soldats de Davout venus de Vienne qui avaient marché plus de quarante kilomètres. Napoléon avança encore pour trouver un autre poste d'observation. Il était revenu vers les lignes françaises où les soldats dormaient couchés dans l'herbe. Il marchait seul dans l'obscurité. Soudain il trébucha sur une souche et s'étala de tout son long. Il se releva en grommelant, secouru par deux grenadiers. Un soldat de Soult qui s'était allongé pour la nuit sur une litière de paille se leva soudain.

– Qui va là ? cria-t-il.
– Français ! répondit Napoléon.
– Ce n'est pas le mot de passe, rétorqua le soldat.
– Français, te dis-je !
– Cela ne suffit pas. Montrez-vous.

Le soldat avait réuni dans sa main une gerbe de paille et fourrageait dans son sac pour trouver son briquet. Il alluma sa torche improvisée et la brandit devant Napoléon. Il fut saisi d'effroi.

– Sire…
– Français, mon brave, dit l'Empereur. Tu le vois bien.
– Mais… Mais… Sire, que faites-vous là ? Nous sommes à quelques pas des sentinelles russes !
– Et toi ? Tu dormais comme un bienheureux. Si tu n'as pas peur, moi non plus.
– Ce n'est pas pareil, Sire. C'est dangereux. Laissez-moi vous éclairer. Le terrain est accidenté, vous allez encore tomber.
– Si tu y tiens.

Ils marchèrent en file indienne, éclairés par la paille en flammes du soldat. Autour d'eux, les hommes de Soult se relevaient l'un après l'autre, ébahis par le spectacle de leur empereur qui cheminait au milieu de la première ligne sans souci du danger. À leur tour ils allumèrent la paille de leur litière pour éclairer leur général en chef. Plusieurs en faisaient une bourre qu'ils plaçaient au haut d'une perche. En quelques minutes, une double haie de torches tenues à bout de bras s'illumina devant Napoléon et sa suite, faisant un chemin de lumière qui serpentait dans la nuit. De tous côtés on entendait les exclamations excitées des soldats enthousiasmés par la vue de leur empereur.

– L'Empereur est ici ! Napoléon nous visite ! Regardez, il est là !

Napoléon s'avançait, radieux, dans la lumière fauve, le regard serein, distribuant des sourires, saluant de sa main à demi levée. Soudain un lieutenant cria :

– Amis, il est plus de minuit, nous sommes le 2 décembre ! C'est l'anniversaire du couronnement. Vive l'Empereur !

Un an plus tôt, Napoléon avait pris sa couronne des mains de Pie VII pour la poser lui-même sur sa tête devant les maréchaux et les dignitaires du régime assemblés à Notre-Dame.

– C'est le couronnement, la date est bénie ! reprirent les soldats. Et ils se mirent à hurler : Vive l'Empereur ! Vive l'Empereur !

De loin en loin, les régiments se relevaient les uns après les autres comme des spectres sortis de la nuit, bientôt illuminés par une lueur mouvante et chaude, traversés par la petite troupe qui suivait l'homme à la redingote grise. Le cri de «Vive l'Empereur!» monta vers le ciel noir et l'armée s'éveilla pour ce deuxième sacre qui semblait une cérémonie barbare. Les litières de paille brûlaient comme dans un incendie et les torches formaient un fleuve de feu qui éclairait la troupe de reflets rouges. Les yeux des soldats brillaient à la lueur des flammes pendant que les cris poussés à l'unisson par des milliers de poitrines résonnaient dans la nuit, roulant tel un tonnerre sur le futur champ de bataille. Napoléon marchait comme dans un rêve, émerveillé par le spectacle de cette armée fanatisée par un seul homme. Donatien suivait à quelques pas, fasciné par ce moment unique, le cœur transporté par ces soldats qui brûlaient leur couchage pour fêter celui qui les envoyait à la mort. Il se dit qu'il n'oublierait jamais une seule de ces images, ni les torches orangées qui trouaient la nuit, ni le petit homme dont le bicorne noir et luisant reflétait la lumière du feu, ni les cris qui transperçaient l'âme, ni le regard éperdu des soldats qui regardaient passer, calme et bienveillant, celui qu'ils tenaient pour le dieu de la guerre.

– Merci, mes amis, disait Napoléon, mais songez d'abord à aiguiser vos baïonnettes. L'Europe vous regarde. Sur vous repose l'honneur de l'infanterie française.

Il revenait maintenant vers son bivouac et commençait à gravir la pente du tertre où se dressait sa tente. Il se retourna soudain et dit d'un ton nostalgique :
— Lachance, retenez ce moment. C'est le plus beau jour de ma vie !
Puis il disparut.

Resté seul, Donatien fut saisi d'un pressentiment. Depuis un moment, absorbé par cette scène qu'il savait historique, il avait cessé sa surveillance. Il scruta la nuit à la recherche d'Alexandre de Nevers. Les soldats de l'escorte rejoignaient leur bivouac, les officiers quittaient le tertre pour gagner leur tente. Nulle part il ne vit Alexandre. Mortifié, il se tourna de tous côtés, marcha au bord du tertre, scruta la nuit puis interrogea les sentinelles d'une voix blanche. Le troisième soldat en faction lui livra le fin mot de l'affaire. Nevers avait prétexté d'une reconnaissance pour remonter sur son cheval et s'éloigner. Il était aide de camp : personne n'y avait trouvé à redire.

— Par où est-il parti ? cria Donatien qui se sentait gagné par la panique.
— Par ici, dit la sentinelle en tendant le bras droit vers l'est.
— Les lignes russes !

Sans y croire, Lachance sortit sa lunette et la braqua dans la direction qu'indiquait le soldat. Il fouilla un long moment l'obscurité, désespéré, quand le hasard le servit. À quelques centaines de mètres, au milieu de la vallée du Goldbach, il vit un cavalier qui longeait au pas un régiment endormi, éclairé par la lumière mourante du feu de bivouac. Une seconde plus tard, le cavalier disparut.

Donatien bondit sur son cheval et piqua des deux vers le gué du Goldbach. Il franchit le ruisseau en trombe et galopa droit vers l'est le long d'un chemin noyé d'ombre, tâchant de retrouver le régiment endormi qu'il avait vu dans sa lunette. Le feu de bivouac le guida. Le chemin faisait un virage, il coupa à travers champs, risquant à tout moment de faire tomber son cheval surpris par un obstacle. Il traversa le camp. Devant lui, il vit un autre chemin creux qui s'enfonçait vers l'est. Deux rangées d'arbres le bordaient, formant une voûte de feuillage. Il fonça. Les branches invisibles fouettaient le cheval et son cavalier qui baissait la tête. Éperonnée sans pitié, la bête faisait des écarts qui menaçaient de désarçonner son maître. Donatien arriva à un croisement. Il arrêta son cheval et tendit l'oreille. L'écho d'un galop lui parvenait de la droite. Il fit tourner sa monture d'un violent coup de bride et lui fouetta la croupe. Le cheval repartit d'un bond, manquant de jeter au sol son cavalier. Au bout du chemin, Donatien tomba sur une sentinelle française.

– Avez-vous vu un cavalier ? cria Donatien. Service de l'Empereur !

– Diantre oui ! dit le soldat. Il m'a crié la même chose. C'est un aide de camp.
– Où est-il parti ?
– C'est une folie ! Droit sur la ligne russe. Là-bas ! Il fait une reconnaissance. Il va se faire prendre.
– C'est ce qu'il cherche ! dit Donatien en talonnant son cheval.

Il suivit un autre chemin forestier, galopant à un train d'enfer. Soudain les arbres se raréfièrent et il se retrouva en terrain découvert dans une prairie éclairée par la lueur diffuse de la lune qui perçait le brouillard montant du sol. Au milieu du champ, Nevers s'avançait debout sur ses étriers, à l'affût. Donatien talonna encore son cheval, portant son regard au loin pour y déceler une lumière. Il en vit une, faible et incertaine, à travers les arbres qui bordaient l'autre extrémité de la prairie. Nevers aussi l'avait vue. Il se rassit sur sa selle et poussa son cheval. L'espion gardait un peu d'avance. Bientôt il serait à couvert et se fondrait dans le bois qui le mènerait aux lignes russes. Avant quelques minutes, l'état-major allié saurait dans quel piège il jetait son armée et pourrait faire rebrousser chemin aux divisions qui marchaient sur la gauche française. Le plateau de Pratzen serait de nouveau défendu en force et la manœuvre de Napoléon manquerait son but.

Donatien se pencha en arrière et plongea le bras dans la fonte de sa selle. Il saisit son fusil court, immobilisa sa monture et mit Nevers en joue.

— Alexandre, cria-t-il de toutes ses forces. Tu es pris ! Arrête ton cheval et rends-toi !

Nevers se retourna. Il vit Donatien le fusil pointé, ferme et menaçant. Il hésita, évaluant ses chances. Puis il tourna le dos à son poursuivant et éperonna son cheval d'un coup de talon. Donatien visa et tira. Un instant, il crut qu'il l'avait manqué. Le cheval continuait à fuir dans la nuit avec son cavalier. Mais il ralentit peu à peu son galop, broncha, tomba en repliant les jambes et se coucha sur le côté. Donatien avait raté Nevers mais abattu sa monture. Alexandre avait sauté à terre.

— Alexandre, arrête-toi ! Sinon je te tire comme un lapin !

— Tu n'as qu'un fusil, c'est l'équipement réglementaire ! cria Nevers d'un ton sarcastique. Tu n'avais qu'un coup. Il est parti. C'est fini, Lachance. Tu as manqué à ton devoir. Tu devais arrêter l'espion. Tu ne l'as pas fait. Maintenant il est trop tard !

Donatien savait qu'il avait raison. Les fontes des officiers contenaient un fusil court à un coup qu'on rechargeait en une minute. Il lui restait son sabre mais Nevers était tout près des arbres. Donatien s'élança dans une dernière tentative. Alors, au lieu de s'enfuir, Nevers se pencha sur son cheval à terre et prit à son tour son fusil, qu'il braqua sur Donatien.

— Si tu avances encore, tu es un homme mort, cria Nevers. À quoi bon ? J'attendrai et je tirerai à cinq pas, tu n'as aucune chance. Arrête-toi.

Donatien enrageait. Nevers avait raison : plus il se rapprocherait, moins il aurait de chances. La mort dans l'âme, il ralentit son cheval.

— Fort bien, dit Nevers. Je ne voudrais pas avoir ta mort sur la conscience. Tu es un policier avisé et un homme courageux.

— Et toi, un traître immonde, rétorqua Donatien. Tu trahis ton empereur, tes amis, ta patrie.

— Ma patrie, comme tu dis, a fait guillotiner mon père sans raison. J'ai cru à cette révolution, mais elle est par trop couverte du sang des innocents. Maintenant elle va payer pour ses crimes. Ton empereur est un général jacobin et un aventurier. C'est rendre service à la France que de l'arrêter. Les Alliés n'en veulent pas au peuple. Ils veulent faire tomber un tyran, c'est tout.

Tout en parlant, Nevers reculait lentement vers la lisière des arbres. Il n'en était plus qu'à quelques mètres. Donatien continuait d'avancer. Mais jamais il n'aurait le temps d'atteindre Nevers. Il se disait qu'il devait faire durer ce dialogue étrange. Le coup de feu avait peut-être alerté une sentinelle française qui viendrait à leur suite avec son fusil.

— Si tu parles à l'ennemi, tu feras tuer des milliers de bons Français.

— Je parlerai pour sauver la France. C'est Napoléon qui la perd. Mais assez causé. Mon devoir m'appelle.

— Ton devoir ? Ton ignominie, oui !

– Adieu, Donatien. Tu as fait tout ce que tu pouvais. Et transmets mon salut à Olympe.

À ces mots cruels, Donatien perdit toute contenance. Saisi d'une colère irrépressible, il cravacha sa monture. Alexandre le regarda un court instant. Puis il haussa les épaules et courut vers les arbres tout proches. Donatien le vit atteindre la lisière noyée d'obscurité. Il poussa son cheval encore plus fort mais il était trop tard. Alexandre avait disparu dans le sous-bois. Dans un éclair, la douleur de l'échec le transperça. Par sa faute, le plan de Napoléon était dévoilé. Par sa faute, la Grande Armée risquait de courir au désastre. Par sa faute, la France allait perdre une bataille décisive.

L'uniforme de Nevers s'était fondu dans l'ombre. Donatien éperonna encore sa monture. Mais il ne voyait plus rien devant lui, sinon la ligne noire des branches et des feuillages. Le désespoir le saisit et il relâcha la bride, sûr d'avoir échoué dans sa mission. Soudain un éclair de lumière partit du pied d'un arbre et le bruit d'un coup de feu déchira la nuit. Donatien tenta de percer l'obscurité du regard. D'abord il ne distingua rien. Puis lentement, une silhouette apparut, titubante, les mains refermées sur la poitrine. Plié en deux par la douleur, Nevers marcha encore quelques secondes puis tomba face contre terre.

Donatien s'avança, éberlué, éperdu, sidéré. Il ne comprenait rien à ce qu'il venait de voir. L'instant d'avant, Nevers était sauf, il allait se perdre sous les arbres et rejoindre les lignes ennemies. Un coup de pistolet incompréhensible l'avait arrêté en pleine course. S'approchant, Donatien se dit qu'un soldat russe avait sans doute vu venir vers lui un officier français ; il avait préféré l'abattre sans sommation. Il redouta un deuxième coup de feu. Mais personne ne tira. Il s'avança encore et arriva près du corps étendu, scrutant avec anxiété l'ombre du bois. Le coup de feu avait forcément alerté les Russes. Ils pouvaient arriver d'un instant à l'autre. Il allait s'assurer que Nevers était bien mort avant de déguerpir, quand un spectacle extraordinaire le figea sur place. Devant lui, sortait du bois une silhouette blanche, tel un fantôme, tirant un cheval par la bride. La lumière de la lune lui donnait une couleur irréelle. Elle marchait sans hâte, un pistolet encore fumant à la main. Donatien mit sa main sur la poignée de son sabre. Mais comme l'apparition miraculeuse se rapprochait, il la reconnut. Ses cheveux blonds luisaient dans la nuit et sa démarche était étrangement féminine. Olympe courut vers lui et se jeta dans ses bras.

19

Le retour fut silencieux. Olympe et Donatien chevauchaient vers les lignes françaises sans dire un mot. La jeune femme regardait devant elle, perdue dans ses pensées, à peine éclairée de temps en temps par les feux de bivouac. Donatien respectait son silence, soulagé d'un poids cruel, encore ébahi d'avoir mené à bien sa mission grâce à une sorte de miracle. Le plan de Napoléon restait caché à l'ennemi : l'essentiel était sauf.

Ils arrivèrent près de la tente impériale. Olympe descendit de cheval, s'assit sur le banc qui avait servi pour le dîner et s'effondra en sanglots. Donatien vint près d'elle et passa un bras autour de ses épaules. Elle pleura longtemps sur sa poitrine. Puis elle se calma.

– Comment as-tu compris ? demanda seulement Donatien.

– À Vienne, j'ai trouvé ses absences étranges. Il partait dans la ville, seul, et revenait au milieu de la nuit. Je me demandais ce qu'il faisait. Une fois, je l'ai suivi...

Donatien, qui avait également fait suivre Alexandre à Vienne, mesura l'ironie de la situation.

– Moi aussi je l'ai fait suivre.

– Donc vous saviez...

– Il était un suspect parmi d'autres.

– Mais je n'ai rien saisi de précis, continua Olympe. Il a rencontré deux hommes dans un estaminet de Vienne. Je ne sais ce qu'ils se sont dit. Cela pouvait être une mission pour le compte de Napoléon ou de l'état-major. Puis nous sommes arrivés à Brünn. Ses absences ont recommencé. Alors j'ai voulu en avoir le cœur net. Avant-hier, alors qu'il venait de partir, j'ai fouillé ses affaires. Au bout d'une heure, j'ai trouvé un cahier vierge au fond d'un sac. Les pages étaient blanches mais il y avait la trace d'un texte en creux sur le papier, comme si on avait écrit sur une page qu'on avait ensuite déchirée. En approchant une bougie, j'ai pu lire quelques bribes. C'était des groupes de chiffres. Je me suis dit qu'il s'agissait peut-être d'un code. J'étais effrayée. Le lendemain, j'ai suivi Alexandre qui repartait dans la campagne. Il a pris le chemin exact qu'il vient d'emprunter cette nuit. Arrivé au petit bois, il a rejoint un officier russe qui l'attendait. Ils sont restés ensemble vingt minutes puis il est rentré par le même chemin.

– Mais pourquoi n'as-tu rien dit?
– J'avais encore un doute. Je ne voulais pas y croire. Peut-être était-ce une de ces ruses de Napoléon pour tromper l'ennemi... Alexandre de Nevers, aide de camp de l'Empereur, un espion? Cela me semblait impossible. Et si c'était vrai, je me suis dit que tant qu'il restait dans les lignes françaises, il n'y avait pas de danger. C'est lorsque j'ai entendu la proclamation de l'Empereur, cet après-midi, que j'ai conçu mes soupçons. Je l'observais. Quand il a compris le plan de l'Empereur, il est devenu pâle. Comme s'il venait d'avoir une révélation. Alors j'ai saisi le risque: il découvrait que l'armée française voulait attaquer et non faire retraite. À la première occasion, il allait passer à l'ennemi pour tout raconter. Puis l'Empereur est parti pour sa reconnaissance de nuit. Alexandre était au milieu des aides de camp, dans la suite. Il ne pouvait rien faire.

– Pourquoi ne pas le dénoncer à ce moment?
– On risquait de ne pas me croire. Je n'avais la preuve de rien, seulement cette entrevue avec un officier russe. Il se serait disculpé sans peine et tout aurait été manqué. Et puis je n'arrivais pas à admettre la réalité. Si jamais je me trompais, si tout cela n'était qu'une ruse suprême, je l'aurais accusé publiquement à tort, moi, celle qu'il aimait. Je ne savais que faire. J'ai réfléchi. Je me suis dit que s'il était un espion, il valait mieux le précéder. S'il passait chez les Russes, je savais quel chemin il emprunterait. Je pourrais

l'arrêter. J'ai pris un pistolet et je suis allée au petit bois directement. Je me suis cachée, en espérant que personne ne viendrait, que mes soupçons ne tenaient pas, que c'était un mauvais rêve. Une demi-heure plus tard, vous êtes arrivés l'un derrière l'autre... J'ai tout entendu. Je suis devenue enragée. Quand il est entré dans le bois, j'ai tiré.

Elle se tut. Puis elle continua :

– Mais depuis quand savais-tu, toi ?

– Depuis Vienne. Nous avions monté un subterfuge avec l'Empereur pour le confondre.

Donatien raconta le piège qu'ils avaient tendu à Nevers et à l'état-major ennemi.

Olympe ne réagissait pas. Elle restait hagarde, interdite. Donatien l'observait, prostrée sur le banc, le regard vide, le visage fermé, les mains encore tremblantes. Elle était brisée par le mensonge de son amant. Elle avait aimé un homme qui trahissait son pays. Elle, Olympe, la jacobine, la combattante républicaine, l'amoureuse sans détour et la patriote sans reproche, avait donné sa foi à un traître. Maintenant il était mort, tué par elle-même. Elle était la victime et le bourreau, la dupe et la justicière, l'amante et la meurtrière. Elle dit doucement, avec de l'angoisse dans la voix :

– Tu savais pour nous deux ? Lui et moi ?

– Je vous ai vus à Schönbrunn, une nuit, dans le petit salon.

Elle se tourna d'un coup vers lui.

— Tu nous as vus ? Et tu n'as rien dit ?
— Je ne pouvais rien dire. Je risquais de tout faire manquer. Si j'avais parlé, il y aurait eu un scandale, un duel ou quelque chose de ce genre. Nevers pouvait disparaître, s'enfuir...
— Tu aurais pu me parler...
— Non. Il fallait que la ruse aille au bout.
Elle resta un long moment sans rien dire, tassée sur elle-même, fixant le grand feu de bivouac sans le voir. Puis elle reprit d'une voix encore plus faible.
— Je t'ai trahi. J'ai aimé un traître. J'ai trompé tout le monde. J'ai trahi mon pays. Je ne mérite pas de vivre.
— Ne dis pas cela. Tu as été trompée. Tu n'es pas coupable, sinon envers moi.
— Non, je ne mérite pas de vivre après une telle faute.
— De grâce, Olympe ! Tout est joué maintenant. Nevers a échoué et tu es revenue vers nous, vers moi. Pensons aux soldats. Beaucoup vont mourir aujourd'hui. C'est plus important. Tu as joué ton rôle. L'Empereur sera content.
Mais elle n'écoutait rien. Mécaniquement, dans un souffle, elle répétait :
— Je ne mérite pas de vivre, je ne mérite pas de vivre. La trahison est trop grande. Je ne mérite pas de vivre.
Donatien la regardait avec un effroi grandissant. Il craignit soudain pour sa raison. Il voulut l'attirer

contre lui mais elle restait droite, les yeux mornes, rigide et froide. Il ne savait plus que dire, cherchant les mots, les raisons, les arguments, en vain.

Soudain, une agitation se déclencha autour d'eux. Des cavaliers arrivaient l'un après l'autre au bivouac de Napoléon. Ils portaient des bicornes empanachés et des dorures sur leurs uniformes bleus. C'étaient les maréchaux qui commandaient les corps d'armée, Soult, Murat, Lannes, Bernadotte et Davout, venus prendre les dernières directives de l'Empereur, chacun suivi de ses aides de camp et de sa garde personnelle. La troupe des chevaux se bousculait sur le tertre. Les aides de camp et les soldats reculèrent, laissant les maréchaux devant la tente de l'Empereur. Donatien tira sa montre. Il était sept heures. La nuit recouvrait encore le champ de bataille mais l'armée s'éveillait lentement. On entendait le son du clairon et les ordres des officiers. Au loin, vers le sud, une fusillade éclata. C'étaient les têtes des colonnes russes descendues du Pratzen qui abordaient les soldats de Friant et de Legrand dans Telnitz et Sokolnitz.

Olympe restait immobile et muette, pâle comme la mort. Voyant de l'agitation dans la tente, Donatien se leva. Son devoir l'appelait auprès de Napoléon.

– Va prendre du café et couche-toi, dit-il à Olympe. Je reviens après la victoire. Avec l'Empereur...

Il marcha vers la tente, laissant Olympe sur son banc. Savary, Rapp et les autres aides de camp de l'Empereur étaient montés à cheval et s'alignaient sur le bord du tertre. Plusieurs mangeaient du pain ou du biscuit. Donatien était aide de camp. Il devait les rejoindre. À son tour, il remonta sur son cheval et prit place dans la file, le dernier. À ce moment, Napoléon sortit de sa tente un bol à la main. Il se rapprocha du feu qui flambait toujours, jeta un coup d'œil alentour et but son café. Donatien en profita pour s'approcher de lui.

— Sire, Nevers a essayé de passer à l'ennemi. Mais nous l'avons tué.

— Ah, diable ! Le traître s'est découvert. Comment avez-vous fait ?

— À vrai dire, c'est ma femme, Olympe, qui l'a arrêté. Elle l'avait vu quitter le cortège de Votre Majesté et partir vers les lignes russes.

— Cela ne m'étonne pas d'elle. Elle pourrait commander un régiment, je vous l'ai dit. Fort bien. Vous et votre femme avez agi de manière avisée et décidée. Je m'en souviendrai.

Puis il monta sur le cheval blanc qu'un grenadier tenait par la bride.

— Maintenant, messieurs, dit-il d'une voix forte, allons commencer une grande journée !

Il s'approcha du bord du tertre et tourna la tête vers le sud. On entendait l'écho des coups de fusil, de plus en plus serrés.

— Fort bien, les colonnes russes descendent du plateau, dit-il, ils ont donné dans le piège. C'est un mouvement honteux ! Ils me croient donc bien jeune. Ils s'en repentiront !

Il fit un signe de la main. Les maréchaux s'approchèrent et firent cercle autour de lui. La conférence dura un moment. Donatien était trop loin pour entendre. Napoléon parlait calmement, tendant le bras vers une partie ou l'autre du champ de bataille. Les maréchaux écoutaient en tenant court leurs chevaux qui piétinaient sur le sol gelé. Quoique habitué à la vie de l'état-major depuis trois mois, Donatien observait ce spectacle avec admiration. Ainsi les soldats les plus glorieux de l'Europe étaient réunis sous sa vue, autour du plus grand homme de guerre de ce temps. Ce formidable aréopage, il n'en doutait pas, aurait le soir même défait deux empereurs et bouleversé les destinées du monde. Donatien frissonna, ébloui, sachant que cette image de gloire et de puissance le poursuivrait jusqu'à la fin de sa vie.

Puis, l'un après l'autre, les maréchaux s'éloignèrent, chacun dans une direction différente, suivis par leurs aides de camp et leur garde personnelle. Soult resta seul avec l'Empereur et Berthier, silencieux, pendant qu'un jour grisâtre perçait lentement l'obscurité humide. Napoléon fit signe aux aides de camp de se rapprocher. Ils s'alignèrent sur sa gauche, un pas en arrière, immobiles, prêts à servir le maître. Un brouillard inondait la plaine de vastes lambeaux gris, comme une mer d'hiver.

– Ce brouillard nous sert, dit Napoléon. Il cache nos positions. L'armée russe quitte le plateau. Elle va être prise en flagrant délit.

Vingt minutes s'écoulèrent encore. Napoléon avait demandé sa lunette et la braquait vers le sud tandis que l'aube blanchissait peu à peu le sommet des collines face à eux. Soudain, un disque incandescent émergea du brouillard et nimba le tertre d'une lumière rouge. Deux hauteurs se découpèrent en noir sur le paysage, alors que la brume tout autour prenait une teinte rosée dans la lueur de l'aurore.

– Sire, c'est le soleil de la victoire, dit Soult.

– Oui, dit Napoléon. Le soleil d'Austerlitz!

Les deux hommes contemplaient la scène en silence, comme pétrifiés par une apparition, tandis que l'état-major aligné derrière eux restait immobile dans la légère brise qui faisait frissonner les drapeaux.

Donatien se sentait écrasé par la solennité de l'heure. Fasciné, il portait son regard de Napoléon à la plaine embrumée qui s'étendait à leurs pieds. Soudain, il pensa à Olympe et se retourna. Le cœur serré, il la vit qui se levait lentement et remontait sur son cheval. Elle s'éloigna au pas vers l'arrière du champ de bataille, indolente sur sa selle, comme étrangère à la journée historique qui commençait. Une angoisse terrible s'empara de Donatien. Mais il était paralysé. Revenir en arrière, s'éloigner, suivre Olympe pour la dissuader de commettre une folie, c'était déserter. Il la vit disparaître derrière une crête, allant seule vers son destin.

Napoléon se tourna vers Soult et lui montra les collines de Pratzen.

— Combien de temps pour couronner ces sommets ?

— Vingt minutes, Sire.

— Dans ce cas partez. Mais vous attendrez encore un quart d'heure. Alors il sera temps.

Soult partit au galop. Le brouillard se dissipait, le paysage vert et brun apparaissait peu à peu et on entendait maintenant le bruit continu et sourd du canon qui venait du sud. Quatre colonnes russes attaquaient à présent les maigres troupes de Davout épuisées par une marche de plus de quarante kilomètres. Mais les Français tenaient les villages et les passages étaient resserrés, annulant en partie l'avantage du nombre. Les divisions ennemies marchaient vers la droite pour tourner la Grande Armée. Comme l'avait dit Napoléon dans son ordre du jour, elles lui présentaient le flanc.

À neuf heures, une musique monta soudain de la vallée du Goldbach qui s'étendait au pied du tertre, puis on entendit par bribes les chants des soldats qui s'ébranlaient en cadence. « On va leur percer le flanc, tire-lire... » Les deux divisions de Soult montaient à l'assaut du Pratzen, baïonnette au canon, au milieu des accents des cuivres et des cris des officiers qui hurlaient comme toujours « En avant, nom de

Dieu!». Dans quelques minutes, les généraux russes et leurs deux empereurs auraient la désagréable surprise de voir les Français où ils ne les attendaient pas, faisant irruption sur le plateau où ils se croyaient en sécurité. Par un sortilège qui les plongerait dans une noire panique, c'est l'état-major ennemi et non la troupe qui subirait le premier assaut.

Du tertre, Donatien voyait les longues lignes des soldats français qui progressaient en bon ordre à flanc de colline, accrochant le soleil de leurs baïonnettes, leurs chapeaux cylindriques et leurs bonnets à poil oscillant en cadence. Une fusillade retentit et fit rouler son écho dans la plaine, puis une autre et une autre encore. Une vaste fumée blanche se répandit sur le champ de bataille et cacha les combats pendant de longues minutes. Le canon tonna et les premiers hurlements des blessés s'élevèrent dans l'air du matin, vite couverts par de nouvelles salves de mousquets. Pendant une heure, Napoléon et son état-major observèrent dans leur lunette la mêlée dont ils ne voyaient que des scènes fugaces vite masquées par la fumée des tirs. Puis soudain, Napoléon dit d'un ton joyeux:

– Ah! les voilà! Nous tenons le Pratzen.

Sur les hauteurs qu'il avait désignées à Soult, on voyait flotter des drapeaux tricolores et deux aigles de régiment dressées vers le ciel. Les divisions Vandamme et Saint-Hilaire avaient rempli leur mission. L'armée française s'était enfoncée comme un coin au milieu de la ligne ennemie. Maîtresse du plateau de Pratzen, elle tenait le centre du champ de bataille. Sur la gauche, les soldats de Bagration qui combattaient Murat et Lannes sur la route de Brünn à Olmütz risquaient maintenant d'être attaqués de flanc. Quant aux colonnes russes lancées à l'assaut de Telnitz et de Sokolnitz au sud, loin sur la droite de Napoléon, elles seraient bientôt prises à revers par Soult. L'armée austro-russe était coupée en deux tronçons.

– Allons-y, messieurs, dit seulement Napoléon.

Il poussa son cheval dans la pente.

Vingt minutes plus tard, suivi par les bataillons à cheval de la Garde impériale tenus en réserve, l'Empereur et sa suite arrivaient au sommet du plateau de Pratzen où se tenait peu de temps auparavant l'état-major allié. Napoléon observa le champ de bataille autour de lui avec un air satisfait.

Mais derrière le plateau, dans une vallée séparée du Pratzen, un régiment français trop avancé fut bientôt attaqué par la cavalerie ennemie. Surpris, submergés par le nombre, terrifiés par les grands chevaux qui chargeaient avec un bruit de tonnerre, bientôt sabrés par les chevaliers-gardes russes qui coupaient bras, jambes et têtes avec fureur, les soldats se débandèrent. Leurs officiers tentèrent de les arrêter mais ils couraient, éperdus, en criant à perdre haleine « Vive l'Empereur ! » comme pour dissimuler leur fuite par des cris martiaux. Au milieu d'un champ, un officier tenait avec fermeté l'aigle du régiment malgré les coups de sabre qui s'abattaient régulièrement sur lui. Il succomba bientôt, remplacé par un autre qui tomba à son tour. Finalement, un cavalier russe attrapa au vol la hampe de l'aigle et s'éloigna en brandissant son trophée. Un peu plus loin, voyant la fuite des Français, de lourds escadrons de cavalerie s'ameutaient pour élargir la brèche et remonter sur le plateau où se trouvait Napoléon.

Les généraux russes avaient compris le danger mortel qui les guettait. Tenant le plateau de Pratzen, Napoléon avait séparé les divisions ennemies qu'il pouvait maintenant prendre entre deux feux et détruire. Il fallait à toute force reprendre ces sommets qui commandaient le sort de la bataille. Ce serait le rôle de la garde impériale russe et de ses cavaliers redoutables, pour partie des aristocrates exaltés par le service de leur empereur, pour l'autre des géants montés sur des chevaux énormes, maniant le sabre comme une faux qui faisait sauter les têtes. Napoléon fit signe à Donatien qui le suivait dans la file des aides de camp.

– Lachance, il y a du désordre. Allez auprès de Rapp et dites-lui de réparer cela.

– Bien, Sire, à vos ordres.

Donatien, excité à l'idée de jouer un rôle, pressa son cheval vers la Garde à cheval qui patientait une centaine de mètres en arrière. C'était Jean Rapp qui la commandait, aide de camp comme lui, mais sabreur de longue main, intrépide, impétueux, agressif, général de cavalerie, fidèle de Napoléon depuis l'Égypte. C'était un officier large et haut, nanti d'une crinière frisée et d'une fine moustache noire. Donatien lui montra la débandade des régiments en contrebas.

– L'Empereur vous demande de réparer cela.

Rapp réunit ses grenadiers à cheval en uniforme bleu et bonnet à poil, auxquels il adjoignit l'escadron des mamelouks de la Garde, troupe chamarrée de rouge et de vert aux longs éperons meurtriers pour les fantassins, armée de sabres recourbés à l'orientale. Ses troupes alignées, Rapp se dressa sur ses étriers et cria d'une voix stridente :

– Mes enfants, ce sont vos frères qu'on égorge, vengez-les !

Puis il tira son sabre, tourna bride et cria encore :

– Cavaliers de la Garde, suivez-moi !

Donatien hésita une seconde. Rapp ne lui avait rien dit, ni Napoléon. Mais il eût défailli de honte s'il était revenu vers l'Empereur en laissant Rapp et ses hommes charger sans lui. Il s'aligna sur les mamelouks et éperonna son cheval, l'œil sur Rapp qui s'avançait au trot, seul, impavide, quelques mètres en avant de la ligne. La peur le saisit. Une charge contre l'élite de l'armée russe laisserait une bonne partie des assaillants sur le sol, tués ou mutilés. Sa décision prise, il avait pâli, sentant au creux de son ventre la morsure de l'angoisse, serrant les dents pour les empêcher de claquer. Mais la fièvre de la bataille l'entraînait. Il oublia ses craintes et relâcha les rênes pour faire avancer son cheval en le talonnant doucement.

Au début, les cavaliers progressèrent en bon ordre sur trois rangs, le sabre tenu verticalement d'une main le long du torse, la pointe tournée vers le ciel, l'autre main serrant la bride pour contrôler l'allure. Devant lui, Donatien voyait les chevaliers-gardes russes qui avançaient, eux aussi bien alignés dans un chatoiement de couleurs, telle une vague multicolore qui ondulait en marchant sur eux.

Arrivé à cent pas, Rapp brandit son sabre au-dessus de sa tête. Le temps parut un instant suspendu. Toute la ligne le regardait. Puis il éperonna son cheval, abaissa devant lui la longue lame qu'il tint à l'horizontale devant l'encolure, et partit au galop. La ligne le suivit, le sabre pointé en avant, les talons labourant les flancs des chevaux, les officiers criant à tue-tête « En avant ! Chargez ! Chargez ! ».

Donatien entendait le cliquetis des harnachements, les cris des officiers, le souffle des chevaux qui dégageaient une puissante odeur tandis que leur corps se couvrait de sueur, le martèlement des sabots sur le sol qui évoqua soudain le bruit du tonnerre. La ligne russe, lancée elle aussi au galop, grossissait à vue d'œil, et les deux vagues hérissées d'acier se rapprochaient l'une de l'autre à une vitesse effrayante.

L'instant d'après, les cavaliers se heurtaient au milieu des hurlements. Les chevaux hennissaient en roulant les yeux. Les sabres s'entrechoquaient avec un bruit clair. Les lames venaient trancher en sifflant dans les chairs offertes. Un colosse à cheval surgit devant Donatien, le bras tournoyant pour le frapper d'un coup de taille à la hauteur du cou. Par réflexe, renonçant à toucher son adversaire, il plongea dans la crinière de son cheval. Le sabre passa au-dessus de sa tête. Dans un éclair, il vit le rang suivant des cavaliers russes qui lui tombait dessus avec des hurlements de démons. Apeuré, il resta couché sur la crinière noire. Surpris, son nouvel adversaire ne sut comment l'attaquer. Son sabre était brandi à mi-hauteur dans une mortelle hésitation. Donatien se contenta de garder son arme pointée, la lame à l'horizontale, le plat tourné vers le sol : par la vitesse du cheval, elle s'enfonça avec un bruit mou dans la poitrine du Russe, qui tomba en arrière en poussant un soupir. Donatien retira son sabre rougi de sang et tira sur sa bride. Il avait dépassé la ligne russe. Il ne voyait plus devant lui que le champ de bataille jonché des corps des morts et des blessés. Il fit tourner son cheval et se jeta dans la mêlée qui avait grandi derrière lui. Un cavalier russe croisait le fer avec un mamelouk. En trombe, Donatien le dépassa. Au passage, il fit tournoyer son sabre et la main du Russe coupée net tomba sur le sol.

Mais à sa gauche Donatien n'avait pas vu un autre chevalier-garde qui l'aborda de côté. Le Russe abattit son arme. Donatien sentit une douleur aiguë qui lui transperça l'épaule. Au même instant, son cheval dévié par le choc en percuta un autre. Donatien vida les étriers et se retrouva couché dans l'herbe froide, étourdi et paralysé par la douleur. Autour de lui, le piétinement des sabots faisait un vacarme terrifiant. Il mit sa tête entre ses bras repliés et resta couché au sol, essayant d'éviter les sabots qui s'agitaient autour de lui. Soudain, une autre charge française heurta la mêlée en hurlant. Donatien sentit que la ligne russe reculait. Le bruit du combat, frénétique, s'était un peu éloigné. Deux chevaux passèrent au-dessus de lui comme sur un obstacle de champ de course. Il resta immobile quelques minutes, pelotonné dans l'herbe. Le bruit s'éloigna encore. Il releva alors la tête et vit la cavalerie russe à quelque distance, sabrée à grands coups, qui faisait lentement retraite, avant de se débander pour de bon et de s'enfuir au galop. À quelques pas, son cheval s'était arrêté au milieu du champ de bataille et contemplait placidement la déroute de la garde impériale russe.

Il revint sur le plateau avec les mamelouks, l'épaule entaillée, le sang s'écoulant sur sa poitrine. Il se fit un bandeau avec une écharpe et rejoignit Rapp qui chevauchait à la tête de sa troupe, le crâne entaillé et le visage strié de ruisseaux rouges. Derrière lui, deux mamelouks et un grenadier à cheval encadraient un officier russe qui avançait la tête baissée et le visage défait. C'était le prince Repnine, que les Français avaient fait prisonnier dans l'engagement. « Beaucoup de belles dames de Saint-Pétersbourg vont pleurer »,

dit un grenadier avec un sourire féroce. Rapp avançait en silence, se retournant régulièrement pour vérifier l'alignement. Ils arrivèrent au sommet du Pratzen, où Napoléon les regardait avec un air de gravité satisfaite.
– Sire, dit Rapp, nous avons renversé la cavalerie russe et pris son artillerie.
– C'est bien, dit Napoléon, je l'ai vu. Mais vous êtes blessé.
– Ce n'est rien, Sire.
– Cette charge est décisive, Rapp, vous avez gagné une gloire immortelle.
Derrière Rapp, un mamelouk s'avança et dit à Napoléon :
– Sire, j'ai failli prendre le grand-duc mais il s'est échappé. Je vous aurais rapporté sa tête.
– Veux-tu te taire, vilain sauvage, dit Napoléon en riant.
Il vit Donatien et son épaule bandée.
– Faites-vous soigner, Lachance.
– Non, Sire, je reste. Je ne voudrais manquer la fin pour rien au monde.
– Comme vous voudrez, Lachance. Il est vrai que cela vous change des salles de police.
Puis il se tourna vers son état-major, toujours aligné derrière lui.
– Messieurs, nous les tenons !

20

Le reste de la bataille ne fut qu'une poursuite. Une fois les Français maîtres du Pratzen, l'armée austro-russe était perdue. Les colonnes descendues du plateau vers le sud pour tourner la Grande Armée furent prises entre deux feux. Derrière elles, Napoléon, avec Bernadotte et la Garde, les attaquait à revers. Devant elles, les soldats de Davout qui avaient résisté tout le matin autour de Telnitz et de Sokolnitz passèrent à l'attaque. Pris dans un étau, les Russes se débandèrent et cherchèrent le salut dans une fuite éperdue sur de mauvais chemins engorgés ou bien à travers des champs boueux qui ralentissaient leur course. Certains d'entre eux voulurent s'échapper en traversant les étangs gelés que Napoléon avait explorés quelques jours plus tôt. Les Français tirèrent des boulets sur la glace qui se rompit et engloutit plusieurs centaines de fuyards. Plus tard, Napoléon, toujours à l'affût d'images frappantes pour l'opinion française, changerait en scène de légende cet épisode mineur. Au nord, Bagration avait bien combattu face à Murat et à Lannes. Mais la prise du Pratzen et la débâcle russe le laissaient à découvert sur sa gauche, menacé d'une attaque de flanc destructrice. Il fit retraite en bon ordre et reprit la route de la Russie.

À la fin de la journée, les Français ramassaient encore des milliers de prisonniers effarés. Ils prenaient des dizaines de canons et raflaient les drapeaux ennemis. Napoléon avait dirigé les dernières charges contre les colonnes russes en déroute. Les combats achevés, il se dirigea vers le château d'Austerlitz où les deux empereurs qui croyaient le détruire avaient passé la nuit. Il visita rapidement l'élégante bâtisse de pierre jaune qui se dressait au haut de la grande rue du village. Elle était la propriété du comte d'Haugwitz, diplomate autrichien et dignitaire de la cour de Vienne.

Donatien suivait l'Empereur avec les autres aides de camp, la main serrée sur son épaule qui le faisait souffrir. La douleur n'était rien au regard de ces moments historiques. Plutôt fier de sa blessure et surtout de la charge décisive à laquelle il avait pris part, il savourait chaque seconde. L'excitation du combat, l'ivresse de la victoire, la fatigue des assauts le plongeaient dans un état extatique.

Il eût goûté une joie sans mélange s'il avait été rassuré sur le sort d'Olympe. La jeune femme avait disparu. Donatien avait envoyé un soldat au bivouac impérial du tertre de Zuran. Olympe n'y était pas. Aucune sentinelle ne l'avait vue, aucun soldat n'avait de souvenir de son passage, elle n'avait laissé aucune lettre, aucun indice. Dans sa tente, ses affaires étaient toujours là, avec celles de Donatien. Mais d'elle, on ne trouva pas une trace. Donatien imagina le pire. Peu à peu, il sentit l'angoisse revenir et surpasser la joie de la victoire.

Au premier étage du château, dans une pièce sombre ornée de grands tableaux de la famille d'Haugwitz, Napoléon s'était assis à un bureau d'acajou. À la lueur d'un chandelier, il lisait les rapports que les aides de camp posaient devant lui, dont chacun était un message de victoire.

– Cette bataille n'a pas duré six heures, dit-il soudain. Tous ceux qui ont combattu aujourd'hui méritent le titre de brave. Mon peuple les reverra avec joie. Deux empereurs sont en fuite, une armée une fois et demie plus nombreuse est coupée ou prisonnière. La bataille d'Austerlitz décore nos aigles d'une gloire immortelle.

Donatien, avec Ségur et Lemarrois, chacun revenu de sa mission, attendaient debout, deux pas en arrière, pour le cas où l'Empereur aurait besoin d'eux. Interrompant sa lecture, Napoléon se leva et ouvrit la haute porte-fenêtre en face de lui. Un balcon de pierre donnait sur le parc du château. En contrebas, une vaste esplanade couverte de gravier s'étendait jusqu'à la lisière d'un bois qu'on apercevait dans l'obscurité. Napoléon resta un moment face à la nuit silencieuse, puis il se retourna.

— Ségur, vous demanderez à chaque maréchal d'envoyer ici un détachement de ses meilleurs hommes. Je veux qu'ils soient rassemblés demain soir à six heures sous ce balcon. Je parlerai. Au même moment, vous ferez distribuer à l'armée la proclamation que je vais écrire. Lemarrois, réunissez dans la cour les hommes du quarante-quatrième de ligne qui ont perdu leur aigle. Je veux leur faire part de mon mécontentement. Mary, vous porterez la nouvelle de la victoire à Vienne auprès de M. Talleyrand. Qu'il me fasse tenir une note qui éclaire les négociations à venir, en fonction de la situation nouvelle que j'ai créée. L'empereur d'Autriche voudra traiter. Il doit payer son arrogance. Le visage de l'Europe vient de changer. Talleyrand doit dessiner le nouveau. Dites-le-lui.

Puis il vit Donatien qui se tenait l'épaule, immobile et attentif, l'uniforme ensanglanté. Il prit un ton sardonique.

— Lachance, dit-il, je ne vois pas votre épouse. Elle pourrait au moins vous soigner.

Donatien le regarda, l'air étonné. Au milieu d'un triomphe inouï, l'Empereur se souciait toujours de lui et d'Olympe.

— Sire, elle a disparu, dit Donatien, navré.

– Elle a disparu ? dit Napoléon d'un air goguenard. Croyez-vous ?
– Je l'ai fait chercher, elle est introuvable.
– Lachance, pour un policier, vous cherchez mal.
– ...
– Ségur, faites entrer la personne.
Ségur ouvrit une porte. Olympe entra, tête baissée, sous le regard surpris de Donatien.
– Mon cher Lachance, il faut que je vous aie en amitié pour vous venir ainsi en aide. Ségur a trouvé votre femme en larmes sur le tertre de Zuran, quand il est revenu de sa mission auprès de Davout. Elle lui a tout avoué, il m'a fait rapport il y a une heure. Elle a fauté mais elle s'est rachetée par un coup de pistolet opportun. Quant à vous, vous avez également fauté en laissant partir ce Nevers. Mais votre femme vous a sauvé et elle a sauvé l'armée. Elle aura la croix. Vous aussi, d'ailleurs, non pour votre enquête, qui fut bien lente, mais pour votre blessure aux côtés de Rapp, qui montre votre vaillance. Voilà mes décisions.
Le ton était sans réplique, quoique ironique et faussement bourru.
– Sire, je ne sais que dire, vous...
– Ne dites rien, Lachance. Ainsi va la guerre. On perd tout à midi puis on gagne tout à une heure. Votre faute est effacée. Je vous demande une seule chose : accueillez votre femme. Pardonnez-lui comme elle vous a pardonné l'année dernière. Je veux

des serviteurs de l'Empire heureux en ménage. Et soyez-en sûr : le soldat Le Hérel est un brave !

— Sire, dit Olympe, je dois encore réfléchir. Je suis anéantie. J'ai aimé un traître. Je ne mérite pas d'indulgence ni d'honneur. Et je ne sais si je pourrai revenir aux côtés de mon mari.

Napoléon fronça les sourcils.

— Soldat Le Hérel, je vous donne la croix et vous récriminez ? Je pourrais vous faire mettre aux arrêts.

— Sire, dit Olympe, le soldat Le Hérel a failli perdre l'armée.

— Mais le soldat Le Hérel l'a sauvée, c'est ce qui importe...

— Si vous le voulez, Sire.

— Ah, je préfère ce langage ! Maintenant, laissez-moi, je dois m'occuper de l'Europe. Madame la raisonneuse, souffrez qu'elle ait aussi son importance.

— Bien, Sire.

Ils se retirèrent ensemble mais Donatien avait bien compris au ton d'Olympe que rien n'était oublié. Elle marchait lentement devant lui dans les couloirs du château, muette, l'esprit ailleurs, avançant comme un automate, perdue dans son remords. La bataille d'Austerlitz était un triomphe. Sa bataille intime ne faisait que commencer...

Le lendemain soir, dans la même pièce, après avoir jeté un dernier regard sur son texte, Napoléon ôta ses lunettes, vissa son chapeau sur sa tête et s'avança sur le balcon. Donatien, un pansement à l'épaule, était au garde-à-vous avec les autres aides de camp qui se tenaient de part et d'autre de la porte-fenêtre.

Dehors, les soldats attendaient l'Empereur, droits, le regard fervent. Autour d'eux, on avait disposé des torches dont la lumière rouge donnait à la scène une allure de théâtre.

– Soldats ! commença l'Empereur.

Sa voix résonnait dans les rangs, par-dessus les bonnets à poil qui tremblaient dans la brise du soir. Il reprit :

– Soldats, je suis content de vous ! Vous avez, à la journée d'Austerlitz, justifié tout ce que j'attendais de votre intrépidité ; vous avez décoré vos aigles d'une immortelle gloire. Une armée de cent mille hommes, commandée par les empereurs de Russie et d'Autriche, a été, en moins de quatre heures, ou coupée ou dispersée. Ce qui a échappé à votre fer s'est noyé dans les lacs. Quarante drapeaux, les étendards de la garde impériale de Russie, cent vingt pièces de canon, vingt généraux, plus de trente mille prisonniers, sont le résultat de cette journée à jamais célèbre. Cette infanterie tant vantée, et en nombre supérieur, n'a pu résister à votre choc, et désormais vous n'avez plus de rivaux à redouter. Ainsi, en deux mois, cette troisième coalition a été vaincue et dissoute. La paix ne peut plus être éloignée ; mais, comme je l'ai promis à mon peuple avant de passer le Rhin, je ne ferai qu'une paix qui nous donne des garanties et assure des récompenses à nos alliés.

Comme Napoléon parlait, Donatien, fasciné, sentit soudain une présence près de lui. Il écoutait l'Empereur avec tant d'intensité qu'il n'y prêta guère attention. Puis soudain une main prit la sienne et la serra. Il tourna la tête. Olympe lui sourit.

Napoléon reprit :
— Soldats, lorsque le peuple français plaça sur ma tête la couronne impériale, je me confiais à vous pour la maintenir toujours dans ce haut éclat de gloire qui seul pouvait lui donner du prix à mes yeux. Mais dans le même moment nos ennemis pensaient à la détruire et à l'avilir ! Et cette couronne de fer, conquise par le sang de tant de Français, ils voulaient m'obliger à la placer sur la tête de nos plus cruels ennemis ! Projets téméraires et insensés que, le jour même de l'anniversaire du couronnement de votre empereur, vous avez anéantis et confondus ! Vous leur avez appris qu'il est plus facile de nous braver et de nous menacer que de nous vaincre.

L'Empereur reprit encore son souffle. Donatien se tourna vers Olympe et sourit à son tour.

Napoléon enfla la voix.
— Soldats, lorsque tout ce qui est nécessaire pour assurer le bonheur et la prospérité de notre patrie sera accompli, je vous ramènerai en France ; là, vous serez l'objet de mes plus tendres sollicitudes. Mon peuple vous reverra avec joie, et il vous suffira de

dire : « J'étais à la bataille d'Austerlitz », pour que l'on réponde : « Voilà un brave ».

Cette fois, Olympe se pencha à l'oreille de Donatien, effleurant de la main le pansement de son épaule, et dit seulement :

– Voilà un brave !

Cet ouvrage a été composé
par Maury à Malesherbes
et achevé d'imprimer en août 2014
par Cayfosa à Barcelone
pour le compte des Éditions Stock
31, rue de Fleurus, 75006 Paris

Stock s'engage pour
l'environnement en réduisant
l'empreinte carbone de ses livres.
Celle de cet exemplaire est de :
950 g éq. CO₂
PAPIER À BASE DE   Rendez-vous sur
FIBRES CERTIFIÉES www.editions-stock-durable.fr

Imprimé en Espagne

Dépôt légal : septembre 2014
N° d'édition : 01
83-02-2227/4